小学館文庫

戦国剣銃伝

鈴峯紅也

小学館

目次

序章

川の流れは母である。優しさを以《もっ》て水辺に命をもたらし命を育む。川の流れは父でもある。ときとして水辺に厳しさを以て襲いかかり命を咬《か》む。大自然の営みは決して人の、生きとし生けるものの手の内に入るものではない。あまねく命は、大自然の全てを甘受して生きねばならないのだ。逆らうでなくおもねるでなく、天道《てんどう》に従って生きるのである。

大台《おおだい》ヶ原《はら》に源を発し、吉野《よしの》の香りと花びらを運んで紀伊《きい》水道へと抜ける紀ノ川も、万葉の頃からと指折り数えれば二度、大いに荒れ狂って流路を変えた。梶取《かんどり》辺りで大きく蛇行し、土入《どうにゅう》川から和歌《わか》川《がわ》へと向かっていた本流は、やがて流れを水軒《すいけん》川から大浦へと移し、そして十五世紀末、明応《めいおう》四年（一四九五年）の天変地異の折り、海岸の砂丘を一気に貫通して和歌浦《わかのうら》へと注ぐようになったのである。

そのたび、数多《あまた》の命が翻弄されたのであろうことは言うに難《かた》くない。悲と泣けば悲、哀と叫べば哀。けれど糧《かて》にと飲《の》み込むならば、それこそは大自然の、父の試練というものであろう。

命は弱いものでは絶対ない。たとえひとときの、一つの命は弱々しくとも、続く者達は試練を超えて立ち上がる。石清水《いわしみず》の一滴が寄り集まって溜《た》まりを作り、流れることによって川であり、大河となるように、命も連綿と続くことによって意味を得る、脈となる。

紀ノ川の河口近く、雑賀五搦《さいかごから》みの地に郷《ごう》とも呼べぬ地があった。北を流れる紀ノ川の、明応の大水によって田畑の大半をその流れの中に沈めた郷であった。古くは式内社日前国懸神宮《ひのくまくにかかすじんぐう》領であったにもかかわらず、河道の変遷によって切り捨てられ、戦国期には名さえなき幻の郷である。

それでも、そこにささやかな命は絶えない。絶えぬことが、それだけで一つの強さである。

人は命を繋《つな》ぎ、大地に向かって汗を流しながら豊かな明日を望み、草木は種を落として紀ノ川べりに新しい色を付けてゆく。忘れ去られても、置き捨てられても、河が河である以上留《とど》まらぬのと同じく、命も命である以上生きることを止《や》めない。

紀ノ川は母の穏やかを取り戻し、岸辺の命達に微笑《ほほえ》みかける。

恵みをどう活《い》かすかは、岸辺の命達次第である。

古誌に曰《いわ》く、その地の名を、有本《ありもと》という。

第一章

栗《くり》の木ばかり多い林に、春二月晦日《みそか》の朝陽《あさひ》が差した。樹木の影と春陽の織りなす斑《まだら》な縞《しま》が、林に抱かれるようにして建つ大小二棟続きの古びた家を揺する。合わせて六間《ま》持つか七間《ま》持つかは知れぬが、構えばかりは荘重な家であった。大きな方が母屋《おもや》であろう。

その家の前にうずくまり、真摯《しんし》な面持《おもも》ちで天を見上げる一人の少年がいた。擦り切れ、いたるところに継ぎのあたった麻の筒袖一枚の身なりが、家の構えに妙にそぐわなかった。

少年は、名を孫四郎《まごしろう》といった。歳《とし》はまだ九歳になったばかりであったが、白光る眼《まなこ》や真一文字に引き結んだ厚い唇に一徹者の風情も醸し、前髪さえなければとうに元服を済ませていてもおかしくないほど大人びて見える少年であった。

孫四郎は、四半刻《しはんとき》ほども天を振り仰いだまま動かなかった。薄く白さの残る呼気だけが、二月も終わりの蒼空《そうくう》へと立ち昇る。頭上には、雲一つない青空が広がるばかりであった。

次第に大気が温《ぬる》み始め、小鳥の囀《さえず》りが林中を騒がしく巡り出す。やがて、

「風もなし。これなら良《よ》い」

孫四郎の口元に、つぶやきとともに満足げな笑みが広がった。粒の大きな白い歯が覗《のぞ》く。笑うと、意外に愛嬌《あいきよう》が前に出る少年であった。

孫四郎の前には水の張られた小振りな瓶《かめ》が置かれ、両脇に同じような大きさの笊《ざる》がそれぞれ一枚ずつ添えられていた。右手の笊には山と盛られた塩が載り、左手の笊にはその半分ほどの山を作る籾《もみ》が積まれている。種籾であった。

二月晦日の決まり事。これから種籾の塩水選《よ》りをしようというのであった。それで育ちの悪い籾を取り除くのである。その後、底に溜まった籾だけ取り出し、真水でよく洗って天日に干す。穏やかな晴天に恵まれなければ出来ぬ作業であった。

孫四郎の測りによれば、どうやら天気は上々のようである。

「お天道様《てんとうさま》、今年の吉凶、お頼み致します」

昇り始めた日輪に向かい、姿勢良く手を合わせると、孫四郎は塩山から小さき右手に摑《つか》めるだけの塩を握った。左手を瓶に突っ込み、勢い良く掻《か》き回しながら一握《いちあく》の塩を放り込む。何度も何度も放り込む。

雑に見えて、孫四郎の顔は真剣そのものであった。ただでさえ一家四人の命を繋ぐ

に決して十分とはいえぬ量の種籾である。あだやおろそかに出来る作業ではなかった。七度塩を打ち込み、揉《も》むように丹念に水を回し左腕を抜く。三月間近い頃とはいえ水の冷たさは容赦ない。腕は、血の気《け》を失って蠟細工《ろうざいく》のようであった。手刀の形で固まった指先を舌に運ぶ。一瓶にどれほどと、塩は量では決められない。出来は年々違うのだ。仕上げの濃さは舌で決める。

孫四郎は、もうこの作業に携わって六年経《た》つ。

最初は父に教えられ、父とともに。

次いで、毎年二月の約一月《ひとつき》を留守にする父に代わって母に手伝われながら。

そして、一人任されるようになって今年が二年目であった。今や孫四郎だけの仕事である。

いや、仕事というよりも孫四郎にとっては、頼むぞと言って出た父とのそれは、約であった。

二月晦日のもう一つの決まり事。

塩を決めれば、父が帰る。

孫四郎は眼を閉じ、細かく吟味するように口をもごつかせながら、八度目の塩を右手に取った。

――半分、いや、五振り。

決めて瓶の上で振る。一振り、二振り。

「おい、孫四郎っ」

ふいにかかる尊大な声が孫四郎の集中を切った。思わず身を跳ねると同時に、要《い》らぬ力が肩方から腕に流れ止まらなかった。手の塩は、末の指二本に握り込まれた分以外、跡形もなかった。

――何をしとるか見てわかりそうなもんじゃがの。困ったお人じゃ。

向けても詮《せん》ない怒りと諦めをない交ぜたため息とともに、膝をずらして振り返る。誰であるかは先の一声でわかっていたが、呼ばれた以上振り返ってやらねば、さらに嵩《かさ》にかかって喚《わめ》く男であった。

そこに母八重《やえ》の兄、雑賀荘の国人《こくじん》、土橋平次《つちはしへいじ》が立っていた。頬に肉をたるませ、大造りなくせに狐《きつね》の目をした男である。

孫四郎は、訪れるたび尊大に振る舞うこの男が大嫌いであった。

「誠三郎《せいざぶろう》は戻ったか」

言葉の響きの中に、実の甥《おい》に対する親しみは微塵《みじん》も感じられなかった。立つ者とうずくまる者の差だけではない、さらに高いところから見下ろす視線が孫四郎を刺す。

「父は戻ったかと聞いとる」

冷めた声音《こわね》がもう一度降る。視線を逸《そ》らすことなく受け、孫四郎はただ首を横に振った。

「けっ。相変わらず可愛《かわい》げのない餓鬼だ」

平次はそう吐き捨てると母屋の方へと歩を進めた。途中、一度立ち止まる。右半身に、孫四郎は春陽の陰りを感じた。

「その塩も、この家の修繕も、一体誰のお陰と思うとるんかの」

陰りは、嫌味を連れてきた。孫四郎近くの草に唾を吐くと、平次は母屋の引き戸を力任せに滑らせた。朝らしくない騒音が、いやな余韻を響かせて奥へと渡る。

「おや、兄様。こんな早くに」

奥から母、八重の声がした。孫四郎の気が一瞬和む。おっとりとして、何があっても穏やかさを失わぬ母であった。

「誠三郎、まだのようだな」

「はい」

「待たせてもらう」

「でも、いつになるかわかりませんよ」

「構わん。またぞろ畿内の三好《みよし》と細川《ほそかわ》がきな臭いらしい。出よと本願寺《ほんがんじ》からのお達しじゃ。随分とあちこちに番衆を頼んどるらしい。大きいかも知れん。戦《いく》さがでかけりゃ利もでかい。そろそろ、誠三郎にも出てもらわんとな」

「でもねぇ。うちの人はここに淀《よど》んだ風ですから。首に縄付けるわけにはいきませんよ」

きな臭いと聞いても戦さと聞いても、変わることない八重の答えであった。

「それじゃっ」

平次の声が、あからさまな苛立《いらだ》ちを含んだ。

「お前がそんなだから、誠三郎がつけあがる」

――戸ぐらい閉めて上がればよいのに。母者は寒うござらんかな。

孫四郎は白んだまま色の戻らぬ左手に細く息を吹きかけた。

「何遍も言うとろう。なんのためにお前を嫁に出した。いくら見込みがあっても、何もせん奴《やつ》はただの穀潰《ごくつぶ》しじゃっ。助けの銭も、まとめりゃ馬鹿にならんのだぞ。まったく、あれならただの暴れ者の方がまだ良かった。城山《しろやま》の八幡《はちまん》になぞ修行の口を利かねばよかったわ」

次第に高く大きくなるとわかる声が家の奥へと遠ざかる。

「相も変わらず、何を言うにも銭金か。南無阿弥陀仏《なむあみだぶつ》とうるさいくせに。十ヶ郷、雑賀荘の者は利をのみせがむ」

聞くともなく流れ来る話の終《しま》いに、孫四郎は口に出してそうつぶやいた。

〈昔阿波物語《むかしあわものがたり》〉にも雑賀五搦みを指して、「信長《のぶなが》殿以前は、主護はなく、百姓持に仕《つかまつ》りたる国にて候《そうろう》」とある。百姓とは農民だけを指す言葉ではない。あらゆる稼業の包括を意味する。

雑賀五搦み、すなわち雑賀荘、十ヶ郷、宮郷、中郷、南郷のうち、沿岸部である雑賀荘、十ヶ郷は、五穀の性がはなはだ宜《よろ》しくなかった。特に、稲作は壊滅的であった。ときとして農地を求めて五搦みの内へ、特に隣の宮郷へ出耕作に入り込み、砦《とりで》まで構える小競り合いとも言えぬ規模の戦さを起こしたりもしていた。

五搦み、雑賀惣国《さいかのそうこく》とはいえ、この一荘一郷は残る三郷とは明らかに生き方が違った。彼らは、その主な収入源を外に求めた。ある者達は雑賀崎、加太《かだ》といった拠点から船を漕《こ》ぎ出し、薩摩《さつま》商いに精を出した。土佐《とさ》沖を走り、薩摩は坊津《ぼうのつ》辺りへ行き、さらには明《みん》国そのものにまで商いに行ったのである。ある者達は船の利便を活かし、海賊稼業を専らとした。そして、そうでない者も海と陸の双方から、戦国の世にもっとも不可欠なものを売りに出した。

それは、身体《からだ》と、命である。根来寺《ねごろじ》の僧兵にならい、求める武将があれば求める数だけ人を送り出した。いわゆる傭兵《ようへい》である。

勝って帰らなければ飯が食えない。飯が食えねば死ぬ。雑賀衆の戦闘能力は極めて高かった。

土橋平次も、そんな傭兵を束ねる国人の一人であった。平次は傭兵の主な売り先を摂津石山《せっついしやま》にある本願寺に絞った。本願寺一向宗《いっこうしゅう》は八代蓮如《れんにょ》の頃から雑賀荘、十ヶ郷に浸透していた。というか、その信者は腐るほどいた。

御同朋、御同行。南無阿弥陀仏の六字名号さえ唱えれば、貴賤貧富《きせんひんぷ》に関係なく皆浄土に導かれるという一向宗の教えは、明日なく生きる貧しき地に深く根を張る教えであった。

古くから宮郷が日前国懸神宮と、中郷、南郷が根来寺や粉河寺《こかわでら》、高野山とそれぞれ関係が深かったということもあるが、沿岸の一荘一郷の下層民は、他郷に比べて遥《はる》かに貧しかったのである。

平次自身は別に一向門徒でもなんでもない。どちらかといえば浄土《じょうど》信徒である。土橋の家は、代々根来寺の大子院、泉識坊《せんしきぼう》に門主《もんしゅ》を出していた。それもあって、平次は僧兵達の傭兵稼業を真似《まね》たともいえる。

国人としてというより、本願寺法主《ほっす》証如《しょうにょ》の名代として愛山護法の声を発せば、万を超える門徒がまたたく間に集まった。管領《かんれい》細川晴元《はるもと》や細川氏綱《うじつな》、六角《ろっかく》、三好長慶《ながよし》らによる畿内の騒擾《そうじょう》に対抗すべき僧兵を持たぬ本願寺は、幾度となく紀州雑賀の門徒を頼った。

その都度、平次の懐《ふところ》ははち切れんばかりに丸くなるのである。やめられぬ商売であろう。

いずれにしても、雑賀荘、十ヶ郷の国人、地侍達は、地に足の着かぬ銭金を蓄え、内地に農地を買った。買いあさった。

そういった意味で出来上がった地縁血縁入り乱れ、雑賀は五搦みと一括《くく》りにされがちであるが、実は沿岸一荘一郷と残る三搦みでは、孫四郎のつぶやく通り、大いに異なるのであった。

小鳥たちの囀りが、いよいよ栗の林に喧《やかま》しい。陽は樹木の影を次第に濃くし、朝の清《すが》しさは間もなく終わりを告げようとしていた。

改めて、孫四郎は水瓶に正対した。左手の指を瓶に差し、一滴ばかり舌にのせる。塩水の辛さは限度を遥かに超えているように思えた。

――やはり、このままでは駄目だな。

顔をしかめ、孫四郎は擦り切れの袖口で指を拭った。眼を閉じ、舌の刺激を思い返しながら深く考える。

さて、どうすれば塩水は生きかえる。

どう塩梅《あんばい》を付ければ、命の水は蘇《よみがえ》る。

「兄者っ」

落としどころが見つからず、それでも必死に答えを探す幼い頭に、さらに幼い、やや押し殺した声が刺さった。

ゆっくりと眼を開ける孫四郎の前に、弟源五《げんご》が滑り込むようにして膝を突いた。そのまま身を乗り出して顔を寄せる。

一挙手一投足全てに歯切れがよい。聞かぬまでも言わぬまでも、常に元気活発は間違いのない弟であった。

上背《うわぜい》はすでに源五の方が一寸ばかり大きかった。孫四郎と違い、顔立ちは歳相応に見える。前髪の艶《つや》が面立ちを綺麗《きれい》に飾っていた。父からでなく母から貰《もら》ったことの疑いようがない通った鼻筋と赤く小さな唇が、どこか孫四郎と同じ継ぎ当てだらけの麻着に似つかわしくなかった。

「狐目の伯父御《おじご》は、なんだか大層な話をしておったな。面白そうじゃ」

目を輝かせて源五が囁《ささや》く。平次が訪ねて来るたびに、源五は好んで聞き耳を立てる。好奇心もまた人一倍な弟であった。

「戦さなど、この地とは無縁。いや、この地が、外とは無縁」

孫四郎はもう一度塩水に手を伸ばしながら言った。

「そんな話に、父上が首を縦に振ることなどあるまい。時間の無駄じゃ」

言葉の終わりは、二本の指とともに口中に含んだ。

「やっぱり、そうかのう」

源五は身を引き、肩を落とし、ため息混じりに辺りを目で探った。笊の塩をつまみ、孫四郎に倣《なら》うようにして口中に含む。しかめっ面《つら》も、幼さとあいまって愛らしかった。

今までも二人は、ふいに押しかけてきては膝詰めで誠三郎の助力をねだる平次の姿を飽きるほど見てきた。

雑賀衆に剣の手ほどきをしたり、近隣で起こった土橋がらみの些細《ささい》ないざこざの調停に腰を上げる以外、ことごとく静かに笑いながら首を横に振る父を見てきた。

——剣は、守るためだけでよい。

平次が苦虫を噛《か》みつぶしたような顔で引き上げたあと、誠三郎は決まってそう言いながら、厚い唇に食指を当て、片目を瞑《つぶ》っておどけて見せた。

「ならまた、父上が戻ったら狐目は荒れまくるのう」

塩気に溢《あふ》れ出るのか、大きく喉を鳴らして源五は唾を飲み込んだ。

「聞かずにおればよい。儂《わし》等は選って洗って日向《ひなた》に干す。それが今日の仕事じゃ。終わる頃には陽も暮れようし、伯父御も帰ろう」

「そりゃ、そうじゃがの」

幾分不満げに言って源五は懲りもせず塩を口に放り込んだ。

「かはっ」

噎《む》せ返って吐き出す音は、それだけでない隠せぬ不満ものせて響いた。

「塩では腹は膨れんし、鋤鍬《すきくわ》ばかり振るっていてもめったに腹は膨れんがの。父上の剣なら、とは思わんか、兄者。儂は、時々思うんじゃ。夢にも見る」

「思わん」

孫四郎の答えは速かった。

「じゃがなあ、兄者」

「終わりにしろ、源五」

いつになくしつこく食い下がろうとする源五を幾分きつめにたしなめながら見る。ちょうど木々の伸ばす影の中にいる源五の顔は、まだ春二月であればそれだけで寒いのか鼻頭が赤かった。

平然と兄の視線を受け止めた源五の目は、しかし長く絡むことなく揺れて動いた。首を伸ばしながら源五の目は、そのとき孫四郎を越えて背後の母屋に向けられていった。

「兄者、母上が呼んどるぞ」

言葉と視線を孫四郎も追う。戸口から半身《はんみ》ばかり敷居の外に出し、母が二人に手招きをしていた。

八重は、樹間を抜けて差す光の中に立っていた。ほつれ毛や肉の薄い頬に貧の労苦《ろうく》は隠れもなかったが、美しい、孫四郎にとって自慢の母であった。

その顔が、幾度か母家の中に振り向けられては返る。どうやら、平次を気にしてのことらしい。孫四郎は急ぎ立って母の元に駆け寄った。源五も兄の後に続く。

「母上、なんじゃ」

まず先に口を開いたのは源五であった。幼子の黄色い声なれば、普通に話していてもよく通る。八重は白く細い指を赤く小さな唇に当て、源五の言葉を優しく制した。

一度母家の中へ身を返す。再び現れた八重の目は、孫四郎にひた当てられた。

「お父上は、いつも通りならお昼過ぎにはお戻りでしょう。孫四郎、道はわかりますね」

孫四郎は八重の柔らかな視線を受けて小さく頷《うなず》いた。

「お出迎えに行きなさい。土橋の兄様がいらしたこと、お伝えして」

「おっ、よいのか、母上」

音高く出る源五の口を、八重は先程と同じ所作で重ねて制した。源五が咄嗟《とっさ》に両手で己の口を塞《ふさ》ぐ。

「兄様の話はいつも血生臭い。母は嫌いです。貧しくとも、母はここの静けさが好き。でも、どうされるかはお父上次第。ふふっ、余計な口ですけど、孫四郎、遅くにお帰りが宜しい、なんでしたら明日にお戻りでも、と母が言っていたと」

「はいっ」

そう言いながらほころぶ八重の口元に、いたずら気《げ》な色が見えた。

歯切れよく答えて孫四郎も笑う。母の思いは、孫四郎と同様であるらしい。孫四郎は笑顔そのままに弟の方を見た。源五は手でかたく口を塞いだまま、目ばかり忙《せわ》しなく動かしていた。

「源五、今日の塩選り、任せた。塩水はあのままでは使えんがな。母者によう見て貰え」

孫四郎は源五の肩に手を置き、勢い良く背を返した。八歩ほど進んで一度立ち止まり駆け戻る。

なにやらわからず眺める母に、孫四郎は満面の笑みを投げ上げた。決めかねていた塩梅が、ようやっと孫四郎の中で腑《ふ》に落ちたのだ。

「母上、家の柄杓《ひしやく》で五杯捨て、真水を十杯。それで合うはずじゃ。源五、お前も覚えとけ」

惑いなくそう言いきると、孫四郎は今度こそ躊躇《ちゆうちよ》なく陽差しの筋を辿《たど》って、林の外に駆け出した。

溢れかえる春の陽差しが雲一つ見えぬ空から降り注ぐ。

父が帰る日、二月晦日の約。全てではないが、その要《かなめ》となるべき工程の目処《めど》は立てた。

孫四郎の心にも、綿雲一つ浮かんではいなかった。

南の手にひた走って緩やかな坂を上り、孫四郎は中之島の追分《おいわ》け、地蔵《じぞう》の辻《つじ》へ出た。大和《やまと》街道が東西に延びている。

孫四郎は、やや高台に位置する辻に立って己の来た道を振り返った。北を紀ノ川が、遠く近く崩れた三日月の形に地を切り取って流れていた。その流れから一町と離れぬ手前に、孫四郎が飛び出してきた林が見えた。紀ノ川の些細な出水にも根を洗われるほどの近さである。すすきや雑草ばかり生い茂る大地の中に、栗の林はやけに寂しげに見えた。

紀州有本郷栗林《ごうくりばやし》。

それが、孫四郎が住まいする地の名であった。

雑賀五搦みの内に属し、孫四郎は、小さいけれど名《みょう》を持つ、れっきとした国人の嫡男であった。れっきとはしているが、有名無実の。

有本郷は数十年前、荒れ狂う紀ノ川の氾濫によって耕地のほとんどを飲み込まれた郷であった。そのときの死者は十や二十などという生やさしい数ではなかったと孫四郎は話にだけ聞く。

名を失った者達や、働き手を失った家は皆有本を捨てて他郷へ移り、一段も二段も低い暮らしを余儀なくされたまま代を数え今に至っていた。家なし土地なしでは、どこその名主《みようしゆ》に家人《けにん》として雇われるしか生きる道はなかったであろう。かつては肩を並べる同じ名主であったという事実も、日々の暮らしの前には飲み込まざるを得まい。

有本に残った名《みよう》は、川沿い裏鬼門の小名《しようみよう》栗林と、鬼門の小名船渡《ふなと》のわずかに二つばかりであった。

それだとてまったく無傷に残ったわけではない。船渡などは、実際の耕地は全て紀ノ川の中である。何もなければ、他の名の者達と同じく有本を出なければならない境遇であった。

が、不幸中の幸いか。船渡は収まりを見せた紀ノ川の新たな流路に対する北岸への渡し場としての利便を持っていた。船渡からが、もっとも浅く、近かったのである。

船渡の地の古き呼び名は定かではない。しかし船渡は、その船渡という新しき呼び名とともに渡し場として生まれ変わった。

とはいえ、渡し守とは本来農民のすることではない。大地に根ざす農の者より見下して見られる者達の仕事である。船渡に住まう者は、食うに困らぬだけの糧を手にする代わりに、仕事としてはやはり一段も二段も成り下がってしまったのであった。

そして一方の栗林には、猫の額ほどの耕地と作物がかろうじて残った。元の流れと新しき本流の、ちょうど交わるところに名があったからである。

他人から見て、それは果たして幸か不幸か。

名とは、名主にとって家門を伝える象徴であり、先祖代々が血と汗を染み込ませ少しずつ開墾して成った命の場である。しかも栗林の家はただの小名主ではなく、国人なのだ。有本郷の小名主達を束ね、事にあっては号令する立場にあった。何があろうとどんなであろうと、残ってしまっては離れるわけにはいかなかった。

孫四郎の曽祖父の頃は、栗林の家はそれこそ有本を離れた者達以上の極貧であったらしい。孫四郎が生まれる前から、家には他郷の名主の所に見られるような家人、家来は一人もいなかった。

猫の額ほどの耕地では、小作も含めた数十人が食えるわけはないのだ。家人らに見放されるのもむべないことであろう。

小作一人おらず他郷から人を頼んでも手間すら払えぬ栗林では、作付けから刈り取りまでを全て一家数人で行わなければならない。一気に耕地を広げるなど、不可能に近い事であった。

少しずつ少しずつ広げてゆくしかない田畑は、川縁《かわべり》で引水が楽なかわりに、数年に一度の割で襲い来る大雨大水の前にあっけないほど潔く無に帰した。聞くばかりでなく、その為《な》す術《すべ》なき有様を、孫四郎も一度目にしている。覚えている。

人智は決して大自然には勝てぬと、幼心に孫四郎は刻んだ。

河口に近いこともあり、水が上がれば必ず幾ばくかの塩を含んだ。塩が入っては地は使えない。一から土を育て直してやらなければならない。

しっかりとした堤《つつみ》でも普請《ふしん》出来れば土は水をかぶらなくなり、明日の豊穣《ほうじょう》、明日の満腹は約束されるが、今日の食い扶持《ぶち》、今日の空腹は一体誰が手当てしてくれよう。紀ノ川に負けぬ堤を現《うつつ》に欲したりすれば、一体幾百、幾千人の人夫が必要となることか。

それは見果てぬ夢であり、見てはならぬ夢であった。

紀ノ川の流れが変わってから祖父の代まで、およそ六十年をかけて栗林の家が取り戻せたのは、二人分の収穫も上がらぬ微々たる田畑のみである。

極貧だけは脱したが、栗林家は、貧には喘《あえ》ぐ家であった。

渡し守と、国人とは名ばかりの一家族が住むだけの地を、人は郷とは呼ぶまい。有本とは今では幻の呼び名。栗林の一家のみがすがる、幻の郷名なのであった。

――良い日和《ひより》じゃ。風の匂いが良い。

孫四郎は胸一杯に、あるかなきかの春風を吸い、力に変えて大和街道を東に駆け出した。

貧しくとも、孫四郎は栗林で必死に生きていた。

街道を力の限りに走る孫四郎を、中之島側の野良にあって雑草をつまむ男衆女衆が腰を伸ばして無遠慮に見る。

おお孫四郎、と親しく声を掛けてくる者などは一人もいなかった。ただ目で追ってその姿を眺め、つまらなそうにまた腰を折り、草を摘む。

孫四郎にとってはいつものことであった。彼らにとっては、孫四郎は同じ雑賀五搦みの中に生きる人ではないのだ。なぜなら有本郷は大洪水の折り、主筋ともいうべき日前宮から切り捨てられた郷なのである。それは、天文《てんぶん》十九年（一五五〇年）の今になっても変わるものではない。

主《あるじ》のおらぬ地。

有本郷は、無主無縁の地なのである。

そこに住む栗林一家は、当然どこからも加地子《かじし》（地代）も年貢も課せられていない。もっとも、あったところでそれは支払えるものではなかったが、地を耕し農にいそしむ者にとって、なにものにも束縛されぬとは、それだけで地に根ざすということにならないのだ。どれほど長く留まりおったところで、それは仮寓《かぐう》である。

船渡を見下す眼は、栗林へ回っても高さを変えることはなかった。

孫四郎は、別段気にすることもなく大和街道を駆け抜ける。というより、常にそんな目ばかりの中に生きてきた。

それでも、名主の嫡男であるという自負はある。それは、続く血の流れの中に息づいている。

貧にあっても貧を拒まず、侮蔑のまなざしに包まれつつもそれを恐れず、だからこそ有本という言葉は残らなくとも、幾人かの口から栗林という呼び名だけは聞くのであり、残ったのである。

例に挙げるのも嫌な気はするが、雑賀荘の土橋平次もその一人であった。

天から、雲雀《ひばり》だけが孫四郎に話しかける。

——一升貸して二斗取る、利取る、利取る。

そんな雲雀の囀りに平次のたるんだ顔が浮かび、孫四郎は走りながら一人笑った。

時刻からいって、野良に出ている者は名主一家ではなく、皆その小作達であろう。街道を行く子供が孫四郎と知ったとたん、大概は皆興味なげに作業に戻ったが、中には何人かそのまま眺め通す者がいた。

それもまたいつものことであった。全てを見知っているわけではないが、その中には、かつて有本にあったと知る家の者が含まれていた。目に浮かぶ色は、十人十色であった。孫四郎の姿に、見たことのない故郷有本を思い浮かべるような温かく遠い目もあれば、束縛されず堂々と生きる栗林一家に、自身の境遇を恥じるかのような目、また、恥を認めたくないがため、孫四郎をより下に見んとするか、誰よりも強烈に敵意さえもって射込む目もあった。

全てを受けて、孫四郎は流す。雑賀五搦みの内にあって外に見えぬ有本、栗林で生きるということは、受け入れるということであった。それは農耕と同じである。

地に向かい地を耕し、命を育て命を繋がんとする者は、生死すらくるめて大自然を受け入れなければならない。それが、天道というものである。

人の目など、厳しき暖かき大自然に比べればなにほどのこともない。

日輪が次第に高く昇り、地に引く影が小さくなり、そしてまた長くなり始める。

一度紀ノ川を離れた街道は、やがて流れに沿い始め、その筋に従って果てまで続いていた。

二月であっても晦日であれば、遮《さえぎ》るものとてない陽差しは地を豊かならしめん力すら備え、決して緩いものなどではない。顎の先から滴《したた》る汗を拭い、孫四郎は、走りながら諸肌《もろはだ》脱ぎになった。いまだ肉の薄い幼い身体は、汗にまみれて陽の光を弾《はじ》いた。

呼気は熱く口中に絡んだが、陽差しに対する不満のつぶやきを連れて出ることはなかった。

夏の日照りのものではない。いや、そうであっても農であれば、天道に従うならば、口を突き出るのは不平ではなく祈りである。

孫四郎はわきまえている。春の陽差しは恵みなのだ。

盛り始めた桃の花の赤紫と甘い匂いに包まれながら桃山を過ぎ、道は紀州富士、粉河へと入る。短く急な坂を下り長く緩やかな坂を上った先に、遥かで紀ノ川と道が溶け合うと見間違うほど真《ま》っ直《す》ぐな道が現れる。その川と道とを間違う辺りに、揺らぎのような影が見えた。

揺らぎは、息子であれば間違いようのないものであった。

「おっ、父上ぇ」

腹の底から絞る声が、道を先へ走り、川を遡行する。

届いたものか、影は大きく手を振り走り出した。やはり揺らぎは孫四郎の父、小名栗林の名主、誠三郎であった。

孫四郎にとって、一月ぶりの父の姿である。毎年、正月の行事を済ませ、一年の天行を占う寒の刻積もりを終えると、約一月の間、誠三郎は伊勢《いせ》城山へ出掛けるというのが年中行事であった。

城山に住まう愛洲《あいす》小七郎宗通《こしちろうむねみち》に、剣の教えを請うためである。

愛洲小七郎宗通は、熊野八幡の差配を専らとする伊勢愛洲氏から生まれた一個の天才、移香斎久忠《いこうさいひさただ》晩年の子にして、その創始した刀法、影の流を継ぐ男であった。

「孫四郎、変わりないか」

「はいっ」

子と父互いに走り寄り、まず父のほうが先に口を開いた。響きの良い、低く通る声であった。粒の大きな白い歯が覗く。

継ぎだらけで寸足らずの麻着。そこから突き出た、冬を越しても褪《あ》せることない赤銅《しゃくどう》色の肩、引き締まった手足。澄んだ光の強い眼、厚い唇。

疑いようもない自身の二十年後が、孫四郎の前に立っていた。

左腰に、城山で小七郎宗通に貰ったという赤樫《あかがし》の木太刀《きだち》一振りが差し落とされ、身なりにそぐわぬ艶光を放っている。

誠三郎は片膝をつき、目線を孫四郎に合わせた。

「出迎えとは珍しいな。何かあったか」

「はっ、はい。さ、雑賀の、伯父御がっ」

少なくとも孫四郎は二刻半は走り詰めであった。弾む息を抑えきれず、己《おの》が胸を拳で何度も叩いた。

「焦るな、孫四郎。今のだけでも大方の見当はつく。あとはゆっくりで良い。家の大事でなければ、ゆっくりで良い」

誠三郎はそう言うと懐から手拭いを取り出した。煮染《にし》めたような色をしている。父の肌の色にそっくりであった。

「よく走ったな」

言葉と手拭いが、孫四郎の疲れと汗を拭ってゆく。父の匂いが孫四郎の身体を濃く包んだ。

父へ父へと急ぐ気持ちばかり走り、聞こえてさえいなかった紀ノ川の冴《さ》えたせせらぎが耳から身体の内に染み通り、火照《ほて》りかえった心を冷ます。

「母者が、そう伝えよと言うたのだな」

「はい。なんならお帰り、明日でも構いませぬと」

「そうか」

拭き終えた手拭いを懐に戻しながら、誠三郎は大きく頷いた。

「分かっとるな、八重は」

その眼が流れて紀ノ川へ向かい、少し上がってどこかの何か、遥かへ向かう。が、それも一瞬のこと。膝を一つ叩《たた》くと、誠三郎はおもむろに立ち上がって歩き始めた。

「さて、急ぎ帰らなくとも良くなったのなら、少し休むか。なぁ、孫四郎」

背の孫四郎に言葉を残すと、誠三郎は道を逸れて河原へと降り始めた。

「なら、伯父御は、よいのですね」

誠三郎は答える代わりに、右手を上げて大きく振った。

孫四郎は勢い込んで袖に腕を通しながら父の後に続いた。河原に降りると、わずかに吹き流れる川風が足下に絡んで心地よかった。

誠三郎が腰から木太刀を抜き取り、草地を選って大の字になる。

孫四郎はその隣に、父の姿を真似るようにして寝転んだ。視界いっぱいに広がる空は塗り込めたように蒼《あお》かった。早瀬らしき瀬音が近くでさえく。

天道は今まさに、諸々《もろもろ》の命が地に溢れかえる春の爛漫《らんまん》を熟さんとしていた。土橋平次は畿内がどうの細川がどうのと騒乱動乱を口にするが、河原でこうして寝転ぶ限り、栗林にあって今日を連ねる日々に生きる限り、目を瞑ったとて眼裏《まなうら》の幻にもそんな世情の生臭き事々は浮かばぬ。

「怒るでしょうね。土橋の伯父御」

孫四郎は、息を大きく吸いながら草を枕に天を見上げた。

「怒らせておけばよい。栗林と剣と。儂は、それで手一杯じゃ。ほかに何もいらん。それでも多すぎるくらいだ。思惑あっての、若太夫《わかだゆう》には悪いがな」

誠三郎が言う若太夫とは土橋平次のことである。

八幡つながりとでも言うか、五年前、城山の小七郎宗通に父を引き合わせたのは平次であった。ついでに言えば、我流ながら若いうちから剣をとっては五搦み随一とうたわれた誠三郎を認め、算高くしてのことであろうが、八重の背を押し栗林へ嫁し入れたのも、そもそものおこりは八重の兄平次からである。

孫四郎は、知らずゆるむ頬を締めることが出来なかった。

「何笑うとる」

誠三郎の声が耳元でする。何と言いながら、誠三郎自身の声も笑いを含んでいることは明らかだった。

「いえ、べつに」

孫四郎はごまかしながら鼻をかいた。平次の思惑と算式が母といい父といい、ことごとく外れまくっていることが、孫四郎は可笑《おか》しくて、嬉《うれ》しくて仕方なかった。

「父上、今年の城山はいかがでしたか」

背を反らしながらつれづれにと誠三郎に問う。腰骨が大きく音を立てて鳴った。

「んっ、おお、変わらんぞ。いつも通り、己の未熟が知れるばかりであったわ」

変わらんと言いながら声には張りがあった。そう言えばと思ってみれば、およそ表出する身体のどこにも、目立った傷や打ち身の痕が見られなかった。五年目にして初めてのことである。

「わかるか、孫四郎。相変わらず、よう見とるな」

息子の視線を読んだか無造作に起きあがり、誠三郎は孫四郎に向き直って片目を瞑って見せた。

「変わらんがな。少ぅしばかり見えてきた。果てないということも、見えたがな」

口辺に寄せる笑みに覇気がある。それは、孫四郎の好きな父の顔であった。覗き込むようにして父の顔がそのまま孫四郎に寄る。汗と埃《ほこり》が強く臭《にお》った。

だが、それは決していやなものではなかった。

父の帰りが、実感される。

「とはいえ、父はようやっと真の剣の道、その入り口に立ったぞ。孫四郎、よう見とけよ。これからじゃ」

誠三郎はそこまで言うと孫四郎から身を離して膝を二つばかり打った。その手が跳ねて天に向かう。直上まで上がりきらぬのは、わずかではあったが、西に傾き始めた日輪に向けたためか。遅れて振り上げられた顔に、手のひらの落とす影が濃かった。

「いずれ、垣間《かいま》見るだけでも良い。辿り着けずとも見てみたい。求道《ぐどう》の先の、果ての果てを」

熱を帯びた誠三郎の声が蒼空遥かに飛んでゆく。

その言葉が、己に向けられたものでないことは、幼い孫四郎にもわかった。

孫四郎は何も言わず、空一面の青の中に、父の言葉の欠片《かけら》を探した。ただ白々とした青が、目に染みるばかりである。

物思う父を妨げぬように。

孫四郎は動かず、息さえも潜めて天を眺め、瀬音ばかりの静寂に身を浸す。いつしか瞼が垂れていた。走り詰めの疲労が、微睡《まどろ》みの底から孫四郎の意識を強く引いた。

「なんだ、寝てしまったのか」

父の優しげな声が降りかかる。それが、確かに己に向けられたものであるとの自覚はあったが、孫四郎は答えることが出来なかった。

命萌《も》ゆる春。父も帰った。嫡男ではあるが、幼子である。

孫四郎が気を張らねばならぬ理由は、何一つとしてなかった。


むき出しの足先を冷たい風になでられ、孫四郎は心地よき午睡からゆっくりと目覚めた。身はそのままに瞼《まぶた》を開く。その目にまず映ったものは、朱に色づきつつ虚空を見つめる父誠三郎の横顔であった。

誠三郎はふとしたとき、遠い目をする父であった。いつからそうであるかなどは知らないが、物心ついてより孫四郎が知る限り、父は昔からそうであった。あけすけで、大らかで、けれど時折ここにいながら遠くにいる。癖のようなものであろうか。母が言うように、孫四郎にとっても父は風のような男であった。有本を自由に吹き回る風である。

——父上は、どこまで遠くを見ていなさるんじゃろう。

考えても、それは孫四郎にはわからぬことであった。

空が、夕陽に灼《や》けていた。一刻以上眠っていたようである。目覚めの気だるさに包まれながら、孫四郎は手足に大きな伸びをくれた。河原の石くれは、どれもこれも冷えていた。

「よう寝たな」

肩口から目を落とし、誠三郎が声をかける。

「はい」

跳ね起きながらそう答え、孫四郎は目やにをこそいで洟《はな》をすすった。

西陽が辺りを全て朱に染め上げていた。川面《かわも》ばかりがそれに抵抗し、光と陰とのだんだらを織りなす。

うなずき、顔を戻し、誠三郎は紀ノ川の流れに小石を放《ほう》った。

波紋が広がり、川面を流れゆく芥《あくた》のような花びらの群れを寸瞬乱し、淀ませる。数からいって時期からいって、遥か上流で咲き上る吉野の一段目、下千本の白山桜のものであろうか。

水面《みなも》の不穏は間をおかず収まり、紀ノ川は普遍を取り戻した。変わらぬ瀬音ばかりが高かった。

「少し早いが、桜が流れる。孫四郎、帰ったら種蒔《たねま》きせんとな」

川から目を切り、誠三郎は力みのない所作で立ち上がると赤樫の木太刀を落とし差した。麻着が軽く音を立て、細かな旅塵《りょじん》が風に乗った。

「さて、そろそろ戻るか、孫四郎。迎えの二段も来たようだ」

「はい」

意味もわからずとりあえずそう答え、孫四郎は誠三郎と並んで草を分けつつ道上に戻った。

「おぉい」

道の、孫四郎が来し方から、邪気ない声がひそかに聞こえた。

西陽のまぶしさに打ち消されることない固まりが、跳んで跳ねて次第に大きくなる。源五であった。

「父上、ようお戻りなされた」

走り来て止まらず、父の首根にそのまま飛びつく。大人びた口調ではあったが、満面の笑みには愛らしき童の情愛がありありとしていた。誠三郎は微動だにせず、末子の身体を抱き留めた。

「おう源五、留守、頑張ったようだな」

感情を素直に体《たい》で表す源五を孫四郎はまぶしく、うらやましいものに見た。名主の惣領《そうりよう》として育った孫四郎には、そうしたくとも自然とかかる自制があった。

「源五、種籾と伯父御はどうした」

思ったところで出来ぬことを振り捨て、孫四郎はとにも源五が現れた不思議を口にした。父から降りようともせぬままに、源五は首だけ兄に振り向けた。

「伯父御なら待つと言いながら半日と保《も》たず帰ったぞ。種籾は母者が行ってよいと言ったから知らん」

源五の答えに父は微笑み、孫四郎は溜息混じりに苦笑を漏らした。

誠三郎の微笑みは知らず、孫四郎の苦笑は諦めであった。源五のいつもを思えば、易《やす》く想像はついた。そわそわと落ち着かず、父と、栗林を走り出た孫四郎のことばかり言の葉に乗せてきっと騒がしかったに違いない。

一つしか違わぬ、ともに幼子であっても、栗林の明日を背負わねばならぬ孫四郎と身軽な源五の間には、歳の差以上の開きがあるようだった。

「孫四郎」

誠三郎が源五を高く放りながら声を落とした。源五の身体が夕陽に躍る。受け止め、地に降ろし、誠三郎は道に膝をついて二人の子をそれぞれの腕の中に囲った。

「同じが二人では息が詰まるぞ。右に二枚の翼をつけても鳥は羽ばたけぬ。右にと左にと広げて初めて大空に駆け上がるのだ。源五は源五。孫四郎は孫四郎。それでよい。いや、それがよい。お前が今思う以上に、源五はきっとお前の助けになる。ともに儂の子。そして、ともに有本郷栗林に生きる大地の子だ」

誠三郎は一度言葉を切り、右の腕に孫四郎の尻を乗せた。左の腕、同じ高さに源五がいた。

揺れることなく、父が立つ。

孫四郎は地上約六尺の高みから夕陽の赤を眺めた。己に向かって向かい来る影が、いつもより長く、挑みかかってくるように見えた。

「なぁ、孫四郎」

父が、右の肩口に呼ぶ。

「はい」

「なぁ、源五」

高さを変えず、動いた目が左の肩口に源五を見る。

「おう」

それぞれの答えに満足そうにうなずき、誠三郎は夕陽に向けて歩を進めた。父の腕は厚く熱く、適度の揺れを以て盤石であった。

「大きくなれ、強くなれ。そうして、有本の地を肥やせ。豊穣は、お前達二人にかかっとるぞ」

――なります。父上。

言うべき想《おも》いが吸い込む息とともに孫四郎の中を一巡りする。

「おう、なるぞ」

反応は源五の方が速かった。いつものことと言えばいつものことである。

孫四郎は、吐くべき言葉を吐くべき息とともに口中に含み、嚥下《えんか》した。そうして再び出るものは、いつも決まって温めすぎた呼気だけであった。

「父上、儂に剣を教えてくれ」

源五が身をねじり、父の顔を斜めに覗き込みながら言った。いきなりの動きであったが、誠三郎の歩様も背筋も、いっかな乱れを生じることはなかった。少なくとも、孫四郎には伝わらない。

「ほう、剣か。いきなりだな」

そう言いながらも、父の顔はまんざらでもなさそうである。

「なんじゃ、強くなれと言うたは父上じゃ」

「大きくなれ、と先に言うたぞ」

「兄者がおる。兄者の方が年上じゃ。どうやっても儂の方が大きくはなれんぞ。だから、強くなるんじゃ」

「はっはっはっ」

このときばかりは、孫四郎は父の頭にしがみついた。源五も同じようにして襟首につかまっている。しばし続く、地揺れのような大笑であった。

「そうか、そりゃあ良い。剣か、源五、やってみるか」

「おう、やる。儂は強くなるぞ。父上よりもじゃ」

「そうか、なら剣で強くなって何をする」

「守るんじゃ、栗林を」

源五は歯切れ良く答え、得意げに鼻の下をこすった。守るとは、攻め手があってのことである。端《はた》で聞けば永劫《えいごう》有り得ぬことお笑い草の言葉であろうが、源五はいたって大真面目《おおまじめ》であった。

誠三郎の目が孫四郎に動く。孫四郎は小さく頷いた。想いを向ける先は違っても、源五も父が言った通り、やはり有本に生きる名主の子であるようだった。

謂《い》われなく、根拠なく、けれど、だからこそ刹那《せつな》力強く、頼もしく見える場合もある。

孫四郎は弟の目に、綺羅《きら》星のごとく輝く朱なる光を見た。沈みゆく日輪を映しただけのものには見えなかった。

「孫四郎は、どうする」

父の重く深く響く声が孫四郎を我に返す。

「儂は」

孫四郎は即答しかねて高く澄んだ空へ顔を逃がした。

「兄者はやめとけ。それでは儂の利がなくなる」

言葉通りの表情を作り、誠三郎の左の肩で源五が喚く。孫四郎の耳には、弟の声は入らなかった。

才あったればこそ我流でも五揃み随一とまで言われるようになったが、父の剣の根源は遊びであった。貧困に喘ぐ栗林の家で唯一潤沢に手に入る遊び道具といえば栗の枝、流木の類《たぐい》のみなのである。それは、今も大して変わらない。

力に任せてただ叩き込む古き物切りにも則《のっと》らぬ、生来の俊敏に寄り掛かっただけの我流。それが、五年前までの誠三郎の剣であった。

一つ違いとはいえ、当時の源五はさすがに幼すぎて分からなかったであろう。源五にとっては今の父が、影の流が、剣の全てなのである。

けれど、孫四郎は違う。孫四郎は、我流であった頃の父の剣も知っている。

――すごいものだぞ、新しき刀法は、影の流は。

五年前、初めての城山行きから帰るやいなや、出迎えた孫四郎の頭に手を置き、父は目を輝かせてそう言った。

顔といわず胸といわず腕といわずいたるところに痣《あざ》を付け傷を負った父であったが、その身体から噴き出す熱気は、声は、姿の痛々しさを打ち消してなお余りある喜悦に満ち溢れていたことを、孫四郎は覚えている。

――見よや、孫四郎、我が嫡男。

父は旅装すらとかず、数歩飛び退《すさ》ると、旅立つときには携えていなかった黒光りする木太刀を腰間から滑らせ、高く掲げて栗の林の中を疾駆した。

見よ、孫四郎。見よ、嫡男。

普段から事あるごとにこの言葉を口にする誠三郎であった。

それまでの父とまったく違う足の捌《さば》き、目付《めつけ》、見切り、それらをふまえ、思わぬ所から繰り出され奔《はし》る剣。

孫四郎は、声もなく眼を見開き必死になって父の姿を林に追った。

初めて影の流に触れ、まだ一月しか経たぬ父の動きは、後に思えばどこか硬くぎこちなさが残り、神変自在にはほど遠いものではあった。が、それまで父の我流しか眼にしたことのない孫四郎にとっては、その一動作一動作全てが、父の形をした目映《まばゆ》い光芒《こうぼう》であった。

父の剣捌きが軽やかに舞う蝶《ちょう》に見えた。流麗にして華麗なものであった。

剣とは、羽化するものであると初めて知った。

林の中を跳び回る父の全身から、影の流と向かい合うひたむきさが滲《にじ》んでいた。

孫四郎は、父の姿を、剣を、気高く美しいものに見た。

気高く、美しいもの。

見よ、と言われた、気高く美しいもの。

であるから源五と違い、孫四郎にとって剣とは、特に父の剣とは、習うものではなく、憧憬も含めて見るものであった。見て、その技、その動きだけでなく、内に秘めたる気といい魂といい、全てを含めて見るものであった。

「儂は、見ることにします」

「そうじゃ、それが良い」

源五が、左から合いの手を入れる。

「そうか」

父は眼下で静かに頷いた。

「それも良い。お前にはまず栗林の大地がある。天道に従うとはいえ、田畑に向かうとはそれだけで戦いだ。知恵と力は、どれだけあっても過ぎるということはない」

父はそう言って顔を道に戻した。

「儂は、まだまだそのどちらも半端だ。一人で追って良い二つの道ではないのかもしれん。お前は大地と、源五は剣と。それこそが、真《まこと》の有り様なのかもな」

父の顔が、次第に強まる夕陽の赤に同化して見えた。

両肩が動いて孫四郎達を揺すり上げる。揺れはわずかではあったが、誠三郎の肩の盤石に亀裂を入れるものであった。孫四郎は自身の膝に回された父の腕を握り締めた。

誠三郎の右手が軽く孫四郎の膝を叩き、左手が同様に源五の膝を叩く。

「たからはな、田の柄と書いて田柄と読む。大地の恵みはすべからく田柄だ。栗林はな、小さく貧しいが、その分大地の息吹《いぶき》にまみれて暮らせるところでもある。栗林に根付き、育ちゆくものも田柄。儂の宝。孫四郎も源五も、きっと美しき花を咲かせ立派な実を付けるぞ。お前達は二人とも、栗林に貰《もろ》うた儂の宝だ」

「おう、儂は宝じゃ。父上、任せとけ」

源五が応じて高らかに言い放つ。細く笑って、誠三郎はもう一度肩を揺すり上げた。不思議と、今度は揺れの不安を孫四郎は感じなかった。

「さて、八重が首を長くして待っておろう。急ぐぞ」

言葉と同時に、二人を乗せたまま誠三郎は道の上を滑るように走り出した。前髪が逆上がり、春の夕冷えを孫四郎は額に、頬に感じた。

「おお、速いぞ父上」

源五の声が無邪気に跳ね上がる。

(儂の一人駆けより速い)

孫四郎は、夕焼ける景色の流れを左右に見ながら唇を嚙《か》み締めた。きっと父なら、孫四郎達を乗せたまま、遥か栗林まで一気に駆け切るに違いない。

――素地はすでに出来上がっておられると、御師に言われたぞ。

五年前の得意気に言う父の言葉が孫四郎の脳裏に蘇る。丈といい、巾といい、こういうときの地力といい、そして知恵といい、誠三郎は己の遥か先にいることが実感される。

(まだまだじゃ)

孫四郎は父の肩の厚みを尻に感じながら、沈みゆく夕陽に目を移した。わずかに揺れる夕陽であった。母八重の含み笑う顔が重なった。

(笑《わろ》うて下さるな母者)

木々の落とす影がさらに長く、そして少しずつ薄くなる。帰りゆく鳥達の群れが天の赤にいたずらな模様を描いていた。

紀ノ川の流れが、朱を濃くしながら夕陽へ夕陽へと注ぎ込む。

「明日も晴れますね」

孫四郎の密《ひそ》やかなつぶやきに返る答えは、誠三郎からも源五からもなかった。

間もなく夕闇が訪れる。有本郷に入る頃には、間違いなく星明かりがまたたく夜になっているだろう。

母は、とっておきの油に火を灯《とも》して待っていてくれるだろうか。

孫四郎は、栗林の明かりがやけに恋しかった。

久方振りの父を交え、ささやかではあったが満ち足りた夕餉《ゆうげ》を取り、孫四郎は源五とともに誠三郎と八重の間に眠った。左、父側に孫四郎、右、母側に源五である。

父がおらぬ間は、母を挟んで二人の子は眠った。孫四郎は半身の薄ら寒さを覚え、しばしば夜半に目覚めたものである。父が戻り、それももうない。

その夜は、規則正しい息遣いが両側から聞こえた。安堵《あんど》に潜り込み、孫四郎は泥のように眠った。黎明《れいめい》まで一度として妨げられることのない、それは深いものであった。

誠三郎が起き上がる気配を感じ、孫四郎は心地よい朝の微睡みから目覚めた。

源五に動きはなかった。まだ眠っているようである。その隣に八重の姿はなかった。朝まだきうちから起き出しているのだろう。居間の向こう、土間のへっついの辺りから、粗朶木《そだぎ》の爆《は》ぜる乾いた音がした。

やがて源五も目を覚まし、四人揃《そろ》った栗林の朝が始まる。

温めなおした残り汁にわずかな漬け物を嚙むだけの朝餉であったが、決して漂う雰囲気は貧しいものではなかった。

「さて、出るか」

白湯《さゆ》を喫してのち、誠三郎は木太刀を腰に落としながら土間に降りた。戸を開け放って外に出る。

立ちこめていたのだろう春の霞《かすみ》が、朝冷えを連れて土間に入ってきた。

父の出たあとに孫四郎が続き源五が続き、そして八重が続く。それは父が帰った翌朝の、恒例であった。

孫四郎は戸前に立ち、霞の中に父の姿を探した。朝陽が差しているのはわかるが、届く光はただ霞の白を浮かび上がらせるだけのものであった。大分濃く、淀んでいるようである。

誠三郎は、春霞の底に立っていた。朝陽を背にしているのであろう。浮かぶ父の姿は、朧《おぼろ》な人形《ひとがた》の影であった。

孫四郎の隣に源五が立ち、その向こうに八重が立つ。

誠三郎は城山での事々を言葉にしてあまり多く語らない。その代わり、帰って翌朝必ず、前年よりも明らかに熟達したとわかる剣の舞を一差し舞うのであった。

「有本郷栗林名主、誠三郎」

朧影が響きの良い声で幻の郷の名乗りを上げる。父の声であることに間違いはなかったが、孫四郎はいまだ己が夢を見ているかのような錯覚さえ覚えた。

影が木太刀を大きく抜き放ち腰を沈ませてゆく。林の中に、小鳥の囀りが数を集め始めた。全き朝が、始まるようである。

霞が揺れて、動き始めた。拍子が合っただけかもしれぬ。しかし、

「参る」

掛け声とともに摺《す》り上げられた赤樫の木太刀は確かに霞を切り裂き、そこに清しき朝陽を呼び込んだ。

摺り上がって燕《つばめ》に返り、位置を移して薙《な》ぎまた薙ぐ。そのたびに、栗林の地に光が増した。

「おおっ」

孫四郎の隣で源五が感嘆の呻《うめ》きを漏らす。それが、孫四郎に現《うつつ》であることを強く教えた。夢ではないが、帰った父は、夢のような美しさを備えて帰ってきたのである。それは我流であった頃の誠三郎とは雲泥であり、初めて影の流の一端を携え帰ってきたときとも格段であり、昨年帰り来たときと比べてすら数段を示す圧倒的な差であった。

朧はいつしか鮮やかな影となり、手先足先までの様式美を見せつける。孫四郎は、頬に大気の流れを感じた。

吹き来るものは風か、気魂か。

高く跳んで大地をさえ鎮めん一撃を放つと、影から細い気息が漏れた。木太刀が優雅な円弧を描いて左腰に落とし込まれる。

素立ちになって寄り来る影は朝陽に馴染《なじ》んでやがて父の笑顔を顕《あら》わにし、舞いはそれで終わりのようであった。

「父上っ、その剣、儂はやるぞっ！」

拳を握って身を震わす源五の気勢を、上げた手のひらで受け、父は孫四郎を見、源五を見、そして静かに母の前に立った。

「毎年のこととはいえ、一月、済まなかったな」

「いいえ」

八重は軽く首を振って口辺に微笑みを寄せた。小さく揺れる黒髪が、霞に濡《ぬ》れて色を増し、朝陽を浴びて艶を撥《は》ねた。

「思いのままに、あなた様らしく。そこに惹《ひ》かれて、それをさせてあげるため、私はここに来たのですよ」

穏やかを超えて穏やかな声とともに、母は両手の袖口を絡めて差し出した。

何も言わず、誠三郎は木太刀をその手に預けた。胸にかき抱く八重のたおやかな仕草に、言葉通りの思いが見える。

父が見詰め、母が見返し、ともに動かず朝陽に包まれ霞に浮かんだ。

二人を一つのものとして孫四郎は眩《まぶ》しいものに見た。

しばし眺めて孫四郎も固まる。

気が付けば、いつからか源五が孫四郎の腕を引いていた。

「なんじゃ」

はばかることない、いつもの音量で問う。

片目を瞑って笑みを見せながら、源五は口に手を当て孫四郎の声を制した。

そこまでされれば孫四郎にもわかる。弟であっても源五の方がそういう機微には敏感であった。

（まったく、この弟は）

　小さく頷き、腕を引かれるままに源五に従って、おしどりの側を孫四郎は離れた。足音を忍ばせ、母屋を回って裏手に出る。

　納屋の前に立ち、源五は大きく息を吸って脱力した。首を回し、腕を回す。

「すごいもんじゃったなぁ、兄者。見てるだけで、力入ったわ」

　言って、手刀ともいえぬ幼い右手に左手を添え、父を真似てか右に左に、そして十文字に切り落とす。朝に遅れた霞が逃げ惑い、そしてちぎれた。

　孫四郎は、息を詰めて源五の一連を見た。

　我流の頃から今に至るまでの誠三郎を、ひたすらに見続けてきた孫四郎である。源五の動きは腰が浮いて軽く、無駄も多かったけれど、随所に今日の父と重なるところが見受けられた。

　八歳であり、まだなんの手解《てほど》きを受けたこともないにもかかわらず、源五の動きはまさしく影の流に則っていた。

（ああ、源五には、天稟《てんぴん》がある）

　孫四郎は板壁に寄り掛かり、いつまでも止《や》まぬ源五の踊りに目を据えた。軽さと無駄は、幼さと、ためにどうしようもない筋骨の乏しさゆえであろう。思えば、生来敏《びん》捷《しょう》さにすぐれた弟であった。父もそうであったと聞く。父の血は、間違いなく源五の中に受け継がれている。本人が言った通り、いずれ父に追いつき、ことによれば父をさえ抜き、栗林の武神になるに違いない。

栗林の羽、その片翼が雄々しく羽ばたく姿を、孫四郎は源五の動きの中に見た。ならば、もう一翼は。

孫四郎は手刀で霞を追うに夢中な源五を置き、一人納屋に入った。出て来る肩には、鍬ともっこがそれぞれ担がれていた。

子供用の鍬などはない。孫四郎の肩のそれは、九歳の身体に不釣り合いなほど大きかった。

(苗床《なわどこ》の土、作らねば。それが儂の役目。継ぐ者の役目じゃ)

母屋に近付かぬよう、林の中を抜けて孫四郎は外にある畑に出た。丹誠込めて育て上げた、滋養を含む土である。それを林中、ここと決まった日溜まりの場に三分の厚みで二間四方の土間と盛る。それが、苗床になるのである。

霞を受けてか土が少し黒い。とは、柔らかくなっているということである。

もっこを放り投げ、孫四郎はおもむろに鍬を振り上げ、振り下ろした。歯は、土中に半分ほども突き立っていた。

身体は、わずかな揺れもぶれも見せることはなかった。

幼さでは源五に負けるとはいえ、孫四郎もまだ九歳の子供である。大人の鍬を操る自在は、驚くべき膂力《りょりょく》の賜物《たまもの》といえた。

「駄目じゃ、雑念が入った」

柄先を梃子《てこ》に土を起こし、孫四郎は摺り足で横に動いてもう一度鍬を振り上げた。

（十に十では大地に勝てん。父の剣はそうではなかった。一点と決めて、十を超える）

手首を固めず、握りを柔らかく、五分で打ち出し、直前で締める。それで初めて、歯は大地に勝つ。歯は奔る。

無発の気合いとともに孫四郎は鍬を振り下ろした。

しばし大地を見詰め、やがて朝陽に白い歯が光る。笑顔が、結果を物語っていた。

「これじゃ」

鍬は、地に根元まで深々と突き立っていた。

剣を習うつもりはない。技を習うつもりはない。けれど幼い頃から見て、見て、見続けてきた孫四郎である。瞼を閉じれば、いつでもその裏に美しき蝶が舞う。我に固まっていた頃の父の剣も浮かぶ。なぜ剣の速さが増したのか、なぜ動きが軽やかになったのか。年々歳々の父を重ねれば、違いは如実にわかった。

いつの頃からか、田畑に出て父の剣を試すのは孫四郎の常であった。

手の内のことを決めて鍬を振るってみれば、今と同様、自ら呼び込むかのように歯は大地に潜り込んだ。父と同じように気息を調《ととの》え下腹に落として眼を閉じれば、餌を狙う鳥の気配が読めた。その因《いん》と果は、農にも応用出来るのである。そのときの嬉しさは今も忘れない。田にあって畑にあって、それまで以上に父母の力となれるのである。

以来、一朝一夕に出来るものではなかったが、孫四郎は根気よく田畑に出るたびに繰り返した。

いつしか、孫四郎は大地に向けて自然と父の剣を使うようになっていた。大地に、影の流で挑んでいた。

けれど、本人にその自覚はない。耕し、刈り取る。危を避け、機を見る。父の剣と動きをその熟達に応用しているだけなのである。

言葉があるなら、剣農一如とでもいうべきものか。自覚はなかろうが、孫四郎の中で、二つは一つであった。

孫四郎とて、九歳の子供である。はたして並の九歳の子に、見るだけで剣理をつかむことなど出来るものであろうか。それだけでなく、それを他に応用など出来るものであろうか。

人誰も知らず、本人も知らず。孫四郎の中にも、剣に対する恐るべき天稟が眠っているのである。源五の中にだけでなく、孫四郎の中にも、確実に父誠三郎の血が流れていた。剣の天稟は、二人にあった。

それがはたして幸か不幸か。運命の先はまるで見えない。

誠三郎と八重の血一滴二滴に元を発する赤き流れは、それぞれの想いに従って流れ始めた。二枚の翼とは、二筋の流れでもある。どちらも目指す大海は有本の未来であろう。交わることなく、寄り添って大海に注げばよい。が、どこかでぶつかるとしたなら、互角であればあるほど、激しければ激しいほど、赤き流れは濃く黒く色を変えて渦を巻こう。

飲み込むものがあるとすれば、それは栗林そのものである。

あってはならぬ事であろう。いや、弟を信ずる兄がいる。兄を愛す弟がいる。ありべきはずも、ないことである。

雲雀が高く、利を利と鳴く。

(そういえば狐目の伯父御、すぐまた来るんであろうか)

作業の手を休め、孫四郎は空を仰いだ。見事に澄み渡った青空であった。

「今年は作っただけ、穫《と》れるかな」

豊作といえぬ所に貧が見えるが、作った分だけ実りを見れば、それはひとまず農の勝ちであろう。孫四郎はそれで満足であった。

誠三郎の寒の刻積もりにも出ている。今年は、実りが期待出来た。

天運のいたずらが、紀ノ川を暴れさせ全てを飲み込みさえしなければ。そして、

「伯父御が、邪魔しなければな」

薄く笑って再び孫四郎は大地に向かった。

孫四郎の危惧に反して、一月経っても二月経っても土橋平次が姿を見せることはなく、秋を迎え冬を迎えても、とうとう現れることはなかった。

来たる年に少しばかりいつもより多くの種を残し、栗林のこの年は大過なく過ぎ、やがて父がまた城山へと吹く風になった。

源五にとってはまたたく間に過ぎた一年であった。田畑にあって作物を作り、飛び回って遊ぶだけのそれまでの一年ではなかった。

影の流、父誠三郎との稽古が加わったのである。起きてから寝るまで、いや、寝る間を削り取ってさえ足りぬほどの毎日であった。手頃な栗の枝を取っては、父の隣に立つ毎日である。

父は、手取り足取り教えてくれるわけではなかったが、気随《きずい》に反復を繰り返す源五に悪《あ》しきところを見出《みいだ》すと呼び止め、正しき動きを自身の身を以て示してくれた。

大げさにして見せてくれるということもあったが、それだけで源五は何が悪かったのか理解出来た。そして、すぐさまそれを修正してみせた。そのたび、父は静かに笑

って頷いた。首を横に振り、もう一度正しき動きを示すなどという仕儀になることは一度としてなかった。

「源五、お前は、才に恵まれたな」

時折、誠三郎は源五の頭に手を置き頼もしげにそう言った。

「そうじゃろう」

源五は必ず、自信満々にそう肯定した。あえていいえなどと謙遜する気はおきなかった。示されることが確実に見え、身体は確実にそれに反応し、体現出来るのである。それを才と言わずしてなんと言おう。源五は、自身でも己の才を確信していた。

父のため、母のため、兄のため、そして栗林のため、強くならなければならぬという決意はあったし、間違いなく強くなるという実感もあった。

源五は、河原に寄せる紀ノ川の余り水を大地が吸い込むように、父の示すものを余すところなく吸収した。

そうして新しい年を迎え、二月に入ると父はいつも通り伊勢は城山へと出掛けていった。

その間も、源五は怠ることなく、栗の林を相手に稽古に励んだ。剣は、すでに源五にとって暮らしの一部というより、農と同じ比重を以て己自身の全てを二分する、なくてはならないものであった。

二月晦日に帰った父は、背に一目見て新物とわかる一振りの枇杷《びわ》木太刀をくくりつけていた。

「御師に話したら孫弟子を喜んでくれてな。これはお前用にと、御師手ずから削り出して下さった物だ」

言いながら荒縄を解き、源五に差し出す。手にした木太刀は、木の匂いが強く、木日が鮮やかに立っていた。

父の物より幾分短く細い。つまりは九歳の源五を意識しながら、愛洲小七郎宗通が削ってくれたのだろう。

中位に落として構えてみると、手に馴染んで据わりが良かった。

「毎年、身体に合わせて削って下さると。有り難いことだ。益々《ますます》励まんとな」

「おう」

武者めいた返答をし、源五は木太刀を振るってみせた。

大気は、栗の枝とは比べものにならぬくらい高く澄んだ音を発した。手応えはまさしく、空を斬るものであった。

枝が太刀に変わるだけで、こうも違うものか。手が、それだけで一段も二段も上がったような気がした。嬉しかった。

枇杷木太刀は、源五にとって宝物となった。

孫四郎と並んで田に出るときも畑に出るときも、源五は左腰に必ず木太刀を差し落とした。肌身離さず、ということもあったが、それだけではない。孫四郎は常に源五よりも速く力強く鋤鍬を振るった。地に向かって敵《かな》わぬことは、源五の中ではすでに決まり事であった。兄は小名栗林の嫡男であり、大地とともに生きるのが仕事なのである。が、源五はそうではない。源五の仕事は、剣を極め、外に向かって双手《もろて》を広げ立ちはだかり、栗林を守る砦となることなのである。

丸腰で田畑に挑む孫四郎と、木太刀を携え隣に立つ源五。

木太刀は、源五にとって兄との差違を示す一つの象徴であった。田畑にあって敵わぬことの、身体で表す言い訳でもある。

源五の意識はすでに、田畑とそれをくるめた栗林の大地には、向いていないのであった。

土橋平次が久方振りに有本に現れたのは、四月初旬、卯《う》の花のつぼみがふくらみ始める頃のことであった。

卯の花は田植え花である。咲きそろうまでに、田の水入れを終えねばならない。

その日も栗林の一家は総出で田にあり、強まりゆく初夏の陽差しの中、田おこしに余念がなかった。

源五もいつも通り孫四郎の隣にあってその姿を横目で見つつ、兄に負けじと鍬を振るっていた。相も変わらず、田畑にあっては源五がどれほど気合いを入れても、兄の動きのほうがこなれているようである。

（何が違うんじゃろ）

目に流れ落ちる汗を手の甲で拭いつつ、源五は鍬に肘を乗せ、あらためて孫四郎を眺めた。兄は、黙々と鍬を振るうだけである。どれほど眺めていても、己との違いを源五は見出すことが出来なかった。

ただ、その大地のみを一心不乱に見つめる目に宿る白光と、林中にあって一人剣を振るう父の目に灯る光が、源五にはなぜか重なって見えた。

剣も農も、同じということであろうか。

（まさかな）

額から鬢《びん》から止まらぬ汗を、麻着の袖で擦《こす》るようにして拭う。

いつの間にか孫四郎が鍬打ちをやめていた。背を伸ばし、肩越しに遠くを見つめている。

「なにやら、ぞろぞろと来るぞ」

誠三郎も八重も手を休めて孫四郎の視線を追った。源五も倣って遥かを眺める。

紀ノ川のうねりに従って上流船渡の方から蟻《あり》の行列よろしく川岸をこちらに向かっ

て歩いてくる一団があった。

先頭は一年数ヶ月ぶりに見る伯父、土橋平次であった。ふんぞり返って大股で歩み来る。頬の肉が、振動に揺れて醜かった。

その後ろに、大小取り混ぜて五十人ばかりの男衆が続いた。色の褪せた刺し子から赤銅色の手足を突き出し、皆背に菰《こも》にくるまれた三尺強のなにやらを背負っている。

何人かは、弓の的であろう角板に丸目を付けた足の長い二寸角の材木を束にして担いでいた。

行列の最後に幾分腰の曲がった老爺《ろうや》と、その背に隠れるようにして一人の娘が続く。船渡の前名主義右衛門《ぎえもん》と、孫娘由衣《ゆい》であった。現名主、正兵衛《しようべえ》の姿は一行の中にはなかった。

男衆に向けて平次が何かを叫ぶ。行列は歩みを止め、それぞれの背から荷を降ろした。

それは、源五にとって今の今まで見たことのない光景であった。有本の川辺に、葦《あし》の原に、五十人からの人がいる。誰一人として声を上げる者がいなくとも、それは賑《にぎ》やかな光景であった。

平次は、あとを確認することもなく一人、足早に栗林一家の元にやってきた。大分遅れて船渡の二人もこちらに向かってくるようである。

「おう、誠三郎、久し振りじゃ。かれこれ、二年近くも顔見なんだな」

先に到着した平次が、いやに上機嫌で誠三郎に向け声を張った。

「若太夫、有本に世の物騒を持ち込む気か」

父はどうやら平次が何をしようとしているのかわかっているようである。抑えたものではあったが、声には頑とした拒絶を示す含みがあった。

「ふん、そう言うて虚《むな》しくないか誠三郎。ここは、無縁の地じゃ。お主の指図は受けん」

さすがに平次も雑賀、十ヶ郷の傭兵を束ねる男である。父の射竦《いすく》める眼光をどこ吹く風と流し、吐き捨てるようにそう言った。

有本を踏み荒らすとは、父の顔に泥することであり、源五を蹂躙《じゅうりん》することである。

（斬ってしまえ、父上）

源五は拳を握って父を見た。誠三郎は、何も言わず蒼天を見上げていた。隣に立つ兄も同じように見上げている。

名主とその惣領とは、侮蔑に甘んじるためのただの呼び名なのか。

源五は静かに右足を差し、腰を沈めた。もう一声平次からあれば、なんに構うことなく木太刀を素破抜《すっぱぬ》く。源五にとって、覚悟は自尊の内であった。

男衆が岸辺に角材を撃ち込む木槌《きづち》の音ばかりが、余韻を残して乱雑に響く。

「栗林のぉ、決めてくれ」

ひなびた老声がふいにかかる。源五の気勢は一気にそがれた。

声はようやっと追いついた船渡義右衛門のものであった。抑揚のない平坦《へいたん》な声である。言葉からも開きの小さな目からも、なんの感情も読みとれなかったが、顔は皺《しわ》だか苦渋だか知らぬもので満ちていた。

その腰に張り付く由衣の黒目がちな大きな眼が、義右衛門の印象を剽《ひょう》げたものにする。

「お主ぁ、束ねじゃ。否吐くなら吐け。儂らぁ、お主に従うぞい」

儂ら、と言っても船渡には義右衛門と正兵衛、由衣の三人しかいない。

由衣の母は由衣が生まれてすぐ、紀ノ川の流れ者に手を引かれて船渡を出ていったという。

それを茶化して由衣をからかい、泣かせたこと数知れぬ源五である。由衣と源五は、同い歳であった。

「ははっ、船渡の爺様《じいさま》も、重いことを言う」

父が笑って顔を戻す。眼の光は穏やかで澄んだものに変わっていた。

「船渡まで負うては、喧嘩もできんわ」

肩をすくめて義右衛門を見、由衣を見る。

由衣が慌てて義右衛門の背から飛び出し、誠三郎に向けて可愛らしく腰を折った。

「我が家の嫁に、いらん心配はかけられん」

有り様を知らぬ源五の幼い心は、その言葉を聞いたときだけ奥でわずかにねじれ、表に現れて口辺を締めた。

紀ノ川の大氾濫以降、二つだけ有本に残った名に、ほどよき歳回りの男女が生まれ合わせるのは初めてのことであった。

源五にとって気軽く話せるただ一人の幼なじみであったが、同時に船渡の一人娘由衣は生まれたときから栗林の嫡男、孫四郎の許嫁《いいなずけ》であった。

孫四郎だけの。

「おう、よう言うた誠三郎、ほれ、爺様もな」

平次は腰の左右に提げた打飼い袋を二人に向けて放った。

誠三郎は無造作に左手で、義右衛門は存外の素早さを以て両手で受けた。

袋は、端で見ても重量感のあるものだった。

「これ以上お主に無駄銭と思うたがな、儂も鬼ではないぞ。妹の貧しさも見るに忍びない。なんと言っても、月下氷人は儂じゃ。爺様にしても、渡銭で生きとるんじゃろ。少しばかり人渡りが減るじゃろうしな。まあ、足しにせぇ」

饒舌《じょうぜつ》に垂れるが、親切心で言っているのではないことは、九歳の源五にもまるわかりである。

反言を封じんとするとき、負い目のあるとき、人は長々と言葉に遊ぶ。

的を立て終わったか、土を打つ響きが絶えた。見れば有本の岸辺に、およそ二間の間隔で二十本の矢的が並んでいた。

男衆のうち五人がうずくまり、地の菰を次々に解いてゆく。

「少しか、若太夫」

誠三郎が視線を平次にひた当てつつ、銭を持たぬ右手で天を指した。

「人の行き来は知らず、この有本の空から渡る鳥は絶えるだろう」

「なんじゃ、わかっとったか」

憮然《ぶぜん》として平次はそっぽを向いた。

「無縁の地におっても、人の世とまったく無縁ということは流石《さすが》にないようじゃな」

誠三郎は平次の言葉を受けて強く顎を引いた。

「二月の根来は空気が澄む。ここ数年、城山への道すがら、谷から渡る風に煙硝の臭いと爆音が混じる。種子島《たねがしま》筒だな、若太夫」

今度は平次がたるんだ顎を大きく引いた。

「それも、因《もと》は儂か。どうも栗林とは、相性が悪い。が、それももう終いじゃ」

平次は言って川岸の男衆に向け、右手を高々と差し上げ振った。

「種子島筒」

源五は一人つぶやき、男衆達を注視した。

合図を待っていたかのように、四人ばかりが菰から両手で黒光りする固まりを取り上げた。菰いっぱいに包まれていたのだろう約三尺の細長い鉄。どうやらそれが、種子島筒と称するもののようである。

「大事にあたって、五挺十挺ならお主を頼る。五十挺なら両方頼む。百挺超えりゃ、考えるまでもない。これでもう、今日を最後に、儂が栗林の中に潜り込むことはめったなことではあるまいよ」

「それは願ったりのことだがな。……去年の春は何挺だった」

「四十挺」

ほう、と嘆息を返して誠三郎は岸辺に目を移した。

「それが一年と少しで百を超えたか。大層なことだ」

つまらなそうに誠三郎は言葉を捨てた。

狐目の伯父も、同じように男衆の動きに目を当てていた。

「なに、儂の荘で作り始めたからな。なんといっても、鉄砲は弓や剣と違って才や膂力や天稟に頼らん。少し撃ち慣れりゃ、皆一人前の鉄砲放《はな》ちじゃ。達人上手などおらんでも良い。いや、弓の上手、槍剣《そうけん》の達人と一人前の鉄砲放ち。どっちが得かは自明の理じゃ。鉄砲の数ぁ、まだまだ増えるぞ。その分、放ち手が足りんくらいじゃ」

「それで、有本か」

互いに顔も見ず、義兄と義弟の話は続いた。

「儂んとこも十ヶ郷も、風に塩が多いからな。ここはよい。ここならうってつけじゃ。塩気もないし、人もおらん。撃ち損じても鉛玉は全部紀ノ川が飲み込む」

「褒め言葉として取っておこう」

「はっ、馬鹿を言え、誰を褒める。ここは、無縁の地じゃ」

平次の言葉は、会話を断ち切るものであった。

槌音もなく言葉もなく、有本にいつもの静けさが戻る。

男衆は黙々とそれぞれの作業を続けているようであった。鉄砲を持った者達は、的から三十間ばかり離れたところに座り込み、木の棒を筒に差し入れ何度も突く。

やがて、焦げ臭い臭いが風下に立つ源五の鼻腔《びこう》に忍び入った。

一番手前の男が立ち、平次に向かって合図を送る。岸辺の矢的近くにいた者達が、蜘蛛《くも》の子を散らすように一斉に離れた。

放ち手達が片膝立ちになり、それぞれの拍子でそれぞれの狙う的に筒先を上げ構えた。

「よぉし、やれっ！」

――南無阿弥陀仏。

平次の胴間声《どうまごえ》にいくつかのかすかな六字名号が重なった。

とたん、有本の天地が割れ裂けた。少なくとも、源五はそう感じた。まるで間近に雷《いかずち》が振り下ろされたようであった。

大気さえ震える音が、耳に痛かった。

「うおっ」

「きゃっ」

ほぼ同時に同様の仕草で由衣も小さくなる。額と額が激しくぶつかり花と開いて二人は仲良く尻餅をついた。

普段なら見合って笑う場面であったが、このときばかりはそうならなかった。由衣は由衣で、耳を押さえたまま余韻冷めやらぬ河原を見ぬよう、必死になって目を瞑っている。源五はといえば、由衣になどお構いなく、顔を歪《ゆが》め、頭上を見上げたままであった。

弾けて転ぶ際、源五は頭上に見てしまったのである。目を半眼にするだけで微動だにせぬ父と、同じような目つき一つで聞き流し、見流す兄の姿を。

なぜ、己一人がうろたえる。

なぜ、兄は立ったままで己は不様に地と戯れている。

由衣と一緒になってうろたえ、幼さ弱さを露呈してしまったことへの狼狽《ろうばい》は、屈辱以外のなにものにも変わりようがなかった。奥歯を噛み締めつつやり場のない怒りにまかせて跳ね起き、河原に靡《なび》く煙の筋に目を据え当てた。

心の臓は驚愕《きようがく》に早鐘の如《ごと》く打ち続けていたが、構うものではなかった。的は、半分ほどが弾け飛んで、岸辺近くの流れに浮かんでいた。

すごい、と今にも口を衝《つ》いて出そうな言葉を強引に胃の腑に落とし、源五はあらん限りの声で叫んだ。

「父上、良いのか。これで良いのか。父上の地じゃ、栗林の治めた地じゃ。儂の地じゃ」

父は、何も答えなかった。昇る煙の流れを見ている。いや、それを超えて遥かを見ている。

「やかましいぞ、栗林の倅《せがれ》。加地子《かじし》もない。賦役《ぶえき》もない。矢銭《やせん》もないんじゃぞ。とはな、源五」

父に代わって平次が片目を細めて源五を見た。いや、見下した。

「放浪一家、牢人《ろうにん》一家なんじゃ、おのれら」

「くっ」

怒りが前に出、源五は左腰の木太刀に手をかけた。

「なんじゃ、やるんかっ」

平次が恫喝《どうかつ》しつつ一歩引く。

たるんだ肉の一歩など、子供とはいえ、今の源五なら刹那で無にする。

「平次っ！」

あとのことなど、知ったことではなかった。しかし、どれほど力を込めようと木太刀を引き抜くことは出来なかった。

いつ伸びたか知らぬ一手が、上から源五の腕を押さえ、盤石を以て動かなかった。

「あっ、兄者」

源五の言葉を口元に寄せる笑みで受け、孫四郎は平次に向かった。

「伯父御、御用がお済みなら、お仲間の衆の方へいかがか」

幼いながらも、孫四郎の口調には有無を言わせぬ響きがあった。

一瞬絡み合う伯父と甥の、視線と視線。

先に切ったのは狐目の伯父、平次の方であった。

「ふん、毎度のことながら小癪《こしゃく》な兄弟じゃ」

吐き捨て、平次は妹八重に顔を移した。耳を押さえるだけで、母はいつものたおやかさを崩さず立っていた。

「とはいってもお前のことがある。こりゃ真じゃ。そうやって耳だけふさいどけ。今と同じ銭ぁ、毎年誰かに届けさせる。それなりに暮らせるほどはあるからな」

聞いているのかいないのか、八重は小首をかしげながら漂い来る煙に小さく噎せた。返応としては、それだけでも平次には満足であるようだった。名主誠三郎の顔を見ることもなく背を返す。

残る者は、放浪と、牢人と嘲られた有本の二家ばかりであった。

「有本とはな、源五」

平次の背を見遣《みや》りながら誠三郎が口を開く。

「そういうところなのだ」

紡ぐ言葉は、やけに遠くへ放つものであった。それを受けてか、孫四郎の手が源五の腕を離れる。それでも源五は、動けなかった。

「そういう有本が、儂は好きじゃ」

源五に代わって孫四郎がそう言った。

「雑賀、十ヶ郷、儂は好かん。南無阿弥陀仏を唱えながら、人殺しの弾《たま》放つ奴らを儂は好かん。仏すら口にせず、その人らを死地に送り出す奴、儂は好かん。儂は、有本が好きじゃ」

孫四郎の声が深く源五に染み通る。口はそれでも開くことが出来なかったが、身体は内から熱を帯びた。頬を撫《な》でる風が心地よかった。

すぐにまた、音と煙にまみれること必定《ひつじょう》であったが、風も葦の原のさやけきも、束《つか》の間《ま》、いつもの有本に戻っていた。

天から降り落ちる、夏の陽差しが強かった。


種子島筒。天文十二年（一五四三年）、大隅《おおすみ》種子島西村に漂着した一艘《そう》の明船の主客であった二人のポルトガル商人によりもたらされた二挺の火縄銃のことである。火挟みを備えた新式銃であった。銃そのものというより、それを購入した種子島の領主種子島時堯《ときたか》が、家臣篠川小四郎《ささがわこじろう》に火薬の調合を、刀鍛冶八板金兵衛《やいたきんべえ》にその製造法を学ばせたという行為を指しているかもしれない。

いずれにしても、その時堯が買い求めた二挺のうち一挺を譲り受けたのが、根来寺の大子院杉之坊《すぎのぼう》門主明算《みようさん》によって種子島に送られた津田監物算長《つだけんもつかずなが》であった。津田家は雑賀五搦みの内に属する中郷の地侍である。杉之坊の門主は、代々津田家から出すことになっていた。津田家が建立《こんりゆう》した子院なのである。明算は監物の弟であった。

監物は根来坂本にいた芝辻清右衛門《しばつじせいえもん》に、種子島時堯同様、鉄砲の製造を要請した。

芝辻はやがて堺《さかい》に移住し、堺鉄砲の元を作る。

「兄者、父上と儂の剣は、あれに勝てるんじゃろか」

刈り取りを明日に控えた晩秋九月の昼下がりであった。

稲穂そよぐ金色の田を背に源五は畦《あぜ》に腰を下ろし、止まぬ轟音《ごうおん》に顔をしかめながら、隣に座る孫四郎にそう声を張った。張らねば隣に届かぬほど、有本には銃声が満ちていた。

初めて平次が有本に雑賀衆と鉄砲を持ち込んでから、半年が過ぎようとしていた。新式鉄砲が根来寺とは指呼《しこ》の間にある雑賀五搦み、特に、雑賀衆を束ねる土橋平次の元に早い段階で入ってくるのは自然な流れであったろう。土橋家は根来寺内に、杉之坊と並ぶ有力子院泉識坊を持っている。

雑賀でも根来に負けることなく、すぐさま鉄砲の製造を始めたらしい。雑賀には古くから、韓鍛冶《からかぬち》の伝統を伝える腕の良い鍛冶、甲冑師《かっちゅうし》がいた。雑賀鉢《さいかばち》と呼ばれる独特の南蛮風兜《かぶと》が良い例である。刀や兜を、精魂込めて全霊を捧《ささ》げて鍛え抜く工人職人にとって、鉄砲造りなどは雑作もないことであった。

「さてな。父上次第、お前次第じゃろうな」

「どういう意味じゃ」

「あれも道具、剣も道具じゃ。それを持ったからとて無敵ということもないじゃろ。遣い手次第、だからお前次第じゃ」

孫四郎はそう言って気持ちよさそうに背を反らし、天を仰いだ。

午睡を催す陽気であり、時刻であった。けれど源五にはそんな気は起こりようもなかった。

五十人余であった当初の雑賀衆は、今では百人になんなんとしていた。おどろであったはずの葦の原は、縦横に踏みしだかれ所々に空き地を作った。川岸に立ち並ぶ矢的の数も、正確に数えれば五十四枚ある。半年過ぎようと、慣れる前に人も鉄砲も日々に数を増すのである。

誠三郎が予測した通り、原から空から鳥が絶えた。大害をもよおす雨風はなく過ぎ、田の稲は貧にしてはまずまずの出来であったが、稲穂の枝垂《しだ》れ具合がやや気になる。

朝から晩までそれこそ雨の日も風の日も、雨除《よ》け風除けを組んでまで撃ち続けられる鉄砲のもたらす弊害であるとするなら頷けた。いや、そうと取らなければ逆に頷けるものではない。

源五も時折、頭を針で刺されるような痛みを覚えた。地響きすら連れるそんな大音を孫四郎のように平然と受けて流すなど、源五には出来ることではなかった。

そういえば、源五のように張り上げなくとも孫四郎の声はよく聞き取れた。それが、惣領と生まれたものの資質か。源五には、まるでわからなかった。

「儂次第か。が、狐目は弓の上手、槍剣の達人と一人前の鉄砲放ちなら、鉄砲放ちが勝つと言うたぞ」

「勝つとは言うとらん。雑賀の男だぞ。得、と言うたはずじゃ。が、勝ちと聞いたならそれでも同じ。お前が上手達人を超えればよい」

「簡単に言うてくれるな、兄者」

源五は草をむしって風に乗せた。

一間も流れず草は地に落ちた。それほどに、よい日和ではあった。

銃声さえ轟《とどろ》かなければ。雑賀衆さえいなければ。

「それがお前の選んだ道じゃろ」

孫四郎の声は父に似て、どこかの遠くへ流れるように源五には聞こえた。

「さて」

孫四郎が一度源五に視線を流し、膝に手を当てて立ち上がった。兄弟であれば目でわかった。源五も遅れて立ち上がる。

孫四郎も察知していたということには驚きを禁じ得なかったが、源五も少し前から背後に立つ人の気配を感じ取っていた。

半年前には出来なかったことである。影の流が、源五の身内に根付いてきたということであろう。

なら、孫四郎になぜわかった。大地が栗林の嫡男に、地を通じて囁くのかもしれない。そう考えると腑に落ちる。結局、栗林は有本は、兄の支配する大地になるのである。

二人揃って背後を振り向く。

源五はあえて何も言わなかった。

「なんぞの用か」

孫四郎が見据えて問う。先に口を開くのは、嫡男の務めであろう。

田と畑を分ける境の畦に、三人の男が立っていた。

ただ居並ぶだけだが、源五の目にも明らかであった。二人の従者と一人の主。纏《まと》う雰囲気がまるで違った。

浅黒く筋骨張った五尺の主。歳の頃は源五より、いや孫四郎より幾つか上だろう。

「ほう、驚きもせぬとは、わかっとったか」

声は存外に若かった。ならば大柄なだけで、歳は自分達二人と変わらないかもしれない。切れ長の目に光が強い。薄い唇の端はほころんでいたが、親しげな笑みには見えなかった。

担ぎ上げた鉄砲の台木で肩を叩いてもてあそんでいる。

人訪れぬはずの有本に充満しているのは、雑賀衆達だけである。振り向いたとて、鉄砲を持つ者がいても驚くものではない。が、源五はわずかに眉をひそめた。

戦場でもあるまいに、あろうことか、男は兜をかぶっていたのである。いや、かぶられているといった方が正しいか。兜は頭に、大分大きいようであった。

側は三枚の鉄板を環状につなぎ合わせ、その上に手拭いを置くように一枚打ちの鉄板を乗せ、上部に並ぶ角状の鋲《びょう》がいかめしい。周囲の矧板《はぎいた》に大振りな鋲を配し、水平に突き出た庇《ひさし》に眉形の切鉄《きりがね》を置く。

いわゆる、雑賀鉢である。

「用というほどのこともないがな。さっきの話、与太話にしてはなかなか聞けた」

口辺の冷笑を消すことなく、細い眼の中で瞳が孫四郎と源五に動く。

口調も仕草も、全てが源五の気に障るものであった。男は源五達を完全に見下し、そのことを隠そうともしていなかった。

「お主らが、ここに巣くう者達か」

男の言葉は、人に掛けるものではなかった。

源五は右足を差し、木太刀の柄《つか》に手をかけた。半年前より、大分軽く、こなれてきたという自覚がある。

上から押さえる孫四郎の手は降らなかった。わずかに低くなったところから兄に向けて視線を上げる。孫四郎は男を静かに見つめていた。力みのない立ち姿であった。

山が動かなくとも、風は唸《うな》る。源五が口を開く番であった。

「名乗らぬ奴は馬の骨。ならば、巣くう我らと同類じゃな」

男の眉がわずかに上がった。

それで重畳《ちようじよう》、と源五は思う。挑みかかる奴に挑まぬでは、影の流を習う意味がない。

「ふっ、よう言うわ。頭の働きはどうやら悪くないようじゃ」

男の声は孫四郎同様、銃声に負けずよく響いた。

「儂は平井《ひらい》、鈴木《すずき》の嫡男、孫一《まごいち》じゃ」

男は低くそう名乗りを上げた。

「おう、十ヶ郷の鈴木か」

源五はその名に聞き覚えがあった。というより、土橋平次の聞きたくもない話によく出て来る名であった。

鈴木家は十ヶ郷平井を本拠とし、郷を束ねる国人であった。現当主は鈴木佐太夫《さだゆう》といい、平次の話によれば熱心な本願寺門徒であるという。十ヶ郷、雑賀荘だけでなく、買いあさった地に次々と内道場を建て、今ではその数百になんなんとするほどであるらしい。

本願寺を良い客と考える平次にとって、平井の鈴木は門徒を傭兵として動員するためにも、本願寺との関係を強化するためにも、欠くべからざる、それこそ同朋に違いなかった。

名乗りによれば、孫一はその佐太夫の長子、国人の嗣子《しし》ということである。

「若太夫が、無縁の地に教練場を設《しつら》えたと言うから見に来た」

孫一はそこで言葉を切り、辺りを一渡り眺め回した。

ここまで歩み来て初めて見るというわけではあるまい。一連は、源五達に見せるための行為であったろう。

「さすがに無縁、何もない。殺風景なところじゃ。栗の林があるばかり。人の住まうところではない」

言葉が行為を追いかける。孫一の眼に侮りの光が強かった。

源五の中を熱い血潮が縦横に駆けた。脈動に逆らうことなく、徐々に差し足に力を乗せてゆく。

暴発まで、切っ掛け一つ。源五は残る理性で首をねじ曲げ、孫四郎の様子をうかがった。

顔色一つ眉一つ変えもせず、動かぬ木像が一体、そこにあった。

源五の奥歯が音を立てた。

良いのか、弾けて。

「はっはっはっ」

突如として孫一の大笑が起こった。

「栗林の末っ子。迷ったな。逡巡《しゅんじゅん》は死。それが外の世の鉄則じゃ。覚えとけ」

「なにをっ」

源五の自制は弾け飛んだ。

しかし、それより速く孫一が身を沈み込ませながら鉄砲の床尾《しようび》を腿《もも》にあてがった。眼が突如白光を溢れさす。筒口が、己の方を向いていた。

「源五っ！」

孫四郎の言葉に、源五は咄嗟に左方に跳び、身を稲穂の中に躍り込ませた。

——轟《ごう》っ。

巣口《すぐち》が赤い舌を伸ばし、爆音と熱を伴って源五の右耳を舐《な》めて過ぎる。

幾束かの稲穂をなぎ倒しながら、水落ちた田の土に源五は紛れた。己の不様は、大地の味がした。吐き出しながら勢い込んで立ち上がる。まず目に入ったのは、わずかに身体を開いただけであくまでも動かず、孫一に湖水の眼をひた当てる孫四郎の姿であった。

源五の肌近くということは、孫四郎にとってもさほど違《たが》わぬ所を鉛玉は通過したはずである。それにもかかわらず憤りの欠片すらうかがえぬ。

「戯れはここまで。十分じゃろ」

孫四郎の声であった。静かではあったが怯懦《きようだ》も見えぬ。源五は言の行方《ゆくえ》を追って孫一に目を移す。

たなびき残る煙の向こうで、片膝立ちのまま楽しげに孫一は笑っていた。

「良い度胸、と言っておこう」

膝を払って立ち上がる。鉄砲は再び肩に回った。

「先の話だがな。弓の上手、槍剣の達人、と言っていたか。ならばおい、鉄砲の名人とならどうする。少なくとも儂はこの」

孫一は肩の鉄砲を一度見遣った。筒中辺りで自身の頭の雑賀鉢を叩く。鉢が揺れて軽く響く金音が上がった。

「この雑賀鉢に頭が馴染む頃、六匁《もんめ》玉が腿でなく肩で受けられるようになる頃には、必ず並ぶ者のないところまで行くぞ。であればさて、どうする」

大言ではあっても雑言には聞こえぬ余裕と自信が孫一の言葉にはうかがわれた。

「決まっとる」

孫四郎の答えは速かった。

「それをすら超えればよい」

こちらも泰然として虚言とは思えぬ響きがあった。

「儂は、強いぞ」

「源五も強くなる」

兄は、こともなくそう言いきった。

源五にとっては嬉しくもあり、反面、差し込む錐《きり》でもあった。

皆で丹精込めた命の稲を慌ててとはいえなぎ倒し、土にまみれて立ちつくすとは何。そもそも慌ててという心の浮薄は何。

農に従事する者としても、剣を志す者としても、ありうべからざることばかり。

孫四郎の言葉に、孫一は田の源五を見下ろし、ふんと鼻を鳴らして視線を戻した。

「見果てぬ夢じゃ。なぜなら、儂がいつも先に立つ。果て所《はど》の果てで手招いてやる」

孫一にそう言われても、源五は怒りを覚えなかった。

「栗林には夢などない。栗林では夢など見ない。あるのは、現のことばかりじゃ」

孫四郎にそう言われて、源五の胸は痛みを覚えた。動くことすら出来ず、己を田に縫い止める痛みであった。

「減らぬ口じゃ。ならば現にも儂が常に先に立つ。それだけのこと」

言い捨てて孫一は背後に顔を振り向けながら歩き出した。

「下針《さげばり》、発中《はっちゅう》」

控えていた男二人が、同時に応と返し後に続く。

紀ノ川下りの風が渡り、田の稲に小波《さざなみ》が立ってざわめきも起こる。

源五はせめて風に負けぬよう一足、一足、田中を歩いて畦に上った。

十間ほど先で、孫一の肩が同じ風を切る。

「まぁ、たまにはこっちから入って遊んでやる。栗に付く虫は林の中から出て来るな。

目障りじゃ。それほどの銭は、若太夫から貰っとるんじゃろ」

　捨ての台詞《せりふ》が風に乗った。

　流れて届き、留まらず彼方《かなた》へ去る。

　あとは虚しき風と、相も変わらぬ銃声の群ればかり。

　源五も孫四郎も、言葉なく孫一の背を見送った。しばし、晩秋の高き空から降り落ちる頼りなき陽を浴びながら立ち、眺める。

　孫一は、すでに雑賀衆と葦の中に紛れ込んでどこにいるのかさえわからなかった。ただ一人、雑賀鉢をかぶった男と捜しても見当たらない。大分遠くに行ったのだろう。間断なく続く銃声。どれだか分からぬ井上、源五にはそのどれもが己を嘲笑《あざわら》う孫一の高笑いのように聞こえた。

（強く、なってやる）

　今までの漠然としたものではない。浮かぶもの、現の男、雑賀鉢の鉄砲放ち。源五はあらためて心に刻んだ。

　その肩に、重量感のある手が乗った。背丈はいまださほど変わるものではないにもかかわらず、孫四郎の手はいつの間にか、源五を驚かすほどに厚く、大きくなっていた。

「源五、焦るなよ。あれもまだまだ、我らもまだまだ。想いの差が、後に出る」

孫四郎の一言が湧いた。

染み通る一言、いや、一言だから、染み通る。

「おう」

「孫四郎、源五」

ふいに掛かる声に、源五は虚を衝かれ背を反らした。見れば孫四郎にも、わずかに身を固める素振りがあった。

父の声であることはわかったが、源五には父の気配がまるで摑めなかった。孫四郎も、おそらくそうなのであろう。

大言壮語しながら気配一つ抑えられぬ孫一とは、父はやはり比べものにならぬほど高いところにいるようである。

その誠三郎を師に持つ。そのことだけで、源五の胸は今ひととき満たされた。見果てぬ夢があるとするなら、源五にとっては父誠三郎がそれであった。

兄弟は目を見合わせながら振り返った。黄金の波の向こうに鍬を担いだ誠三郎が立っていた。畦を回り、身ごなし軽く歩み来る。

父の周りだけ空気の流れ、時の流れが違うように感じられた。絶え間ない銃声さえ父の周りを避けて通るようである。

「見ていたぞ」

誠三郎は孫四郎と源五の前に立ち、厚い唇を割って白い歯を見せた。

父が見ていた。父がそれでも笑った。

源五にはそれで十分であった。見果てぬ夢が、口にすることなく、それでよいと言ってくれている。

「孫四郎、よく耐えた。源五、よく凌《しの》いだ」

孫四郎は静かに頷き、源五は照れて鼻の下を掻いた。源五の己に対する苛立ちは、父に照らされいつの間にか溶け消えていた。

「鈴木孫一か。才は見えるが、尊大に過ぎる。若さゆえ、なら良いがな。鉄砲は玩具《がんぐ》ではないとさて、誰が教える」

誠三郎は雑賀衆を見流しながら、肩から鍬を下ろし畦に座り込んだ。孫四郎も続き、源五も続く。

「父上」

「んっ、なんだ源五」

誠三郎が肩越しに源五を見下ろす。あくまでも穏やかに、穏やかに。

「父上なら鉄砲に、孫一の鉄砲に勝てるか。いや、影の流は、鉄砲に勝てるんか」

父の気圏に包まれ、源五は憤ることなく、声を荒らげることなく、素直に疑問を口にした。

「埒《らち》もなし、と言っておこう」

誠三郎は力強く笑って眼を河原に戻した。

埒もなし、とは是か非か、源五にはわからなかったが、力強い笑み一つ、それだけを源五は胸に納めた。

「それにしても多くなったものだ。まるで蟻だな。若太夫のことだ。間違いなくまだ増える」

誠三郎はため息混じりにそう言った。

「紀ノ川の流れも、恵みだけでなく汚物を運び、ときに厄災をもたらす。ならば人の流れは一体何を有本に運ぶ。たかが武具の一つであれど、鉄砲は、世は変えずとも確実に雑賀を変える。いやはや、そのとき儂は鍬を担ぎ、剣を携え、さてさて、どこへ流れよう」

誠三郎は、一人風と語らった。

(また、父上は遠くを見とる)

父が父でなくなり、地にあって地から離れる。長くはないが、短くもなく、いつもではないが、目につくほどにはある。

源五の嫌いな唯一といっていい父の一面、父の影。陽と影。

源五は父の言葉を耳に受けながら、西に傾き始めた陽に伸びる己の影の揺蕩《たゆた》いを眺めた。

つるべ落としが間もなく始まる。

時の流れに従って、影は育つ。

なら、時の流れに従ってきっと己も育つはず。

願わくば、つるべの時が流れるよう。

とはいえ父の言葉もある。

それを借りれば、時の流れは源五に一体何をもたらす。

膝を強く抱え込んで、源五は真っ直ぐに川辺を眺めた。隣で孫四郎は、常の仕草で動かない。けれど源五には動かぬことが心地よかった。

考えない。考えなくとも明日には一日分、確実に育つ。

晩秋の陽が、背に往《ゆ》く秋のはかない光を散らす。

明日は刈り取り。

刈り取る作物の命は、源五の血肉をきっと増やす。


切り離された有本にも春が訪れ、秋が訪れ、季節は巡ってそれを繰り返し、時は光陰の矢となって奔る。

四年の月日が有本の上を行き過ぎていた。といって、有本そのものの何が変わるわけではない。五十年流路を変えることない紀ノ川が、牙を隠して穏やかに流れ、年々歳々命を継ぎながら全体としては変わることない葦の原が広がり、それ以上に年々歳々変わることない栗の林があるばかりである。人の流れなくば、有本は悠久に取り込まれた大自然の一部であったに違いない。

日々は、入り込む人の流れは、日がな溜まってはまた流れ出て行くを飽くことなく繰り返し、繰り返した。淀みの澱《おり》が、風に大地に染み込み沈み込み、世の風聞が風の唸りの中にも聞こえた。

京では三好長慶と和睦が成って帰った足利義藤《あしかがよしふじ》が、義輝《よしてる》と改名して室町《むろまち》御所にあり、その義藤の加冠役、六角弾正少弼定頼《だんじょうしょうひつさだより》が死に、信濃《しなの》川中島では、長尾景虎《ながおかげとら》が武田晴《たけだはる》信《のぶ》と戦ったという。

血生臭き世の、有本にとって関わりのない話ばかりである。

そんな中でも、特にやかましいほど風に紛れ、地に濃く染み込む話があった。

それは、本願寺門主証如光教《こうきょう》が没し、その子顕如光佐《けんにょこうさ》が留守職を継いだということと、百姓の持ちたる本願寺一向一揆《いっこういっき》の国加賀《かが》に、宿敵朝倉宗滴《あさくらそうてき》が一万の兵を以て攻め入ったという話であった。

雑賀衆は、六字名号を唱えながら引き金を引く者の割合が高かった。有本にはいつでも南無阿弥陀仏の声が充満していた。本願寺の動きを気に掛けるのは、彼らにとっては道理であったろう。

が、それも含めて、本来の有本にはどうでもよい話である。結局、移り変わるのは人、そして、人にまみれた世という器の有り様だけなのであった。

田にあって鍬を振るい、畝《うね》を立て終えた孫四郎は、弱々しき西陽の下、顎先から滴り落ちる汗を拭った。水田の跡は稲の根も絡まり、地が硬い。一反三百六十歩もないわずかな耕地とはいえ、農に生きる者にとっても、それは背腰に負担を掛ける過酷な仕事であった。

孫四郎は一息つき腰を伸ばした。小気味よい音と振動が骨から起こり、凝《こ》り固まって熱を持った肉をほぐす。

四年の歳月は、童の上に顕著であった。身の丈は一尺あまりも伸び、五尺五寸になんなんとしていた。首も肩も厚みを増し、肩にも瘤《こぶ》のような肉が付き麻着を下から盛り上げている。筒袖から突き出す手足はほどよく陽に灼け、肉のよじれが幾筋も浮かんでいた。

孫四郎の体格は、もう少年ではあり得なかった。

汗に濡れて額に張り付く前髪だけが、残る童の象徴であったろうか。それも年が明け、城山に行くはずの父が帰れば早晩落とされるはずである。

孫四郎は来年、元服であった。

声も一段低くなっていた。含みのある、豊かな声である。

「これで、明日蒔ける」

孫四郎は気息を調えながらほぼ一尺おきに盛り上がった畝の並びを一渡り見まわした。明日はそこに蚕豆《そらまめ》を蒔く。

豆はわずかな元肥《もとごえ》だけで育ち、土地を痩せさせず、かえって肥やす裏作に適した作物である。それは、父誠三郎が城山への道すがら、大和から持ち帰った新しき農法であった。

七、八年前からわかってはいたが、栗林で始めたのは一昨年《おととし》からである。わかってはいても、栗林にはその種を買う余力がなかったのだ。

土橋平次の投げ渡す銭によって蚕豆は初めて有本にやってきた。葉や茎は、肥料や飼料になる。銭によってというより、蚕豆によって栗林は多少なりとも豊かになったのである。

鰯雲《いわしぐも》が赤く、空で鱗《うろこ》を輝かす。地に降る陽光は、畝の並びに陰影を付けた。

耕すことは農の基本であり、腕の善《よ》し悪しはその後を見れば明らかである。地には、揺るぎなく真っ直ぐに延びる赤茶の畝と黒き影の織りなす縞が鮮やかであった。

孫四郎は一人満足げに頷きながら鍬に付いた土をあらかた指でこそぎ落として田に戻した。次いで、鍬を担いで紀ノ川べりに向かう。

三人ばかりの雑賀衆が葦の中で蠢《うごめ》くのが見えた。二拍ほど置いて、耳をつんざく轟音一声。水鳥が数羽、茜《あかね》の空に舞い上がる。それを見上げながら、しかし孫四郎の足取りは毫《ごう》ほどの乱れも見せなかった。

紀ノ川の流れに鍬を浸し、藁束《わらたば》を以て刃を洗った。鉄砲によって木《こ》っ端《ぱ》となった的の一部が役目を終えて紀ノ川に流れた。

孫四郎は鍬の水を切り、再び担いで川に背を向ける。群生する葦の中から新たな的を架けに現れる雑賀の男はいなかった。今日はこれで手じまいなのだろう。いや、今日はではなく今日で、かもしれぬ。

この年に入ってから、有本に入り込む雑賀衆の数が月変わるごとに目に見えて少なくなっていた。いっときは入れ替わり立ち替わり常時百五十から二百人いたものが、今では十から二十がせいぜい。今日に限っていえば、わずかに五人であった。

夏に一度訪れた土橋平次が、こともなげに来年からの銭を減らすと父に告げたことを思い出す。利に敏《さと》い平次のことである。損益を鑑《かんが》みて、その分有本の価値が下がったということであろう。

平次の何気ないつぶやきの中に理の道が見えた。鉄砲の数と放ち手の数、平次の目論《もくろ》むその需と給にどうやら釣り合いが取れたようであった。

嵐のような五年を経て、人も鉄砲もそろそろ数をまとめて外に送り出す時期に来たようである。

代替わりしたばかりの本願寺や加賀の一向一揆、それ鎮まったところで西に目を向ければ尼子《あまご》もいるし毛利《もうり》もいた。

傭兵の値は命の値である。であれば、高く売るのが束ねである平次の腕の見せ所なのだ。今なら、どこへでも、いかような値付けでも売れると踏んだのかもしれない。

外に出るようになれば、有本に来る数は減る。当たり前の話である。その簡単な話に、わずかな銭を惜しむ土橋平次の器量が見えた。

孫四郎の脳裏で、なぜか鈴木孫一が冷ややかに笑った。

孫一は訪れると必ず栗林、孫四郎達が立ち働く田畑に一番近い的に立った。十間から始め、十一間、十二間。十発撃って外れがなくなるたび、孫四郎達の方を向いて大いに吠《ほ》え、見せつけるようにして一間下がった。孫一は兄弟にとって絶えることない銃声以上にやかましく煩わしい男であった。それでも確実に一間、また一間と距離を取ってゆく姿は、言うだけの分を孫四郎達に見せつけた。三十間で初手から来ていた者達に追いつき、四十間で並ぶ者達がまばらになり、それが五十間になる頃には、孫一だけの世界になった。

「おい、栗林の小せがれども」

そう孫一から声が掛かったのは、去年の夏、田に三度目の引水を注ぎ込んでいる最《さ》中《なか》のことであった。

片頬歪めたこれ見よがしの笑みを湛《たた》えながら、頭の雑賀鉢を鉄砲の筒で力強く叩く。鉢は、吸い付いたようにして頭で揺れることはなかった。

以来、孫一は有本の地から消えた。その日孫一が立っていた場所は、的から約六十間離れた、人も入らぬ葦の群れの中であった。

それから一年以上が経つ。歳月は孫一に今、どれほどの力と身体を与えているか。強薬、十匁弾、巖《いわお》の身体を手に入れれば、孫一ならば七十間、いや八十間を支配しよう。

「源五だとて、負けぬ」

秋茜《あきあかね》が群れ飛ぶ葦の原につぶやきを流し、孫四郎は林へと家へと歩み始めた。

風が唸り、朱空へと伸びる葦の穂先を乱す。

二百からの人の群れに踏みしだかれ、そこここに空き地を作った有本の原の雑草たちも、命を継ぎ、生き長らえ、何事もなかったかのように豊かな群生に立ち戻っている。

大自然とは、強いものだ。

人ばかり、真《まこと》移ろうは人ばかり。

傾き始めた日輪が西の空から光を投げ、孫四郎の頬を赤く染める。不釣り合いな前髪が風を喰《く》らって散り散りに惑う。

弘治《こうじ》元年（一五五五年）の初冬である。

いつもの晦日、いつもの夕刻、のはずであった。

納屋に入り、鍬の水気を丁寧に拭き取った後、孫四郎は母屋へは向かわず林の中へと歩を進めた。

裂開した毬《いが》の残骸が腹の内を晒《さら》けて無数に散らばっている。実は、孫四郎と源五が先月の内に全て取り集めていた。秋の実りを求めることは、孫四郎にとって仕事であり、楽しみであった。

小気味よく木太刀を打ち合う乾いた音が木々に跳ねて響き渡る。一足先に上がった誠三郎と源五が、互いの錬磨を始めたようであった。

その様子を傍らにあって静かに見る。母八重が夕餉の支度が出来ましたと声掛けるまで続くその三様は、日がな田にあって畑にあって大地と戦う栗林の三人にとって、今日を締めくくる大事なとき、そして、至福のときであったろう。

母屋の裏手から紀ノ川に向けて少しばかり入ったところに、木々もまばらなおよそ十坪ほどの空き地があった。源五が修行を始めた折り、誠三郎が切り開いた円地である。根腐れを起こしていた栗の木三本、縦に亀裂の入った古木二本を根倒し切り倒し、地均《じなら》しして作った平地であった。

上天枝葉の傘も、木漏れ日が差し入るくらいには開け、雨風が直接入り込まぬほどには密である。

父と源五は、燃え立つ赤に彩られたその稽古場にあって、今まさに稽古の真っ最中であった。

三間の距離を取り、五尺六寸の源五が立つ。孫四郎と同じように成長し、今でもやはり一寸ばかり背の高い源五が、枇杷木太刀を頭上高くに振り上げ、夕景よりもなお赤き目を以て誠三郎を見据えていた。

胸板や首には、孫四郎ほどの厚みはなかったが、手足に肉のよじれは顕著である。鼻筋と唇にますます母の血は濃く宿り、鎧兜《よろいかぶと》でも身に着ければ、凛々《りり》しくも頼もしい若武者を表そう気品めいた風情があった。前髪がやはり、孫四郎と違って面差《おもざ》しによく似合っていた。

枯葉を踏んで源五が差し足を伸ばす。

若さみなぎる良い位取り、と孫四郎には見えた。

誠三郎が剣尖《けんせん》を緩やかに浮沈させて源五の剣気を流し、かつ誘う。力みがなく、けれど緩みもない、天道の則に従った、常と変わらぬ美しい立ち姿であった。

剣格という意味では、並べてしまえば、やはり父の方が一段も二段も上か。

「おう」

固まりのような気合いをつけ、源五が間合いを一気に詰めた。

源五の発する闘気が、風となって吹き来るような気がした。風格におくれることなく対するには、伸びゆく生命力の限りをぶつけるしかないのだろう。

若さの脈動を打ち込むように、源五の木太刀が天から降る。

動いたとも見えずわずかに身体を開いただけで、誠三郎は源五の一撃を二寸の見切りでやり過ごした。

始めから見せ太刀のつもりであったのか、源五が地上二尺あまりの所で手首を捻《ひね》り、軌道変えた木太刀は横に滑って間を取ることなく誠三郎の脾腹《ひばら》へと迫った。十二分の速さを持った、孫四郎をしてそれは目を見張るに足る玄妙の動きであった。

誠三郎は見もせず、軽やかに半間後方に跳んで再び二寸の見切りで息子の薙ぎをいなした。

父のまなざしは穏やかに澄み、その間、一度として源五の顔から一揺れたりと外れることはなかった。

孫四郎は、喉奥で唸った。

今の父と、来たる日の源五に対して。

二寸はたかが二寸であって永劫を思わせ、無限を内包する距離であった。並では、決して辿り着けぬ。

が、孫四郎は源五が示した今の一連の流れの中に、一瞬、美しさの萌芽《ほうが》を見た。初めてのことであった。誠三郎の剣がかすかに匂う麗美の欠片であった。

孫四郎は口辺に小さな微笑みを乗せて一人頷いた。若さに裏打ちされた煌《きら》めきは、一瞬であっても急激に育つ。逆に言えば、それが若さの特権なのだ。

源五ならやれる。若さも込みの美しさは、そう遠くない将来、誠三郎と並ぶだろう。

二寸の永劫は、そのとき間違いなく無に帰す。

声だけでも先に届けようとするか、家路につくのであろう鳥達の鳴き声が天高くに騒がしい。

孫四郎は気配をひそめて木陰から出、稽古場の隅に横たわる栗の古木に腰を下ろした。風雨に晒され、樹皮が所々はがれ落ちている。尻に生木が冷たかった。

やがて日輪が低く林の向こうに垂れ、木々と二人の男に濃く深い墨を落とす。

無窮に動き回る源五の黒。

無碍《むげ》を表す誠三郎の黒。

地に逆しまの影法師が、長く伸びて孫四郎の足先で踊り、それでも全体を占めるのは、やがて消え果てる日輪の赤である。

たまに木太刀を打ち合う小気味よい響きが林を巡り、枝葉の隙間から天に抜けてゆく。現と夢幻の境がなかった。

飽くことなく、孫四郎は父と弟の稽古を見眺めた。飽きる暇《ひま》などない。それは、一つの極美といえた。

いつしか、陽が地平に死に始める。

孫四郎は、その耳にかすかに枯れ葉を踏む音をとらえた。柔らかな気配が静かに寄り来る。

孫四郎は知らず高まりゆく鼓動を抑えるため、見えぬところで強く拳を握りしめた。

甘い匂いが、孫四郎と同じ古木に腰掛ける。母とは違う、落ち着けぬ匂いである。

それが、乙女の匂い、というものなのだろうか。

孫四郎にはわからなかった。けれど、それが由衣の身体から立ち上るものであるということだけは、間違いなかった。

艶やかな切り髪の揺れが視界の端で、どうしようもなく孫四郎を誘う。抑え切れぬ衝動に従い、孫四郎は目ばかりわずかに動かした。

由衣はかすかに頬辺をゆるませ、真っ直ぐに父と源五の稽古を見ていた。変わらぬ黒目がちな開きの大きい眼がひときわ印象的ではある。とはいえ、やや上向き加減であるが小鼻の締まった細い鼻筋、結んだまま微笑みを見せても合わせの崩れぬ赤い唇に童女ではあり得ぬ艶《なま》めいたものもうかがえた。

姿を見かけるたび見続けた孫四郎にはわかる。未《いま》だ幼い肢体は、けれど筒袖の縞目を胸の辺りで小さく押し上げゆがませていた。川辺に生き、去年までは大して孫四郎らと変わらなかった肌も、今年はなぜか灼けずに白くまぶしいものであった。

孫四郎の視線に気づいてか、由衣が顔を振り向ける。

それより早く、孫四郎は目を稽古場の中に戻した。

由衣の動きに従い、甘やかな匂いが強く流れた。年が明ければ、由衣も十四歳になるのであった。

幼くとも、女というものが半間と離れず近くにある。孫四郎とて男である。若さをもてあます男である。本能から来る緊張を制することは不可能であり、その緊張によって放散される何か、は少しく心地よいものでもあった。

孫四郎は気づかず、素知らぬ風を装った。

由衣からも、あえてなんの声掛かりもない。邪魔せぬよう、と配慮しているものであろうか。近頃由衣は義右衛門に言われてか正兵衛に言われてかは知らぬが、川魚やらなにやら、川中の恵みを携えてよく栗林に顔を出す。この日のように夕まぐれに現れるときもあったが、たいていは昼過ぎにやってきて母八重の傍らにあり、あれこれと教わりながら手伝いをしているようである。

そうして帰りは、背に残照を浴びながら、紀ノ川沿いを孫四郎が送ってゆくのが常であった。

孫四郎とて木像、石地蔵のたぐいではない。許嫁の意味は十二分にわかっている。父誠三郎、母八重は何も言わぬから知らぬが、少なくとも男二人でしか話せぬ船渡の家では、娘由衣の嫁入りが間近いものであると考えているに違いなかった。

ただ、およそ半間を隔てて一本の同木に並んで座る。それだけのことであったが、であれば半間の距離はきっと、父と源五の二寸より早く無になるだろう。

孫四郎の身体は、落ち行く冬陽の寒々しさに逆らって、一鼓動ごとに熱を生むようであった。

由衣が小さく身を震わせ、細い指先で両腕をさすった。

「寒いか」

思わず孫四郎は声をかけた。素知らぬ態であっても、即座に反応するとは気づいていたことを示す、あまりにもわかりやすい証左である。未だ身体ほど成熟せぬ、幼い男心であったろうか。

「うん」

由衣は小さくうなずいて返す。愛らしい乙女の所作であった。

「もう少しかかるぞ。寒いなら母者に言って何か羽織って来い」

孫四郎はつっけんどんにそう言った。言葉ほどに意識は由衣から離れない。これも幼さ、若さ、といったものだろう。

「ううん、いい。ここにいる」

由衣は黒髪を左右に振った。孫四郎は、身を由衣へと振り向けた。

「良くはない。寒いんじゃろ。病にでも倒れられたら儂が困る。栗林が困る。船渡になんと言えばよい」

栗林を出し、船渡を出し、孫四郎は己の言葉を飾った。

「だって」

膝を抱え、由衣はその上に細いあご先を乗せた。

「剣のお稽古って、とっても綺麗なんだもの」

鈴鳴りの声が夕景に溶ける。

孫四郎は小さく笑って身体を稽古場の内に戻した。自嘲の笑みであった。

源五が剣を習うと言い放った日、孫四郎は見ると父に告げた。見ることがすなわち、孫四郎の修行であった。

剣について何もわからぬ由衣の方が、自分よりよほど真面目に稽古を見ている。由衣の訪れによって乱れた己の心が孫四郎にはたまらなく笑えた。

短い呼気に乱れを捨て、再び現と夢幻の間《あわい》に踏み込む。

父と源五の場、そこに孫四郎自身を投影させるまでにさまで時は要さなかった。

鳥たちの声が次第に数を減じ始める。

由衣の口から感嘆ととれる吐息が漏れた。

孫四郎はもう、惑うものではなかった。

ひときわ高く木太刀を打ち合って、誠三郎の影と源五の影が飛び離れた。

剣尖垂れて地を指し、腰低く沈み、源五の身内に今まで以上の剣気が宿る。

誠三郎も受けて流すの軽やかさを捨て、身に猛気を蓄え、右足を大地に潜り込ませるようににじりながら差す。

「源五、死力をつくせっ」

父の叱咤《しった》が大気を震わせる。

「おうっ！」

源五の答えが宙を裂く。

今日を締めくくる攻防が始まるようであった。

中央やや奥に立つ栗の若木を芯に、円を描くように父子が回り始める。よどみない静かな動き出しであったが、高まる気と気はすでに栗の木を突き抜け、互いの刃《やいば》を喉元に突きつけていた。孫四郎には、挟まれた若木の悲鳴が聞こえるようであった。

円弧から離脱し、源五が父を呼び込むように引く。いや、引かされたのか。ほぼ同時に、遅れることなく誠三郎が前に出た。

枯れ葉の惑いが、影の足下に飛沫《しぶき》のようであった。

孫四郎から三間あまりのところまで寄り、源五は木太刀を地摺りのままに開いて一気に反転した。大きな踏み込みが枯れ葉を騒がし、誠三郎へ向けて唸りとともに木太刀が跳ね上がる。

十三歳の男子にしては、尋常を超える一撃であったろう。源五の才を、万人に認めさせるに足る一刀である。

けれど、それは未だ誠三郎に至らぬものであった。わずかに歩測をゆるめ、身体を外に振っただけで、父は源五の渾身《こんしん》をやはり二寸の遠間に流した。

「それまでか、源五っ」

誠三郎はいつの間にか天へと差し上げていた木太刀を持って一足飛びに源五に詰めた。

「くっ」

なんの手応えも生まず流れゆく太刀を強引に引き戻しながら、父の剣圧に押されてか、源五はばたつく足で後ろに引いた。

「おあっ」

木の根に足を取られ、尻から転んで無様に足を上げる。

木太刀は源五の手を離れ、力なく宙に飛び上がった。

源五から美しさは、消え果てていた。

「悪し」

かすかな落胆を一言つぶやき、父はそれを振り捨てるように身から剣気を放射させた。頭上に固めたままの木太刀を雷に変えて振り下ろす。

寸止めの気は見られなかったが、孫四郎はその狙いを右の肩口と見て取った。三寸、源五が身を傾ければ地へ向かって霧散する一太刀である。四寸以内ではまだ見切れぬ源五なら、動きさえすれば、間違っても当たらぬ一刀であった。

しかし、

「きゃっ」

間近く誠三郎の鬼気といってもよい気を浴びてか、由衣の口から悲鳴がほとばしった。

源五が愕然《がくぜん》として顔を振り向ける。由衣の訪れをまったく感知していなかったもののようであった。

刹那の虚。けれど人ごときの命など、その一瞬で簡単に生を諦め死出の旅路につく。誠三郎の剣気が大きく揺れた。孫四郎にはその理由は明らかであった。

気と力をより集め練り込んだ一刀は止めて止められるものではなかったろう。そのまま走れば、父の剣の軌跡は、違うことなく弟の頭を石榴《ざくろ》と化す。

源五の手放した木太刀が、孫四郎の前方、弟の背で、地に落ち跳ねた。源五はまったくの無手なのである。必死に首をねじ曲げようともがく。にもかかわらず、見下ろす父の瞳に悲しみが揺れた。

「源五っ、間に合えっ」

その瞬間、孫四郎の身体は源五の名を叫びながら一陣の風となって動き出していた。落ち来る父の一撃から目を切ることなく、背を丸めて地に降つ弟の木太刀をすくい上げ両手に握り込む。

息を入れ体勢を整える間などなく、孫四郎は影たちに同化し、色の世界に飛び込んだ。大股に差し出した左足、その指先で枯れ葉ごと大地をつかみ、全霊を一刀に預けて摺り上げる。

孫四郎は、神懸からんばかりの意を以て父の木太刀に対した。見飽きるほどに見た父の斬撃は、そうせねば、あるいはそうしたところで押さえ切れぬとわかっていた。初めて手にする木太刀に、剣風が巻き込む弟の乱れ髪の微細な感触すら鮮明であった。

天から降る神の鎚《つち》、地から迎える火の神の息吹。

手の内から腕を伝い、身内を駆け抜ける衝撃は、螺旋《らせん》を描いて歯の根をさえ震わせた。

激突の音は、思うより鈍く、辺りに散らなかった。

枇杷の木太刀と赤樫の木太刀が接し、動かざるところは源五の頭上、およそ一寸ばかりのところであった。孫四郎の木太刀がわずかなりにも押し負ければ、源五の頭蓋は破砕されていたことだろう。

焦げ臭いような臭いが、寸瞬遅れて鼻腔に忍ぶ。孫四郎は、かろうじて父の剣を、弟の命を、孤剣で以て支えたのである。

父の眼の中を、一瞬綺羅星が流れた。

悲しみに見え喜びに見え、絶望に見え期待に見え、渾然一体《こんぜんいったい》と流れて真意はつかめなかった。

源五が脱力し、地に大の字に横たわる。

深く深い息を吐き、孫四郎は素立ちになって木太刀を引いた。

枯れ葉が大仰な音を立てた。目を落とせば、孫四郎の手の木太刀は打ち所から先を失っていた。

誇示するわけではなかろうが、誠三郎が赤樫の木太刀を立て、光り灯る眼で眺めている。

力量の、やはり差ということであろうか。己の未熟ばかりが思われた。源五の宝物は、源五の命を救いはしたが、孫四郎の未熟によってその役目を終えたのである。

「いまだし。が、これは何。いまだしはいつまでを儂に許す。天啓、これをして決せよとか」

父の遠い声は捨て置きにする。己をさいなむ方が先であった。

(しょせん、の技か、儂のは)

孫四郎は折れた枇杷の木太刀を見つめた。鱶《ふか》の歯ほどに無惨にはぜ割れている。父の膂力が思い知らされるばかりであった。

「そうか、お前もか。いや、お前がか」

父のいつにないしみじみとした声とともに、大きく無骨な手が孫四郎の頭に乗った。いつもより重く、大きく感じられる手であった。

「明日から、源五とともにお前も儂の前に立て」

誠三郎が何を言ったのか、一度聞きには孫四郎は理解できなかった。重みに耐え、頭を父に向け振り上げる。

「源五とともに稽古じゃ」

確かに現の孫四郎を見つつ、けれどそれだけでない何かを眺望するような父の眼であった。

「よいな」

手の重みに押されるようにして孫四郎はうなずいた。

現実に源五愛用の木太刀を折ってしまったのは孫四郎である。大地に対しても同じことがいえるとするならば、それが、鋤鍬のたぐいであったらなんとする。明日の仕事がままならず、それが実りと、ひいては命を左右するとなったらなんとする。まだまだ大いに足りぬものが存在するのだ。

学ばねばならない。父から。

きっと父はそれを教えようとしているのだ。

「そろそろ、由衣を送り届ける刻限であろう」

父は言って孫四郎の肩をたたき、一人先に立って母屋へと向かう。

由衣が古木から立って過ぎゆく誠三郎に頭を下げた。

誠三郎は見もせず歩様も変えなかった。気づいて由衣を粗略に扱う誠三郎ではない。実際見えていないのかも知れない。

木の葉を舞い散らしながら飛び起き、源五が父の後を追って走った。

「兄者、礼は言わんぞ。たまたまじゃ」

見て見ぬふり、見えて見えぬふり、それも一つの若さであろう。

「源五さん、あの」

由衣の声が源五の背を追う。答えは早かった。

「気にするな由衣。儂の、未熟じゃぁ」

乾かぬ舌の、けれど純朴。泣きたいほどの若さである。

孫四郎は口辺に微笑を浮かべた。源五の透ける心根はうらやましいほどにいつも気持ちの良いものであった。

大きく息を吐き、身の緊張をほぐす。折れた枇杷木を握りしめ、孫四郎は頭を上げた。

木々の間に間に赤が散り、暮れなずむ夕陽が栗林の今を静かに見ていた。

とにも見る稽古は今日で終わる。童の日々は今年で終わる。

剣は、孫四郎をどこへ導く。

まもなく孫四郎、十五の春のことであった。


冬菜の成育にしたがい、時は移ろい、栗林は弘治二年（一五五六年）を迎えた。孫四郎と源五は、父が荒削りした栗の太枝を太刀もどきにして一通りの型を演ずる日々である。

誠三郎は彼《か》の日以来赤樫の木太刀を手にすることはなく、それは寝室にしつらえた自然木の刀掛けに据え置かれたままであった。孫四郎、源五と並んでも手刀で、あるいはそのとき拾い上げた折れ木で、丁寧に型をなぞらえてゆくだけである。初心に返って、といったものであったろうか。

一度二度ばかりの粉雪を過ごし例年通り、寒の刻積もりを終えると、今年も上々とだけ言い残し、赤樫の木太刀一振りとともに誠三郎は城山へと向けて旅立った。

二月晦日、真上から降り落ちる陽光の中を帰り来た父は、腰の木太刀とは別に漆塗り艶光る黒鞘《くろざや》の、三振りの太刀を背に負うていた。

いつもなら見せる城山での成果の演武はなく、八重に手伝われながらの旅塵落としもそこそこに、誠三郎は屋内に入った。

「大和尻懸《やまとしっかけ》の三振り。恩師がな、我ら三人に下された。これはな、武を学ぶ者にとって命よりも重いものだ」

ほどもなく居間に呼ばれた兄弟は、誠三郎の言葉を聞きながらそれぞれの手に生まれて初めて本身の刀を握り込んだ。

確かに木太刀に比べれば遥かに重いものではあったが、孫四郎は、さほどの重量を感じなかった。日頃手慣れた鋤鍬より、重さの均衡がとれているからかもしれない。その分初めて手にしたにもかかわらず、手に、腕に、肩に、それは農具よりもなじみの良い物であった。

「父上、稽古じゃ」

立ち上がり、早くも荒縄の腰に太刀をねじ込んだ源五が父を促し、居間を駆け出してゆく。

誠三郎は苦笑しながら立ち上がった。腰に太刀を差し落とし、孫四郎に目を向ける。

「お前は、どうする」

孫四郎は小さく首を振り、父を見上げた。

「試したいことがあります」

父の瞳がわずかに揺れる。

「……そうか」

しばらくあって、父は一言そう言った。まなざしは、温かいものであった。

「そうだな。それが、お前の道だったな」

誠三郎はそこまで言って廊下に向かった。

「二つを一つ、二つに一つか。孫四郎のあり方は、真の名主の在り方かもしれん」

遠ざかる父の声が春風に乗って居間に飛び込む。

名主という言葉は、照れくさいものであった。ならばこそ、しなければならぬことが孫四郎にはある。一人別に母屋を出て、孫四郎は納屋に向かった。

左腰のままならぬ重さが、剣を携えることの初めてを教える。鍬を担ぎ、父弟とは真反対に林を抜け、回しの順によって今はなんの実りも見えぬわずかな休畑に孫四郎は立った。

葦の原と紀ノ川がただ広がり、風の唸りばかりが耳につく。

この年に入って、有本に銃声が轟くことは一度としてなかった。

腰を沈め、作法に則って鞘を押し出し柄に手を回し、心気を調えて孫四郎は一息に太刀を逆袈裟《ぎゃくけさ》に抜き上げた。驚きが眉間に縦皺を刻んだ。太刀行きの速さは、まるで木太刀の比ではなかった。大気の手応えも皆無である。

手元に落として刀身を見る。刃は恐ろしいほどに冴えて空の青と白を映し、わずかな手首の返しで春の陽を撥ね上げた。

美しいものであった。

大きく息を吸い全身に剣気をみなぎらせ、孫四郎は影の流を一差し舞った。孤剣の発する音は、微細な乱れを如実にとらえ、高く低く軽く重く千変万化した。木太刀、鋤鍬だけではそれはわからぬものであった。やはり、まだまだ学ぶことのみが限りなく多い。

一刻ほども剣を手に畑にあって孫四郎は踊った。身から汗が噴き出し、煙立った。やがてぎこちなく刀を鞘に納めると、孫四郎は休む間もなく鍬を手に取った。

今日出来ることは今日のうち。感触の鮮やかなうちに直しておきたかったのである。足の幅、力の配分。手締めの強弱、またその位置、腰の位置。

一心不乱に孫四郎は大地に鍬を突き立てた。

剣舞の倍もそうしていたであろうか。気がつけば、辺りは黄昏刻《たそがれどき》を迎えていた。

鍬の打ち込みに反映させることはまるでできなかったが、その理はおぼろげながら理解できたような気がする。あえて消さぬとわかる視線を感じ、孫四郎は林へ目を向けた。

そこに、父が一人で立っていた。

「孫四郎、母者が呼んどるぞ」

そうとだけ告げ、父はきびすを返して林の中に溶け込んだ。

額の汗を拭きながら空を見上げれば、確かにそろそろ夕餉の時刻ではあった。

明日せねばならぬことの、せめて土台だけはできた。敏感に腹の虫が音を立てる。

鍬を肩に、孫四郎は紀ノ川に向かった。鍬の土は落とさなければならない。どれほど疲れ切ろうと腹が減ろうとおろそかにしてはならぬ。それは農の基本であった。

孫四郎の剣は、真剣を授けられることによりいよいよ本道に入ったようである。ならば常にともにある農も本道に入ったということであろう。本道すなわち天道ということか。

恵みを待って祈り上げ、風雨を受け入れつつも立ち向かう道。大人であれば当たり前、名主であればなお当たり前の道である。

前髪を断ち、大人へ、人へとなる日が近づいていた。

元服の日は三月、種蒔きの後の吉日と、栗林では決められていた。

朝から抜けわたるような快晴であった。

東の空、竜門の山によじ登った日輪が、両手を広げて晩春の陽差しを地にあまねく行き渡らせる頃、土橋の一群れが栗林に足を踏み入れた。

この日ばかりは気色《きしょく》の悪い満面の笑みを絶やさぬ平次であった。その妻、子平丞《へいのじょう》も加わり、なぜか晴れの日にふさわしからぬ雑賀鉢の鈴木孫一まで連なっていた。

十人からなる平次の家人が次々に酒やら海の幸やらを栗林の家に運び込む。羽振りは、変わらず良いようであった。

孫四郎は奥座敷に父と二人あって訪れる者達を迎えた。

どこに仕舞ってあったのか知らぬ父とそろいの寝ぼけた白の水干上下《すいかんかみしも》に立ち烏帽子《えぼし》姿である。

母八重の、

「父上もお爺様もこれを着て、大人の仲間入りをされたとか」

という言葉に、誠三郎は笑ってうなずいた。

代々の装束、ということであろう。少なくとも小名栗林が離散する前の。

着心地の悪さは、身に染まぬ重ね着の窮屈さだけでなく、代を重ねた血脈の重さを含むのかもしれなかった。

やがて船渡の家から、ささやかに着飾った由衣と名主正兵衛も祝いに訪れた。この日ばかりは、渡し守は義右衛門に託したに違いない正兵衛は、六尺豊かな身体を縮こませ、部屋の隅にうずくまった。いつ口を開くものか、正兵衛は声すら聞いたことのない寡黙な男であった。

由衣が物怖《ものお》じせず、小首をかしげて孫四郎に微笑みを送った。薄化粧でも施しているのだろうか。この日の由衣は、特に輝きが溢れんほどに綺麗だった。

父の口から口上めいた挨拶が始まる。豊かに通る地声が、部屋内の気を引き締めた。返す型どおりの祝辞は、最前に居座る平次であった。父に比べ、声が抜けず貧弱である。

貧富ではなく、国人としての品質の差は歴然であった。何も言わずとも一段後ろに控える孫一の方が大きく見えた。溢れ出る気の総量が違う。威圧感は、圧倒的でさえあった。鋭い凄《すご》みを加えたまなざしは、まるで猛禽《もうきん》である。

目ばかり見ても孫四郎には感じられた。今なら間違いなく、孫一は八十間の遠間からでも標的を撃ち抜く。

脇から源五が孫一を睨《ね》め付けている。父と平次ほどではないが、孫一と源五を見比べれば、ため息ばかりの差が見えた。

孫一は言葉通り、見果てぬ夢の先にいた。

「祝うてやって下され、我が嫡男の、この良き日を」

父の一声で場の清浄は崩れ、なごみの宴《うたげ》へとなだれ落ちる。母と由衣が小走りに立ち働く姿がまぶしかった。

まず始めに主席に寄ってきたのは、酒盃片手のやはり土橋平次であった。

「よく来てくれた。若太夫」

迎える者らしく、誠三郎は頭を下げた。平次がつまらなそうに左手を動かし、右手の盃《さかずき》を口に運んだ。

「祝いは祝いじゃ。どこであってもな」

平次は言って盃を突き出した。父は黙って盃を受けた。父が酒を汲《く》む姿は、孫四郎が生まれて初めて見るものであった。

「旨《うま》かろう」

「そうだな」

「当たり前じゃ。こりゃあ、南都《なんと》の諸白《もろはく》じゃぞ。滅多に呑めるものではないわい」

平次は得意げに笑い、手酌で盃を三度重ねた。

それを見流し、誠三郎は着座のまま揺るがぬ孫一に目を向けた。

「十ヶ郷の。そなたもわざわざ、済まなんだな」

孫一は不敵に笑って小さく頭を下げた。なんともこなれた所作であった。

「んっ、おお、それじゃ。誠三郎、実はな、此度《こたび》孫一と儂の娘の縁組みが決まってな」

「ほう」

父が言葉だけで驚いて見せたと、孫四郎には易く知れた。どう考えても、平次の跡を継ぐ者は、孫一しかいないのである。継ぐというより、すでに超えている。

父に目をつけ、妹八重を押し出したのと同様、血で固めるのが利財を守り増やすための平次の道理であるならば、孫一を離さぬのは火を見るよりも明らかであった。

機を見る目ばかりは称賛に値する。造反されてからでは遅いのである。

孫一が膝を進めて平次の隣、孫四郎の前に来た。

「これよりはともに血族の内。よろしゅうに」

平次が盃を手渡し、誠三郎が酒を注《つ》ぐ。慣れているのか、孫一は一息にあおって盃を干した。その手が斜めに動いて酔いの滴《しずく》を切り、孫四郎の眼前に差し出される。

「呑めぬ、ということはあるまいな」

孫四郎は、盃を受けて注がれる酒に口を付けた。酒はほろ苦く、けれど芳醇《ほうじゅん》でほんのり甘く、そして舌を灼くものであった。好きでもないが、嫌いでもない、初めての酒は、そんなものであった。

鼻を鳴らし興味なさそうに孫一が退く。平次が孫一の動きを目で追った。

「さて、早うから出てきて小腹がすいた。儂もつつくかの」

平次も腹をなでさすりながら、誠三郎と孫四郎の前を離れた。

孫一に追従《ついじゅう》を決め込むのは明らかであった。もしかしたら、今日の栗林行きも、孫一が言い出し、平次が従ったものかもしれない。それだけの凄みが、孫一には備わっていた。

家人と駄話をしつつ、箸を使い酒を流す孫一の隣に平次が入る。

それを見つつ、孫一に負けじと同じ酒量を放り込む源五が見えた。それがなんになるのかは知れず、慣れぬ酒にも負けん気をあらわに必死一途《いちず》な源五であった。

孫四郎は、水干の袖を打ち振って、己の良き日の一同を眺めた。総勢二十が思い思いの座で、思い思いに語らいながらくつろいでいる。

名主の嫡男の祝いであるにもかかわらず、埋め尽くしもせず閑散ともせぬ半端な二十という数が、小分けに散ってかえって屋内の広さをもの悲しく伝えた。

正兵衛が変わらず隅で一言もしゃべらず盃に向かい、隣の間では平次の妻が八重を肴《さかな》に平丞と大声でわめき、雑賀からの小作の何人かが開《あ》け放たれた縁に居座って食い、かつ呑みをむさぼっている。

一刻半、そして二刻。孫四郎の何を祝うのか判然とせぬ宴が続く。

いつの間にか、源五が柱にもたれかかるようにして寝こけていた。目の周りが幾分蒼い。酒に呑まれたようである。

やがて、家内に差し込む光の量が、目に見えて減じ始めた。日中の時間を、さほど過ごしたわけではない。

小作達がたたずむ表の縁から、わずかにしめった風が奥座敷まで躍り込む。孫四郎は風を吸った。塩の匂いが感じられた。

そう遠くない雨を告げる風であった。

「おっ、いかん。今日はなんのために早出をしたか忘れるとこじゃった。雨に濡れてはざまぁない」

赤ら顔の平次が立つ。足下も幾分おぼつかなかった。

孫一が物言わず立ち、先頭切って表に向かう。

宴は、ようやく開くようであった。

父と二人、林の外まで一行を見送る。酒に浮かされた皆の声が聞こえぬまで立ちつくすと、ようやく孫四郎は本来の息をつくことができた。

たかだかの二十人でも、人のかたまりは孫四郎にとって落ち着かぬものであった。

母屋近くまで戻ると、後片づけに大わらわな母と由衣の姿が見えた。正兵衛までもが手伝っている。源五はまるで、動かなかった。

「雨が来るなぁ」

背から誠三郎の声がかかる。振り返ると、父は曇天を見上げていた。

「降り来る前に少しつきあえ。空き地でな、待っておれ」

父はそう言い置くと、一人屋内に入っていった。

わけもわからず流れも見えず、とにも孫四郎は父の言に従った。稽古場に入ってしばし待つ。静けさが、それだけで心地よかった。

湿った風に匂い立つ濃い晩春の香りも、人疲れの澱を溶かすようである。

栗林そのものが、一番孫四郎には優しい。

遠く、天を叩く響きがある。雷鳴であった。雨は近い。

「待たせたな、孫四郎」

父が稽古場の際《きわ》でそう言った。

孫四郎は父を見、そして眉宇《びう》を顰《ひそ》めた。

誠三郎は両の手にそれぞれ、己の剣と、孫四郎の剣を持っていた。

「あれで八重はなかなかに勘が鋭いからな。目を盗んで持ち出すのに、えらい刻《とき》を要した」

上機嫌とひとまずわかる父が軽く足を運び、孫四郎に寄った。

「稽古、ですか」

差し出される太刀を受けながら孫四郎は聞いた。

「まあ、のようなものだが」

　言いよどみながら誠三郎は己の太刀を腰に落とした。さらに袴《はかま》の合引《あいびき》をつまみ、股《もも》立《だち》を取る。孫四郎もとりあえず父をまねて身繕いした。

「やぁ、見違えるなぁ、孫四郎。良い若武者、いや、独立独歩の良い武者姿だ。改めて思うぞ。いつの間にか、大きくなっていたのだな。儂にはまるで見えていなかったのかもしれん。己で手一杯は、父として名主として、不肖《ふしょう》なのだ。間違いなく」

　腕を組み、誠三郎が万感を言葉に変える。が、言葉とは裏腹に、その身の動きは奇異なものであった。

　言いながら誠三郎は五歩ばかり退き、腰を沈めて位置を決め、鞘を押し出し、右手を柄にかけた。

　孫四郎は素立ちのまま、父の一連をただ眺めた。

「不肖ついでにな、孫四郎。仕合うてみたいのだよ。儂はお前と」

　春雷轟き、大地を揺るがす。

　強くなり始めた風が孫四郎を横から殴った。

　春雷は、春嵐も引き連れてくるようであった。

　孫四郎は、それでも固まったままであった。父の言わんとすることが未だ判別できなかった。

「死に合い、ではない。一寸五分を体現できればこれは稽古と思うてよい。二寸で動けば、血は流れようがな。まぁ、白水干に散る赤なら、武人であれば添えて咲く花と思えよ、孫四郎」

父は口辺をゆがめて笑った。

笑いながらも誠三郎の剣気が徐々に高まってゆく。

放射される気は、戯《ざ》れ言《ごと》と取って良い質でも量でもなかった。

「ち、父上。何故《なにゆえ》っ」

孫四郎の問いかけは誠三郎の発する裂帛《れっぱく》の気合いに寸断された。

父の腰間から細く銀の筋がほとばしり出る。

とっさに孫四郎は奥歯を噛んで大きく飛び退った。風になびく水干の袖が、鰭袖《はたそで》だけでなく深く奥袖まで切り裂かれていた。

父は、累代《るいだい》を斬って捨てたのだ。

「問いはいらぬ。時が移ろう。考えるな、孫四郎。見せよ、お前の天稟の全て。晒せ、有本の血が育んだ全てっ」

誠三郎の言葉は、血を吐くものと孫四郎には聞こえた。

言霊《ことだま》、とでも言うべきもの。父は、父の思いに従って、孫四郎に何かを求めていた。

答えるのは、やはり息子の、嫡男のつとめであろう。

孫四郎は巻く風を口中に含み、できるだけ多くを丹田《たんでん》に落とした。

鯉口《こいぐち》を切り、腰をひねって刀を抜く。

熱が身体を駆け巡り、外へ外へと溢れ出してゆくようであった。

「それでよい」

誠三郎は満足気にうなずき、太刀を提げたまま無造作に孫四郎に歩み寄った。

「孫四郎、三寸斬り込むつもりで来い」

言葉と同時に摺り上がる斬撃に孫四郎は目を据え動かなかった。

水干の合わせから首上の前緒だけが断ち切れて唸る風の流れを示した。

孫四郎は見せ太刀を正確に読んだ。

一瞬、間近に見る父の笑み。その笑みを、孫四郎はうっそりと頭上に差し上げた太刀で斬って落とした。

残影のみ、笑顔を残し左右に分かれる。

父はすでにそこにはいなかった。

父の動きは、神速であった。

だが、

「重畳だ」

父の額、皮一枚から細い血の筋がくねり落ちる。

吹きすさぶ春嵐をさえ断ち割る瞬速を以て孫四郎の太刀は走った。

太刀を抜き合わせてから、孫四郎の中に父と子というためらいは消えていた。雑念は全て剣が吸い取る。孫四郎も、一個の剣士と化していた。

「十余年か。幼き頃より、よくも純真で純粋に、ひたすら大地に向かったものだ。いや、それも天稟、それもお前の才。今から儂が真似したとて、さりとて差を保てるわけもなし。大地の剣、よくぞ錬《ね》り上げた、孫四郎」

動いたとも見えず、誠三郎はいつの間にか間合いの内に戻っていた。刀身が二度優美な円弧を描いてきらめきを放つ。

孫四郎は光芒強き眼を切ることなく、父の斬撃を上に、そして身前に流した。――つもりであった。

「足も、よく地を嚙むものだ」

侮りではあるまいが、褒め言葉、と取るわけにもいかなかった。

父の一刀一刀は、驚くほどに鋭く伸びるものであった。見切ったつもりであったが烏帽子は飛び、右腕にうずくような痛みがあった。見れば、二の腕の辺りで鰭袖が小さく口を開け、にじみ出す深紅を周囲に広げつつあった。

避け得ぬ半寸に、父と己の隔絶が見えた。

孫四郎は奥歯をかみしめた。力量の差ははなからわかっている。が、それを認め剣を退《ひ》いては、父に応えることにはならない。一瞬の交錯、刹那の攻防に、万の一つを実現せねばならぬ。

乾坤一擲《けんこんいってき》を、今ここに。

「良い面構えになった、孫四郎。男の顔だ」

孫四郎は父の言葉を流し、大きく腕を左右から回し、太刀を頭上高くに据えた。

父の気が風とは別の流れを起こし、孫四郎の全身をなぶる。

退けば必ず虚が生ずる。孫四郎は身体の動くに任せて前に出た。

一足ごとに足の裏で大地をつかみ、地の精気を吸い上げ剣気を練り上げる。

父の目が迎えて闘志をあらわにする。

その手の剣が、自ら発するかのような光に包まれたと孫四郎には見えた。

父まで二間で、孫四郎は地を蹴った。雪崩《なだ》れ落とす太刀には、今せめて出来る気魂の全てが乗っていた。

雪崩れの下から、光が溢れる。

直上に春雷轟き、一層の風が枯れ葉を拾って渦を巻いた。

それぞれの剣が、それぞれの存分を示し、交差する。

孫四郎の一太刀は枯れ葉一枚両断しただけで、地上一寸にとどまった。

首筋が熱く、冷たかった。

父の剣が、皮の内に刃を埋《うず》めて静かであった。

孫四郎の渾身は、やはり父に及ばなかった。

強引に顔をねじ上げる。うずきは痛みに姿を変えた。

「やぁ、雨が始まったな」

父は、腕から一体となる剣を差し伸ばしたまま、天を見上げていつもと変わらぬ口調でそうつぶやいた。

孫四郎の頰に落ちる一滴二滴は、瞬き五つとせぬ間に音高く地を打つ驟雨《しゅうう》となった。

「これじゃあ、若太夫らも駆け足だ。酒のまわりも良かろうな」

父の刃が鞘内に戻る。

濡れそぼつにまかせ、孫四郎は動かなかった。

父の素の手が、孫四郎の髪をなでた。

「十分だ、孫四郎。見事な剣。そのまま伸ばせ。お前の剣は、そう遠くない先、遥かに儂の剣など置き捨てる。十分だよ、孫四郎。十分だ」

父は繰り返し、そして間近で大きく笑った。

咲く笑み。

満面の笑み。

ついぞ父の顔に上ったことのない、深く深い笑みであった。

孫四郎の背に、一瞬の戦慄《せんりつ》が走った。

常でないものは、何かを壊す。

風と雨は、晩春らしからぬ冷えをもたらした。

「寒いな、呑み交わすか。孫四郎」

肩を一つ叩き、孫四郎の答えも待たず、懐手《ふところで》で父が悠然と林に消えた。

わずかに遅れて、孫四郎も母屋に向かった。まだ陽が残る刻限であったが、樹間は闇に等しかった。雨雲が今日の終わりを早めたようである。

敷居をまたいで土間に入る。正兵衛も由衣も、すでに船渡へ帰っていた。かまど近くにいた母は孫四郎に目をとめ、わずかに秀眉を顰めたが、それだけで何も言わなかった。

先に帰り着いた父を見ているから、と孫四郎はあたりをつけた。血混じりに濡れた水干上下を着替え、奥座敷に入る。滅多に使わぬ柱の油皿に炎が灯り、部屋内全体を淡い光で揺らした。

陰影つけた染みのような父が、調え直された残り物を前に一人酒を汲んでいた。

部屋の隅で寝こける源五には布団が掛けられている。

雨音だけが高く響き、それのみに満たされた部屋であった。

孫四郎は父の前に膝をそろえた。

待つ間もなく、父から盃が差し出される。あおって一息に呑み落とす。身体の芯から、苦さと熱が広がった。

返し、返され、言葉なく酒だけが介する静かなときが流れる。

いつしか、父の隣に母がいた。母がいつ部屋内に入ってきたものか、孫四郎はまるで気づかなかった。

酔いが、孫四郎から五感の冴えを奪っていた。すでに起きているのか横たわっているのかの判別も、己自身わからなく、またどうでも良くなっていた。

「今日は疲れたでしょう。ゆっくりと休みなさい、孫四郎」

母の声が遠く聞こえた。なにやらが、孫四郎の身体を覆う。慣れた己の臭いがした。

「いろいろあったものね、いろいろ、……いろいろ」

かすれる語尾は何故《なぜ》か嗚咽《おえつ》混じりに聞こえた。

気のせいか、酔いのせいか。

どちらにしても遠く遠くで聞こえる。

酒の酔い、昼間の気疲れ、そして休む間もない父との仕合。全てが寄って集《たか》って孫四郎を眠りの底に引きずり落とす。

抗《あらが》う気もなく、孫四郎は誘いにその身をゆだねた。

「雨もどうやら上がったようだ。さて、ならばな、八重」

父の言葉に何かを感ずる間もなく、孫四郎の意識は、そこまでであった。

どれほど過ぎたものか、刻知らぬ夜半、かすかにぬかるみを踏みながら遠ざかる足音を耳にとらえたような気がしたが、それによって覚醒することはなかった。夢一つ見ぬ泥の眠りであった。

翌朝、ついぞ味わったことのないだるさの中で孫四郎は目覚めた。

朝陽が眩しかった。

父の姿も母の姿も近くにはなかった。布団に埋もれた源五の盛り上がりがあるばかりである。

こめかみが割れんばかりに痛んだ。頭を押さえ身を起こす。

孫四郎の足下に、何故か父愛用の赤樫の木太刀が置かれていた。

胸内に生まれる粟《あわ》のような一粒の疑念。

木太刀に当たる朝陽が乱れていた。

孫四郎は布団を撥ねのけ、木太刀を取って眼前にかざし、切っ先に上げた顔を徐々に下ろす。視線は一点で止まり、動かなくなった。

物打ちで、赤樫の木太刀はひび割れを生じていた。彼の日、孫四郎が撃った一点である。

粟の疑念が沸き立ち、粒を増やす。

酔い残りの痛みなど吹き飛んでいた。座敷を駆け出し、父を、母を捜す。

「騒々しいですよ、孫四郎」

土間で朝餉の支度をする母が、いつもの穏やかさを以て孫四郎をそうたしなめた。

孫四郎は一呼吸置き、気を静めた。栗立ちは、けれど収まらなかった。

「母上、父上はどこにおいでじゃ」

母は、まな板に向かい顔を上げなかった。

孫四郎は、息を詰めて母の答えを待った。

「父上なら、お出かけですよ」

「どこへっ！」

「どこへって」

菜をきざむ音が途絶えた。

「風の吹く先を、私は知りません」

孫四郎は力なく腰から砕け、土間の母を見つめるだけであった。

「あなたが、栗林の主です」

夜半の足音を最後に、誠三郎は栗林から、有本から消えた。二度と再び姿を現すことはなかった。

十五の時、元服の日。

このとき、孫四郎は父の姿を見失い、好むと好まざるとに拘《かか》わらず、この日から栗林の名主となったのである。

天道は孫四郎に何を望む。

十五の春は、終わりを告げた。

第二章

時の流れに全てをゆだね、孫四郎は栗林の大地と作物に向かった。

矮小《わいしょう》な人ごとき、孫四郎ごときの困惑などお構いなしに季節は巡るのである。一月《ひとつき》無為に過ごすだけで土も命も別のものに変わってしまう。代々の思いと願いが染みついた大地を無様なものにするわけにはいかない。栗林の今日は、明日は、孫四郎の双肩にかかっていた。

父が消えた日、孫四郎は黙して語らぬ母を捨て置き、源五を蹴り起こし、己は雑賀荘の、土橋平次の元に走った。

道すがら出会う人々に、孫四郎は父を見かけなかったかと早口に尋ねまわった。はかばかしい答えは一つとして返らなかった。それどころか口さえ開かず、煩わしげに手で追い散らそうとする者までいた。

こみ上げるものを、孫四郎はかみしめた。

名主としての初めての仕事が、それであった。

栗林の誠三郎が姿を現したとて消えたとて、それを気に留める者など雑賀五揃みの内にいないことが身に染みた。無縁の地に住む、外の者のことなのである。

土橋の館に駆け込み、性急に案内を請うた平次にしてからがそうであった。

「逃げたんじゃろ、貧相な地から」

酒残りのためか、欠伸《あくび》混じりに平次はそう言った。

知らず、孫四郎の肩は落ちた。

しょせん栗林は、いや有本全体はそんなものなのである。誰にも相手にされず、誰からも認められず、そんな地に孫四郎は住むのである。

中天から降り落ちる陽差しに押しつぶされそうになりながら、力ない足取りで栗林へ戻った孫四郎を、奥座敷でなんら変わらぬ日々を送る母八重と、血走った目の源五が迎えた。

「兄者、何があった。どうであった」

源五の大声が頭に響く。

孫四郎は、ただ頭を振った。

「孫四郎、お飲みなさい」

母が静かに湯気立つ白湯を孫四郎の前に差し出した。

「母上、いなくなったんじゃぞ。それでいいんか」

身を乗り出し、源五が荒れた声で母に詰める。

母は、静かに白湯を喫した。

「私は、風に嫁いだ女だから」

その後の源五のわめき散らしは、孫四郎にはどうでもよいものであった。

白湯を一口だけ含み、孫四郎は近くにあった己の布団を頭からかぶった。

(儂が気にいらんかったんか、父上。あの木太刀は、なんなんじゃ)

孫四郎は一人懊悩《おうのう》した。

(栗林をどうせいというんじゃ。何も示さず、父上、何故消えたんじゃ)

巡る思考は、果てがなかった。いつしか、寝入っていたのかも知れぬ。

「孫四郎」

母に名を呼ばれ、孫四郎は我に返った。布団を撥ねて起き上がる。どれほど黙考に費やしたものか、部屋内に差す陽が低いものになっていた。

源五が膝を抱え、部屋の隅で動かなかった。

母が孫四郎の前に膝をそろえ、いつもの笑み、いつものまなざしでそこにあった。

「きっと、探しても見つかる答えではありません。名主として強く生きてごらんなさい。いつかあなたにもわかる日がやってきます。あなたも、風の息子なのですよ」

母はそれだけ言うと部屋を出て表に去った。夕餉の支度をするのだろう。

母の残り香が、変わらずあろうとする母そのものを伝える。

(なにをか迷えば、母者が悲しむ、か)

大きく息を吸い、孫四郎は母を追って酒を求めた。

座敷に戻って手酌で汲む。

苦さもまた、嚙み締めるに足るものであった。

「源五」

盃を干し、孫四郎は弟を呼んだ。

源五の目が孫四郎を求めて泳ぐ。

虚《うつ》ろであった。

「あ、兄者」

その目にかすかな光が灯る。

あえて言葉にせず、孫四郎は小さくうなずいた。己の座る場所、そこは父の座、名主の座であった。

源五に向けて盃を差し出す。すがるように手を伸ばし、膝行して源五は孫四郎に寄った。

両手で受ける盃に酒を流し、両手で返す盃を片手で受ける。

互いに何も言わない。口を開けば繰り言が突き出るのはわかっていた。

かまどの方から、昨日の豪勢な残り魚でも焼くのだろう、ほのかな匂いと煙が座敷に忍び入る。源五の腹の虫がまず鳴き、孫四郎の虫が負けじと鳴いた。

夕餉の膳を、母がそれぞれに調える。

三人で取る、父の欠け落ちた夕餉。

母と子二人で取ることが今までなかったわけではない。

が、間違いなく今は、二月ではなかった。

「明日から城山へ行ってもよいか」

源五が口をもごつかせながら母に聞いた。

母は静かに孫四郎を示した。

「聞くなら、主に聞きなさい」

母の言葉は優しくはあったが、現を厳しく見据えたものであった。

箸を置き、源五が身体ごと孫四郎に向きを直す。

「良いかな、兄者。すぐ帰る」

「どうするつもりだ」

「来春からを頼みに行くんじゃ。あの日の約。儂は、強くならねばならんのじゃ。守らねばならんのじゃ」

真っ直ぐに孫四郎を見つめる源五の瞳に真摯な光が溢れた。

男三人女一人で必死に立ち向かい、ようやっと少しずつゆとりが見え始めた田畑ではあった。しかも晩春から初夏、命萌え立つ頃である。

男一人欠けただけで明日の過酷は目に見えている。すでに父が減った。そこからもう一人男が減る。

そうとわかっていても、否を吐くことは孫四郎には出来なかった。

約、強くなる。

それを、源五が口にした。

――お前は大地と、源五は剣と。それこそが真の有様なのかもな。

父の言葉がよみがえる。

源五は、栗林の大地に縛り付けてはいけないのだ。

「いつなりと、どれほどなりと行け。それがお前の天道ならば」

孫四郎はそう言って椀《わん》をかき込んだ。

幻の郷の名もなき名《みよう》で、人知れず一人の名主が生まれ、一人の剣士が道を決めた。

母は静かに、兄と弟を見るだけであった。

季節を問わず、源五は栗林を離れては城山へと出掛けた。

季節を数え、孫四郎は栗林に在り続けた。

ともに、父の形見の剣を腰に差す。

孫四郎にとってそれは、人呼ばずとも国人の、若き矜持《きょうじ》の表れであったろう。

男一人の農作業は、やはり並大抵の厳しさではなかった。

時折居合わせる源五が手を出し助けてくれるが、孫四郎はそれを当てにはしなかった。母の助力ははなから断った。頼ってしまえば、頼り続ける甘えが生まれる。経験と知恵と熟練は、流した汗と血を糧に育つのだ。

無縁の地に生く名主という矛盾。

せめて人並み以上の力がなくば、孤高を気取ることも出来ぬ。

孫四郎は一人大地と激闘を続けた。

日の出とともに起き出し、日が暮れても田畑から戻らぬ毎日であったが、不平が口から外へ出ることはなかった。

なにより、見せつけられる源五の決意と激しさが、孫四郎に弱音を許さなかった。

痣だらけで帰るなどは良い方であった。どれほどの鍛錬を望んだものか、血の滲む晒しで半顔を覆い帰ることもあり、酷《ひど》いときには杖《つえ》にすがり、さらに言えば道を這《は》いずりながら戻ることとさえあった。

「なんじゃや、ここまでか、だらしないのう」

どんな状態であれ、帰ると源五はそう孫四郎を揶揄《やゆ》し、脂汗垂らしながら田畑に向かった。

怪我《けが》癒えてから戻れという言葉は掛けられなかった。それでは弟の気持ちを無駄にする。

しばしば出掛けるとは、同じだけ戻るということの裏返しである。

源五も栗林の国人の裔《すえ》。大地を思い、兄を思う、心優しき弟であった。

源五の負担を少しでも軽減せねば、兄の甲斐《かい》がない、名主の意味がない。

外に表すものではないが、内にひたむきに、そして激しく、孫四郎は連綿と続き、けれど決して同じ日のない農一途に没頭した。

二つの春、三つの夏を過ごし、幼き頃に比べれば、塩水選りは手に山と塩盛る回数がその都度減った。

四つの秋、五つの冬を迎え、小寒から大寒まで、昼夜を通して二刻ごとに見続けねばならぬ寒の刻積もりにもさしたる労苦を覚えなくなった。

骨まで染み通るかのような陽差しを受け、浅黒く染まった肌は年を通して色を変えない。

六尺近くまで伸びた身体は過酷によって錬り上げられ、肉のよじれの数を増した。

紀ノ川の流れは変わらずとも、岸辺の命は生きることに藻掻《もが》いて移ろう。

孫四郎の身体は、大人としての完成を見た。

栗林累代の農地はこの間、幾分の荒れを見せることはあったが、一度としてその広さを減じることはなかった。

永禄《えいろく》五年（一五六二年）中秋。源五は紀ノ川沿いを栗林へと歩いていた。城山からの帰り道である。

間もなく、一月ぶりの有本であった。

六尺を超す長身の、どこを探しても打ち身切り傷の類は一つとして見られなかった。母譲りの肌理《きめ》持つ肌は、兄孫四郎ほどの色の沈下は見せなかったが、それでも適度に灼け、男ぶりが匂い立つようである。

稲の成熟が順調なら一両日中にも刈り取りが始まることを、吹く秋風の匂いが教えた。

「根来で少し、遊びが過ぎたか」

源五はつぶやき、川の流れを追い越すように足の運びを少し速めた。

ここ二年あまり、源五は伊勢城山の帰りに根来寺へ立ち寄るのを常としていた。城山に、根来寺から己と同じように影の流を学びに来る行人《ぎようにん》がいたからである。

根来の僧徒は学問を主とした学侶《がくりよ》と、寺の防衛を主とした行人に分かれた。数の上では圧倒的に行人が多いが、身分的には学侶の方が上である。

いわゆる僧兵とは、この行人のことを指す言葉であった。

聞けばその男全角《ぜんかく》は、根来寺は泉識坊から来たという。泉識坊の門主は土橋平次の息子である。

それもあって、源五を兄弟子と慕う全角に誘われるまま、さしたる抵抗もなく源五は根来寺内に足を踏み入れた。

根来寺は真言宗《しんごんしゅう》中興の祖、覚鑁《かくばん》が開創した、山内寺院二千七百余、寺領七十二万石の規模を誇る大寺であった。菩提谷《ぼだいだに》、大谷、小谷、蓮華谷《れんげだに》の大きな谷を持ち、怒号銃声引きも切らない。行人だけでも一万人を超えるという全角の言を聞けば頷ける。

僧俗合わせておそらくその倍は居よう山の賑わいは大変なものであった。着流しでふんぞり返り、山内を闊歩《かっぽ》する僧兵どもの荒々しい気が源五をも高揚させるようである。

栗林にはない熱気は、源五にとって性に合うものであった。

聞くともなく流れ来る浮世の話も、世俗から切り離されて生きる源五にとってはどれも皆新鮮なものであった。

加賀では一向一揆衆が越前《えちぜん》守護朝倉義景《よしかげ》と和睦しいったん静かになったらしいが、西に目を向ければ尼子晴久《はるひさ》と毛利元就《もとなり》が覇権を争い激しい攻防を繰り広げているようである。

尾張桶狭間《おわりおけはざま》では、京天下というものに一番近いと目されていた守護大名今川義元《いまがわよしもと》が守護代織田《おだ》信長にあっけなく敗れ去ったという。

小が大を喰らう。

明日をも知れぬ命であった者が突如、出来星の一番となる。

なかなかに興味深いものである。

根来は有本にほど近く、その気安さも手伝ってか、初め、一夜の宿であったものが今では七日、八日の居続けになり、そのつけが今源五の足を速いものにするのである。

(今度も話、聞かんじゃろなあ)

源五は額に手を翳《かざ》し、流れる雲の行方を追った。

旅の土産《みやげ》にと、源五は帰り着くたび見聞いた城山での話を孫四郎に押し付けたが、兄は眉一つ動かさず折々の作業にいそしむばかりであった。

源五には、その姿が不満であった。

己らにしかわからぬ有本の栗林という小さな土地に、勝手な縄張り意識を強固に張り巡らし一体どれほどの益があるというのか。

目まぐるしき世の動きを弟から聞くことになんの手間がかかるのか。

ささやかにささやかを足したところで、しょせん大輪とはならぬのである。

かえって世情の動き、世の流れを見聞きし、機をとらえれば、有本を一気に花園に変える光明の筋が見えるかもしれぬ。

尾張の織田など良い例である。

源五は名主としての兄の在り方に不満であった。まったく不満であった。

とはいえ、逆に言えばそれでも孫四郎が名主なのである。栗林は、己らしかわからずとも、孫四郎という名主に支配されていた。

歩速を緩め、源五は川の流れを遠く眺めた。

岸辺の淀みに、四尺ほどの流木がはまりこんでいるのが見えた。

無造作に歩み寄る。

止まるとも見えず自然に振り出した左足が地に着くと同時に音もなく抜き放たれた太刀は、流木に向けて優美な銀弧を描いた。

残心《ざんしん》もそこそこに、源五は剣尖を眼前に上げた。

切っ先三寸は、わずかなりとも水をかぶってはいなかった。

視界の中を、二尺二艘の木船が紀ノ川の流れに乗って下ってゆく。

ひとまず、源五は満足であった。

今や城山に行ったとて、源五の相手になる者は、たまに伊勢へと戻る小七郎宗通ただ一人であった。

「そろそろ、父上を超えられたかな」

一年ほど前、稽古の後の汗を拭きながら師は初めて源五にそう言った。

それこそ源五が欲し、城山へ通う理由の言葉であった。

嬉しくないわけはなかったが、いざ聞いてしまうと、居らぬ幻の父との対比であっては、漠然にすぎ現実味に乏しかった。

ならば、と源五はさらに闘志を燃やした。師を超えるのである。

父が教えを請うた師を超えるとは、間違うことなく父を超えることであろう。

そうして一年が過ぎ、小七郎宗通は、いまだ源五にとって手の届かぬ存在のままであった。

その小七郎も、常州太田《じようしゆうおおた》の佐竹義重《さたけよししげ》に仕えることが決まり、いずれ姿が見られぬことになるという。

愛洲の係累が守ることになるのであろうが、小七郎の居《お》らぬ城山では源五には意味がなかった。

師を超えられぬまま、あと一、二度の城山行きを以て、栗林一家二十余年の伊勢行きは終わりを告げることになるようであった。

結局、拠《よ》り所として縋《すが》り付くは師の一言だけしかないのである。

川を打つ一太刀は、その正しさを己自身の腹に落とすためのものであった。

「これほどには成った。いつまでも唯々諾々《いいだくだく》とはしておらんぞ、兄者」

——大地の孫四郎、剣の源五。揃えて二葉は、新しき花を咲かそうか。

父の言葉は、今でも源五の内に生きている。

だからこそ、剣に燃えた。だからこそ、今まで逆らいもせず不満を口にすることもなく、孫四郎に付き従ってきたのである。

父が消えた日、置き捨てられるようにして転がる父愛用の木太刀を源五は何気なく手に取った。

ひびが入っていることはすぐにわかった。

彼の日以来、手にしていないことを思えば、答えはあっけないほどすぐに出た。

兄孫四郎が源五の間一髪に繰り出した摺り上げの太刀によるものに相違なかった。

後ろから源五の髪を巻き込みつつ赤樫の木太刀に向かう刃風の唸りは、幾年《いくねん》も源五の耳内にこびり付いて離れなかった。

源五にとっては命ぎりぎりの恐怖より、髪を引きちぎられる痛みより、日がな田畑にあり、父と稽古らしい稽古一つしたことのない兄の目の覚めるような一撃に対する驚愕の方が大きかった。

剣を取る者の端くれとして源五にもわかった。兄の太刀筋は、己の遥か上をゆくものであった。

農一筋に生きているくせに、それは父にすら迫る、あるいは並ぶものに源五には思えた。

物打ち所に走るひびに、源五は父の悲しみを見た気がした。

父は、自身に失望したのだ。

源五は、父が消えた理由をそう捉えている。

強くなければ生きてゆけぬ。誠三郎は、消えることによって源五にそれを強く教えた。

兄は、嫡男である。父がいなくなれば後を継いで名主である。

父の言う揃えて二葉、の片割れは、名主という名の葉となって育つ。

が、源五は次男である。父がいなくなれば、名主を支える影でしかない。剣にすぐれて、初めて兄に並ぶ片割れの葉となれるのだ。

孫四郎の剣は、源五にとって超えねばならぬものであった。超えねば、有本の大地に己の足で立てぬのである。

兄も、己の剣が父を葬ったとわかっているのか、以来腰の剣を抜くことはなく、稽古場に足を踏み入れることもない。

ならば停滞している間に、追いつき、追い越すのだ。

城山でどれほど血の涙を流したかわからない。その伊勢行きを続けるために、帰り来ても休まず、田畑でどれほどこみ上げる反吐《へど》を飲み込んだかわからない。

休んで寝ていたとて、きっと城山行きを止めるような兄でないことはわかっている。何も言わずとも、いつも己を気に掛ける優しい兄なのだ。

が、それに甘んじるわけにはいかなかった。

兄が剣農取り混ぜて全権の名主のうちは、源五は影、下僕として逃げてはならない。大地にあって兄が名主なら、剣にあって己が名主になるのだ。

努力と天稟はやがて合一し、四年の後には、耳に残る兄の木太刀の唸りは消えた。確証はないが、すでに兄は遠く置き去ったという自負はある。

それからの年月は、その自負を固めるために費やしたものである。

万全のために師をさえ抜き去りたかったが、それは言っても詮ないことになりつつある。

「師との訣別《けつべつ》を機に、一つ、兄者の隣に立ってみるか」

一人そうつぶやき、源五は太刀を鞘に納めた。

強まり始めた川下りの風が、源五の背を栗林へ栗林へと押す。

大道を行かず川沿いを歩くのには、常に二つの理由があった。

一つは道ですれ違う、あるいは道端の田畑にある人々から射込まれる決して温かくないまなざしが鬱陶《うっとう》しいということであった。

幼い頃は気にくわなければ己の方から突っ掛けたが、剣を腰に携えるようになってからは、ただ気にくわないというだけでおいそれと喧嘩を売るわけにはいかなくなった。生き死にになるのが目に見えていた。

といって一方的に受け止め、腹に納めるのは性分ではなかった。紀ノ川沿いを歩けばそれもない。草笛すら吹きつつ歩ける気軽さがある。明確な区分の道はなくとも、かえって源五は自由であった。

二里ほど歩き、有本は船渡の地に入る。

栗林の半分にもみたぬ畑で、義右衛門が鍬を落としていた。

手前の粗末な船小屋で、投網《とあみ》を繕う正兵衛が源五を見ていた。

気軽に源五は手を上げた。

返ってきたのは、正兵衛の無視であった。

何を鯱《しやちほこ》張《ば》るかと思うが、反応は予想出来るものであった。

源五が他郷の者であれば、正兵衛はおそらく頭を下げた。それが同じ無縁の地、有本の名主の弟からであったから、目上として名主として捨て置いたのである。

正兵衛にとって、栗林は、孫四郎だけを見れば良いところなのだ。

(儂こそ、己らなど眼中にないわ)

源五は足早に船渡を横切りながら遠く近くを目で捜した。

紀ノ川沿いを帰る理由のもう一つは、限りの中に見受けられなかった。

幾分の落胆に船渡を過ぎたとたん歩速が緩む。

盛りと咲き、川に向かって穂先を差し出す葦また葦の歓迎が、こういうときにはかえって大道を行くよりも鬱陶しいものであった。

栗林までは睫眉《しょうび》である。日は中天から西に傾き始めたとはいえまだまだ高い。帰り着いたとて、野良に出て手伝うには刻わずかに過ぎ、といって立ち働く兄を置いてごろ寝を決め込むにはいささか後ろめたい、実に半端な頃合いであった。

葦の原に隙《すき》を見つけ、源五は身体を開いて大の字に寝転がった。

行く雲高く、風爽やか。騒ぐ葦やすすきのさざめきが秋の深まりを源五に伝える。

行く旅はよいが、帰り旅はなお良い。

源五はいつしか、耐える気もせず、こともせず、心地よい熟寝《うまい》の中に引きずり込まれていった。

有本の静けさが、源五の眠りに覆い被《かぶ》さる。

陽は赤く微笑みながら、次第に紀ノ川の向こうに垂れた。

やがて源五は肌身近くに人の気配を感じ、眠りの底からゆっくりと目覚めた。

源五も剣士、それも一流の剣士である。棘《とげ》ある気配、気配なき気配にならば、十間と寄り来ることを許さず身は勝手に覚醒する。

感じる気配は棘どころか、かえって癒やしをさえ含むものであった。誰のものであるかも、それだけでわかる。

急ぐことなく目を開ける。

行く雲は相変わらず高いが、それも含めて空全体が茜に染まっていた。

目をこすりながら上体を起こす。

「お帰りなさい、源五さん」

源五の足下、河原近くにしゃがみ込み、理由の二つ目がさも面白そうに笑っていた。

答えず、源五はあけすけな欠伸を一つ漏らし、手を添え首を大きく回した。

「いつから見とった。無粋じゃぞ」

努めねば喜びが浮き上がりそうな心を抑え、努めて平らな声を出す。

「今来たばかりよ。源五さんこそ、いつから寝ているの」

穏やかな由衣の声が、源五の顔に降り掛かる。

女気のない船渡から栗林に来るようになったせいか、由衣の仕草口調は、母八重に最近とみによく似てきた。

それが源五には、秋より、春より、母より、心地がよかった。

「儂も寝入りばなじゃった」

鼻を擦ってぶっきらぼうに突き放す。

由衣は微笑んだまま黙って源五をいたずら気に見つめていた。

女に見つめられ、視線で間を持たせられるほど、慣れても歳でも源五はなかった。視線を逸らし、草の間から由衣の間近に飛び出す。

「帰りじゃろ。送ってやる」

由衣が口を開き何か言いかけたが、皆まで言わさず源五は来た道に肩を振った。

嘆息が一つ、源五の背中を付いてくる。

誠三郎が消えてからは、由衣は一人で栗林を訪れ、よほど遅くならぬ限り一人で帰る。

八重が何度か孫四郎をたしなめたが、それどころではないと兄は頑として首を縦に振らなかった。

名主が否を吐く以上、栗林に居合わせたとて、源五がしゃしゃり出るわけにはいかない。わずかな距離であったが、由衣を船渡まで送るのは、源五にとって初めてのことであった。

見えぬを良いことに、源五は風に向かってほくそ笑んだ。

今見た由衣の顔を思い出す。

真っ直ぐに見つめる開きの大きい目の形の良さはどうだ。赤く艶やかな唇、覗く白い小さな歯粒の並びの愛らしさはどうだ。その奥でうごめく、甘露を滲ませ柔らかそうな舌はなんだ。

源五は知らず、唇を噛んだ。

噛み締めるに足る、至福であった。

前に源五、後ろに由衣。見目だけ思えば似合いの二人は、流れに逆らい河原を上った。

源五は、幼いときから由衣を好いていた。ほかにいないからではない。道に、野良に、野辺に、由衣と同じような歳格好の娘はそれなりにいた。けれど歳とともに変わるのが当たり前ともいえる雄の好みに、不思議とはまるのは由衣だけであった。

変わることなく、源五の一番星は常に由衣であった。

二十歳《はたち》にもなった今ならわかる。

己は好みを由衣の成長に合わせて変えてきただけなのだ。

まず由衣ありき、から始まる恋心。

物心付いてより変わらぬ恋心。

その前から、兄の許嫁と決まっていることが悲しいと言えば悲しい。が、そのことについてはなにもない。言ったところで詮がない。

それは恋以前から決まっていたことであり、それも含めて抱く恋心なのである。

幼い頃より出口なきとわかって抱く燃え上がる影の慕情。

何がどう流れても変わっても、ただ由衣の幸せだけを切に祈る。

風の匂いに夕陽が混じった。

船渡に近付き、河原が開ける。

由衣が源五の隣に並んだ。小袖の胸を押し上げ、腰で張り出す、女の実りが豊かであった。

艶めく風が源五の内を吹き抜ける。胸の奥に山と積んだ慕情の燃えさしを風が燻《いぶ》す。

源五は足を止め腕を組み、夕空を見上げて有本の大気を一杯に吸い込んだ。

消すなら、早い方が良い。

ここまでと思ったものか、由衣が前に出て源五の正面に立つ。

「有難う。いつも、優しいね」

要らぬ言葉は風の二陣か。

源五は頭をゆっくりと由衣に向けて天から降ろした。

「優しい。儂がか」

裏返しにいじめもした。ことさらに遠ざけたときもある。

それを優しいとは、源五には理解出来なかった。

「そう。孫四郎さんがああいう人だから、先に話しかけてくれるのは源五さんだし。

ふふっ、いじめられもしたけどね」

由衣は小さく頷いた。風に押されて口元になびく髪を、白い指先が掻き上げる。

その仕草は、母八重にないものであった。女そのものが強く匂う。
燃えさしに熾《お》き火が、明滅を始めた。
優しいのか、己が、己の方が。
ならば優しくないと由衣は思っているのか、兄を。
いや、聞かずともそれは頷けることである。
決められたことへのわずかな反感が首をもたげ由衣に巻き付く。
「でも、遠くからでも、いつも見守ってくれたでしょ」
由衣の言葉は、源五にとって衝撃であった。心の臓が羞恥に早鐘を打つ。
見られていた。知られていた。
剣士の心得より、どうやら女娘の勘の方が、数段上のようであった。
なにを言う口も持たず、源五は固まった。
密《ひそ》かな行為は、由衣の手の内であった。
では心は、秘めた扉のその内は。
「それじゃ、また」
由衣が細い手を上げ、背を返す。
聞きたかった。
聞いた後先はどうでも良かった。

身の強《こわ》ばりを強引に解く。

夕陽が、由衣の背中を秋色に染め上げた。腰の動きがなまめかしかった。

熾き火が一瞬、炎を吹く。

「由衣」

源五の呼びかけに、由衣が五間の向こうで振り向いた。

川面に撥ねる西陽の斑が、由衣に映って源五を蠱惑《こわく》した。

「許嫁でよいのか」

秘めに秘めた想いであったが、直截《ちょくせつ》に聞けぬ、男の純情が言葉を迂遠《うえん》なものにする。

由衣はわからぬ気に小首をかしげた。

「兄者でよいのか。意に染まぬなら」

核心に一歩近付く。現に源五も、右足を大きく差していた。

河原の小砂利が音を立てた。

次いで踏み出そうとする左足は、その場に縫いつけられたまま上げることは出来なかった。

由衣は微笑みながら頭を振った。

悲しそうにも、寂しそうにも、それは見えなかった。

「……本当に、それで、良いのか」

源五の問いに、由衣は恥じらいを以て頷いた。微笑みがますます深くなる。

落ち行く日輪のいたずらではない由衣の目の潤みと頬の紅《あか》さが、源五の心を両断する。

「孫四郎さんの剣、とっても綺麗だったから」

語尾がはかなく瀬音に消える。

恋する乙女がそこにいた。

源五の目は、由衣を見て、由衣の像を結ばなかった。

己の心胆が寒からしめられた日。父の木太刀にひびが入った日。

兄が由衣に剣技を見せたのは、あとにも先にもあのときしかないはずであった。なればあの日、孫四郎は剣によって誠三郎との縁を切り、同じ剣によって由衣と縁付いたといえる。

そのどちらの因も、考えればなんのことはない。結局、源五の未熟に端を発するものなのである。

「そうか。兄者がよいか」

貧しき有本の幼なじみ、三人の内から己が弾かれる。

不様であったが、源五は涙も嘆息も出なかった。

過ぎた日の返せぬことである。

受け入れるしかないなら、これも天道か。

紀ノ川の流れが止めどない。

「由衣、栗林に幸《さち》は埋まっているんかの」

声にして答えることなく密やかに笑い、由衣が静かに腰を折り、背を向け一人家路についた。

源五は追おうとはしなかった。

伸ばして届く手の先に、由衣はすでにいなかった。

つるべを落とす秋の夕暮れ。

由衣の姿は、離れる距離と迫る夕闇の間《あわい》に消えた。

「名主、許嫁。大地も、由衣も呪いめいた言霊に帰す、か」

つぶやきを残し、源五も栗林へと踵《きびす》を返した。

砕け落ちんとする膝を叱咤し、一足一足で土を踏みしめる。

「しょせん、儂には剣しかないか。栗林で立つには、剣しかないか」

言葉を力に源五は歩みを速くした。

幼い頃からの由衣との触れ合いが、沈む夕陽に鮮やかに浮かぶ。

「由衣、幸せになれ」

ただ一言に、想いは収斂《しゅうれん》した。

知らず涙がこぼれて落ちた。

「幸せになれ、由衣っ」

想いと涙を振り切るように、叫んで源五は川辺を走った。

銃声は有本の河原に絶えて久しく、教練場の名残《なごり》すら留めていなかった。

残照を身に受け、栗林に辿り着く。

影一つが野良で、変わらず寡黙に鍬を振るっていた。たわわな稲穂が、名主に従うようにして頭《こうべ》を垂れている。

畦を回って、源五は孫四郎の傍らに立った。

気付かぬわけでもあるまいに、孫四郎は白光る眼で真っ直ぐに畑を見据えて鍬を打ち込み続けた。

今せねばならぬ仕事が先なのは重々承知。由衣すら送って行かぬのを見れば腹の底からよくわかる。

わかって源五は、けれど孫四郎が苛立たしかった。

「兄者っ」

腹の底から気を錬り上げて孫四郎にぶつける。

瞬間、脇を締めて動きを止め、孫四郎は怪訝《けげん》そうな眼差《まなざ》しを弟に向けた。

「どうした。もう少し待てんか」

聞く耳持たず、源五は歩み寄って孫四郎の肩を強く叩いた。
口辺には、いつの間にか笑みが寄っていた。
「兄者、おいとくのも大概にせい。由衣との祝言じゃ」
唐突ではあったろう。孫四郎の目と口が隙を見せて開く。
「儂が仕切る、春じゃ。決めたぞっ」
源五は言い捨て、答えも待たず林の母屋へと足を差し向けた。
(その顔一つで、勘弁したるわい)
兄に一瞬でも虚を穿《うが》つ。
源五はひとまずそれで満足であった。満足せねば、居場所がなかった。
林に辿り着き、肩越しに振り返る。
残照消え果てる束の間の中で、孫四郎の影が再び鍬を振るっていた。
源五の溜息《ためいき》は、闇に溶けた。
兄は変わらず、悲しいほどに、兄であった。

春三月。穏やかな陽差しを浴びて孫四郎は一人、田の畦に立っていた。
やや黄ばみの見える白の水干が全てのものから浮き上がって見える。
それは孫四郎の元服の日、父が着ていたものであった。余計なたるみは見えず、あつらえたように身幅身丈に合っている。田に立つにしては異装であったが、この日ばかりは、一日脱げぬ衣裳《いしょう》であった。

間もなく、花嫁が紀ノ川を下って栗林にやってくる。

父が消えた日の装束であれば、慶事にその吉凶は思われたが、栗林には他にあらたまった着物などない。形だけからいえば、嫁を迎える、これが唯一の礼装なのである。

由衣との祝言は、間もなくであった。

風も優しく暖かに吹き、飛び交う鳥達も愛らしく歌い、佳《よ》き日を祝うようである。

手持ち無沙汰を紛らすために、孫四郎は田に出た。とはいえ、さすがに鍬を手にする気は起きなかった。

土の香を嗅《か》ぐと心が落ち着いた。それで初めて己が浮き足立っていたことに気付く。

苦笑混じりに、孫四郎は畦に膝をついた。

寒の刻積もりによれば、今年の梅雨《つゆ》時はどうやら例年に比べあまり気温が上がりそうにないようである。

田植えた苗が、孫四郎には気懸かりであった。

手に田の土塊《つちくれ》をひとつまみ取り、口中に含む。

田畑とともに生きる者でなくてはわからぬものであったろうが、孫四郎の舌は、土から仄《ほの》かな甘みを感じ取った。

（これならば）

孫四郎は、味を再度確かめるように瞑目《めいもく》し、口を動かしながら力強く頷いた。丹精込めた土である。滋養は十二分に足りているようであった。

「糠《ぬか》、撒《ま》くか」

孫四郎はつぶやいた。

田植えから一月あまり、水田に量を違《たが》えることなく糠を撒けば、冷えることなくあとはこの土が稲の命を育てるだろう。それに、田畑は敏感に耕す者の気を映す。今日以降、何をするにも栗林の嫁となった由衣が孫四郎の隣に寄り添う。己の心が伝われば、冷夏などに大地は負けぬ。

（なにを、馬鹿な）

勝手に浮かぶ妄想めいた由衣との並びを笑い、孫四郎は手を叩いて立ち上がった。

有本の静けさをかき乱す、群衆のざわめきが風に乗ってその耳に届く。

地蔵の辻、中之島の方へ眼を凝らせば、二十人ばかりの者達が固まりになって栗林へ入ってくるところであった。

いまだ遠く判然とはしないが、先頭の小太りはいつもの通り土橋平次であろう。

その後に続くのは、見間違えようのない相変わらずの雑賀鉢であることによって、鈴木孫一に違いなかった。数年前に平次の娘を嫁に貰ったと聞く。

それを機に身を引いた父鈴木佐太夫に代わって、孫一は今や十ヶ郷を束ね、一向宗を束ね、平次とともに、いや平次をさえ置き、傭兵雑賀衆の頭となり、雑賀七万石の頭領とうそぶいているらしい。

実際からいえば七万石とは大げさである。それほどを有していたら京を目指さねば嘘なのだ。

傭兵軍を世に高く売り込むための誇張、喧伝《けんでん》の類ということか。孫一の器量を考えれば、他はきっと皆事実なのだろう。

一行の歩き方を見ても、孫一の歩調だけが堂々としてまるで乱れていなかった。とは、他の者が皆、孫一を見つつ、合わせて歩いているということである。二番手に控えて歩き来るが、孫一が要であることは間違いなかった。

「孫四郎、なんです、そんなところで」

八重の声が背に掛かる。

振り返れば母が、林と紀ノ川の境の辺りに立っていた。

いつの間にか皺を刻み始めた母の枯れた手が上がり、紀ノ川に沿って上流を指す。

追って回す視界遥かに、船渡の三人の姿が見えた。

先に立つ義右衛門、正兵衛とも、孫四郎と同じような白の水干袴であった。娘を嫁に出すせいか、着慣れぬ衣裳のせいか、足取りはどこか硬かった。

その後ろから、唐織《からお》りの掻取《かいどり》を腰巻きにした花嫁が続く。艶やかな髪の中に面を伏せ、祖父と父の後を一歩一歩丁寧に辿るようである。

その胸に去来するものはなんであろう。

船渡は、寄り添わねば生きられぬ三人ばかりの小さな家である。触れ合う肌の温《ぬく》もりを人一倍感じて由衣は生きてきたはずなのだ。

指呼の間ではあっても、その家を出て他家に嫁ぐ。

寂しさはあってしかるべき、胸に風穴はそれで正しい。

これからそれを幸で満たして埋めるのは栗林であり、孫四郎である。名主の責も思えば肩に重かったが、夫の責も妙に全身に絡んで粘る。

孫四郎は、空を見上げて一笑に付した。それを思っては、源五の労に唾を吐くことになる。

頭を降ろして一度、背後にねじ向ける。

雑賀の一行は、風に頼らなくとも聞こえるところにまで至り、騒々しさを辺り構わず撒き散らしていた。

目ざとく孫四郎を見つけたのだろう、針のような孫一の視線が離れない。

構わず断ち落として顔を戻せば、相変わらず俯《うつむ》いたままの由衣が見える。

掻取が陽を浴び、あえかに煌めいた。

二方から寄り来る、雑然と粛然。

孫一と由衣なら、足の向かう先は自《おの》ずと決まった。

母に手招かれるまでもなく、孫四郎は紀ノ川に向けて足を振り出した。

今日ばかりは田畑とかかずらうのはこれまでであろう。

母と並び、花嫁一行の到来をそこで待つ。

風が回っていたずらに由衣の髪を押し広げる。一瞬の間であったが、陽に浮かぶ花嫁の顔が垣間見えた。

薄化粧の、初めて見る由衣の顔がそこにあった。

孫四郎の鼻から口から、熱い息が密やかに漏れた。

衝撃は、在りし日の鉄砲が轟かす銃声に似ていた。

いつもの由衣も美しい女である。

が、今日の由衣はそれに輪を掛け、花嫁という別の、飛び抜けて美しい生き物であった。

騒がしさが林の中に木霊《こだま》を飛ばす。

どうやら、雑賀の者達が来着したようである。

源五は力なく動き、敷居をまたいで母屋の外に出た。身体は、どこもかしこもだるとはいえ、その疲れであるわけはない。城山に源五を疲れさせる相手など皆無であった。

源五は十日ほど前、最後の伊勢城山行きから戻ったばかりではあった。

かった。

孫四郎と由衣にとっての払えの日は、源五にとって訣別の日であった。

己で決め、己で走り、己で呼び込んだ今日という日である。

源五は苦さを飲んで笑った。

（未練、が今になって儂を蝕《むしば》むんか）

「おう、源五」

姿を現した平次がまず源五に向けて声を掛けた。

源五は平次らに向き直り、膝に手を添え頭を垂れた。

下げたくもない相手であり、下げる価値も見出せなかったが、形ばかりは取り繕わねばならない。それほどの分別は付く歳に、いつの間にか源五もなっていた。

平次の後に孫一が続き、二十人からの大所帯が源五に寄る。家人らが肩にさし渡して担ぐおうごの下で、菰被《こもかぶ》りが左右に揺れた。平桶《ひらおけ》、重箱も大概見える。

源五の視線を読んでか、平次が無駄肉の厚い肩を揺すった。

「祝い事は、とりあえず欠かさんぞ」

いつかどこかで聞いたような言葉であった。

答えず、源五は平手を伸ばして内へ誘《いざな》った。

「この家も、久し振りじゃな」

機嫌良く平次が敷居をまたぎ、座ったらきっと一歩も動かぬ平次の妻が物言わず源五の前を過ぎ、一行の者が次々と中に入った。

膝を払って背を伸ばし、源五はその身近くに立ったまま動かぬ男へ眼を向けた。

「お主も早う入れや。儂は忙しいんじゃ」

源五の前で顎を撫でさすりながら鈴木孫一がにやついていた。

相変わらずの雑賀鉢と背に斜めの鉄砲が、木漏れ日を浴びていやな光を源五に返した。

「なんじゃ。早うせい」

再度言葉を投げても、孫一はいっかな動こうとはしなかった。

捨てることに決め、源五は一睨《ひとにら》みして背を返した。

「源五、随分と漏れる気が散らばっとるな」

孫一の嘲るような一声が、源五の足を縫い止める。

「慶事にその気落ち肩落ち。ふっふっ、なにがどうとは、聞かんでおこう、はっはっ」

低いが通る孫一の笑いが耳に響く。

言い返そう言葉は、喉の奥に絡んで出なかった。

「まっ、なんにしても小さきところの小さき話じゃ。くだらん」

吐き捨てるように言うと、孫一は動かぬ源五を押しのけるようにして屋敷の中へ入っていった。

それが数千を従える男の器量というものか。

なんにしても、孫一は間違いなく源五の心の奥底を見透かしていた。

「人の心に、大小があるのか」

屋敷の中に広がりゆく雑賀の家人達の慌ただしき足音物音に、源五は囁きを紛れ込ませた。

「源五、花嫁が来ますよ」

母の声が身近で聞こえた。いつ来たものか、源五はまったくわからなかった。

孫一との一連を聞かれたかと瞬間鳥肌が立ったが、母はそれには何も言及することなく、変わらぬ穏やかさで目を林に向けていた。

源五も振り返り、母のわずか後ろに控える。

上手《うま》く表情を作れず仏頂面の兄に従い、花と咲く由衣の姿があった。

孫一のことなど吹き飛んだ。

（我が愛《いと》しき、……義姉《あね》様）

ともにあるというだけで嬉しい。

ともにあるというだけで苦しい。

母の目尻から、一筋の涙がこぼれ落ちた。

母は泣きながら、笑いながら、小さく手を叩いて花嫁に見入っていた。

栗林に来たがために、要らぬ苦労を背負い、背負い続けた人である。母の涙と笑顔には、従わねばならぬ。

奥歯を嚙み締め、唇だけで源五は母の笑顔に倣った。

孫四郎、由衣、正兵衛、義右衛門の並びが家内に入り、しばらくすると奥の座敷で歓声が上がった。

「さっ、源五、忙しくなりますよ」

母が小走りに土間へ向かう。

源五は母の背についた。

栗林には、余分な人手などありはしない。

明日からは由衣がすることを、この日ばかりは花嫁に代わって源五がする。

そう思えば、慣れぬ仕事も楽しくはないが重くもない。

（幸せであると良いな、義姉様）

源五は知らず微笑んだ。

この笑みばかりは、真底からの笑みであった。

古式に則り手順を踏み、形ばかりは整えた婚礼の儀を済ませると、雑賀の一同は待ちきれんばかりにして、騒々しい宴へと突入していった。

上座に鎮座する花婿花嫁の姿を噛み締めるのは、栗林の二人と、船渡の二人だけであろう。

雑賀の、特に小作、家人らにとっては、年に数少ない払えの日なのである。呑んで騒いで日頃の憂さを晴らすのは、こういうときをおいて他にないのだ。

平次は声高《こわだか》に畿内がどうの本願寺がどうのと孫一に向けて喚いている。

孫一はといえば、柱により掛かり酒を汲みながら平次の話につまらなそうにいちいち頷いていた。

宴は、夕べの陽が皆を陽炎《かげろう》めいた影にしても終わる気配を見せなかった。誰もが他の家の婚礼と同じつもりで来ているようである。ならば、たとえば土橋のような大家の三日三晩ということはなかろうが、夜通しということは間違いなかった。

源五はそれとなく母に休むよう促したが、八重は黙って首を振り、揃い雛《びな》のような上座の二人を飽くことなく眺めた。

陽が沈み夜が更けゆくに従い、宴のざわめきは蜘蛛の糸めいてか細くなっていったが、やはり途切れることなく朝まで続いた。

寝こける者をよそに、林の向こうから差し込む朝陽を浴び、それでも盃を置くことのない男衆が半分近くはいた。

平次は夜の内に床に臥《ふ》している。

孫一は姿勢を変えぬまま酒を汲む方の一人であった。

朝とも呼べぬ時刻になる頃、ようやっと平次が起き上がる。

「さぁて、もう十分じゃろ。往《い》ぬか」

欠伸混じりのつぶやきに、幾人かからへいと答えが返り、一同は思い思いに腰を上げた。

主役の二人には一瞥《いちべつ》もくれず、酒熟《う》みの顔でしかし、酔いの緩みは微塵も見せず、まず孫一が立って表に向かった。

小作らが持ち帰る物を取り纏《まと》めている間に、平次が孫四郎に一言掛け、妻と一緒に座敷を出て行く。

数瞬遅れに、上座の夫婦が座を離れる。

源五は誰も追わず部屋の隅に座っていた。

母と船渡の二人は送りに出るようであるが、開いた以上源五は平次にも孫一にも下げる頭は金輪際持たなかった。

実際、式さえ終われば宴などもどうでも良かった。有本を見て祝わぬ宴など、蹴り散らしてやりたいくらいであった。

我慢の疲れが身に澱となって溜まっていた。

食い散らかし呑み散らかしの残骸を見るともなく眺める。

着替えてそれらを片付けるところから、由衣の栗林が始まることになる。

源五は居続け、現実に先立つ夢想と遊んだ。

表のざわめきが潮の如く退く。

有本が内包するものは変わらず、けれどここに新しい栗林が生まれたのである。

「ご苦労じゃったの」

座敷に戻ってきた義右衛門が源五に声を掛けた。

手を翻して答えに代え、源五は呑みさしの盃に口を付けた。

正兵衛も戻り、休むこともせず大物の片付けを始める。

孫四郎と由衣は母に伴われ着替えに奥に入ったようであった。

昼前とも思えぬ、たるんだ時間が流れゆく。

源五は瞼を半眼に落とした。

緩やかに、微睡みの波が押し寄せる。

そのとき、

「卒爾《そつじ》ながら」

表から努めて静かな男の声が突如として湧いた。

微睡みを押しのけ、豁然《かつぜん》として眼を見開き、源五は瞬滞なく跳ね起きた。

船渡の二人は源五の動きを奇異な目つきで眺めているが、声一つ掛けるでなく源五は表へと走った。

表に人の気配などなかった、なかったはずである。

それればかりか、声がしてからも人の気配など皆無であった。

無が、無であるにもかかわらず有を示して声を発す。

城山にあってさえ今や敵のない源五にとって、それはありうべからざる現象であった。

濡れ縁を回り、音も立てずに源五は表の板間へ躍り込んだ。

果たして、土間に編み笠《がさ》をかぶったいかにも旅の兵法者然とした男が立っていた。

源五の目が強く光を増してゆく。

土間に編み笠の数は、一つではなく三つであった。

あり得ぬことも、度を超せば無理にでも受け入れざるを得ない。

源五は注意深く身構えた。

奥座敷まで届かぬにもかかわらず、表の板間には男達の発する気が圧倒的であった。

畏怖すら覚え、背に冷たい汗が流れるのを、源五は禁じ得なかった。

「どなた、であろう」

源五の問いに反応したのは中央に立つ、黒なめしの陣羽織に柿渋《かきしぶ》のたっつけ袴を身に着けた男であった。

「これは、京へと上る旅の者。伊勢は城山にて聞き及び、佳き日の名代も兼ねて参った者でござるが」

男は顎紐《あごひも》をほどきながら言った。

声にも溢れる力があった。

「少しばかり、遅うござったかな」

現れた男は頰そげ落ち、全体に痩せぎすであったが、鷹《たか》の目を持つ男であった。五十は超えているように見受けられるが、その目に白光がやけに強く、見られるだけで現に礫《つぶて》を投げ当てられたようである。

両脇の二人も、男に倣って編み笠をとる。

「控え居る者は我が門弟、疋田文五郎《ひきたぶんごろう》に神後伊豆《じんごいず》。それがしは、上泉伊勢守信綱《かみいずみいせのかみのぶつな》と申す」

「なっ!」

そう言ったきり、源五は身を強ばらせて固まった。

動乱の巷《ちまた》がどれほどこの男のことを知っているかは定かでない。しかし、源五は師愛洲小七郎その人の口から聞くだによって、その存在を強く意識していた。

上泉伊勢守信綱。

鎌倉《かまくら》管領上杉憲政《うえすぎのりまさ》旗下として上州大胡《じょうしゅうおおご》とかいうところを守るれっきとした城主であった。

影の流を学ぶという一点において、源五にとっては同門、兄弟子ということになる。伊勢守信綱は小七郎に影の流を学ぶ以前から、鎌倉では念阿弥慈恩《ねんあみじおん》創始の念流《ねんりゅう》を学び、下総香取《しもうさかとり》では飯篠長威斎《いいざさちょういさい》を祖とする天真正伝神道流《てんしんしょうでんしんとうりゅう》を学び、どちらも深奥に達しているらしい。

その三流を合一して漏れる光に、今では新影流《しんかげりゅう》の名を冠していると師は言った。言って小七郎は何事もないようにこう加えた。

「まぁ、あれは人の形を借りて天から舞い降りた麒麟《きりん》じゃて」

「御師でも勝てませぬか」

「勝ち負けにも、ならんじゃろなぁ」

小七郎の潔さが源五の内に楔《くさび》を打った。

神の使い、神そのもの。

それが、源五の前に枯老の姿で立つのである。

有本がいかに井の中然と狭かろうと、世がいかに栗林を笑い飛ばすほど広かろうと、誰に負けるとも源五はまったく思わない。

が、師をさえ置く天が相手では吠え掛かる気も起きぬ。

先に感じた畏怖は、きっと天に向けての尊意なのだ。

「しっ、しばらくっ」

一声吐いて源五は奥に孫四郎を求めた。

「あっ兄者っ。兄者っ」

天が栗林に足つくなら、栗林から天へ手を伸ばすのは名主たるの務めであろう。

表の圧気に動じることなく、大地の主が顔を出す。

生まれて初めて、このとき源五は孫四郎を求めて手を伸ばした。

(なるほど、源五の噂も、この御方ばかりは頷ける)

とりあえず体裁を調えた奥座敷に伊勢守一行を誘った後、供二人を従え上座で静かに白湯を喫する老人を眺め、孫四郎は内心舌を巻いた。

ただ座すだけでもそこから吹き来る微風のごとき気を感じる。

城主たる者に備わる高貴か、剣において天地神妙を体得した者の威厳かは知らぬが、強いて発するわけでもなく無理に抑えるわけでもない、理に則った自然な気というものだったろうか。

にもかかわらず、丹田に力を込めなければ、孫四郎の上体は後ろに押されそうであった。

自然がなにより一番強く、一番難しいことを孫四郎はわきまえている。

自身の内に出来るかと問わば、心は無理と即座に返すだろう。

孫四郎を筆頭に、下座に向かって由衣、八重、源五、船渡の男衆が居並び、緊張の面持ちで伊勢守信綱に目を据えていた。

皆、わずかに頭を垂れるようにしている。

伊勢守の気を風として捉え得るのは孫四郎を除けばおそらく源五だけであろう。あとは、人並み以上に懸命でなければ生きられぬ有本というところに住むだけの、ただそれだけの善男善女である。なんの鍛錬をしてきたわけではない。

達する者の高貴、威厳とは、その善男善女の頭さえ畏《おそ》れという重き手でわけ知らずとも下げさせるもののようである。

「まずは城山より承った祝儀にござる」

白湯を喫し終えた伊勢守は門弟疋田文五郎へ目を遣《や》った。

無言で小さく頭を下げ、文五郎が一振りの太刀を差し出した。

受けて座を外し、伊勢守は孫四郎の前まで膝行する。

「師小七郎より、畠田《はたけだ》の守家《もりいえ》でござる」

重々しき伊勢守の言葉とともに胸元に押し出される太刀を、孫四郎は両手で受け恭《うやうや》しく拝領した。

「婚礼に際しての祝儀としては無骨に過ぎるものではあれど、そんなものでしか表せぬのがそれがしにはかえって武人として好もしく映る。これぞ武人の心、でござる。師小七郎の気持ちとともに、お納め下されたい」

伊勢守は、光強い目を真っ直ぐ孫四郎にひた当てた。

孫四郎も太刀を由衣に手渡しながら逸らすことなく、その眼を見返した。

なんという眼であろう。奥山の湖水の静けさをたたえつつどこまでも深く澄み渡り、光の底の果てが見えぬ。

見る、という行為だけで瞬時に取り込まれ、引きずり込まれ、孫四郎はしばらく伊勢守の瞳内をさまよい、その眼から脱することが出来なかった。

それが武の神、上泉伊勢守信綱の眼か。

本能に従い、身をわずかに左右に揺する。

眼力の呪縛は、それでかろうじてほどけたようであった。

「なるほど」

一言つぶやき、伊勢守が上座に戻る。

口辺のゆがみは、いったい何に対する笑みであったろうか。

「次に、同門栗林源五殿へ。参られい」

伊勢守は、先の一連と同様の流れを以て神後伊豆から太刀を受けた。

その間に、源五が進み出て伊勢守の前に座す。

「父上の代から二十年になんなんとする城山へ向けた栗林一門の熱意に、師小七郎は、これは影の流に達したあかしであると申された。とはいえ、剣の道に終わりはない。心して、お受けせよ」

差し出され、受け取る。

これも先と変わらぬ一連。

違いといえば、源五の身が小さく一度跳ねたことだけである。

「なるほど」

再び伊勢守が小さくつぶやく。

何を一人得心しているのか、孫四郎には見当もつかなかった。

源五が太刀を大事そうに押し頂きながら己の座に退く。

「これにて城山よりの名代として役は全て終わり申した。祝着《しゅうちゃく》至極《しごく》、に存ずる」

言って伊勢守が、そしてその弟子疋田文五郎、神後伊豆が無言のうちに頭を垂れる。

居並ぶ一同も、返して一斉に頭を下げる。

伊勢守が仕切ることによって、場には荘厳な空気が漂っていた。

「さて、ここから先はそれがしの興味でござる」

一同の頭が上がるのを待って、伊勢守が言葉を続けた。

「惜しい才を失い、それに倍する才に出会ったと。面白き剣ゆえあえて何を教えるわけでもなく野放しじゃが、秀綱《ひでつな》、おっ、これはそれがしの昔名でござるが、秀綱、削《そ》ぎに削ぎ落として剣のみに生きれば、その才お主に匹敵するやもしれんぞ、と。師小七郎の言葉にいたく惹かれ申した」

源五ののどが大きく鳴った。

伊勢守の言葉は明らかに源五を指している。面はゆいのであろう。

「師の言う剣、見せていただきたい。そのために京への道をねじってここまでまかりこした次第。枯骨のわがままではあろうが、叶《かな》えていただけますかな」

伊勢守がわずかに上体をかがめて孫四郎に向け身を乗り出す。

栗林の主であっても、それは孫四郎が一存で答えるべき問いではない。首を回して源五を見る。

頬染め上気した源五が、間髪容《い》れずに大きくうなずいた。

源五にとっては栄誉であったろう。断る理由とて何もない。

孫四郎は振り戻り、伊勢守に向けて手を支《つか》えた。

「是非もなく、こちらからこそお願いいたす。一手ご高覧あれ」

伊勢守が満足そうにあごを引き、源五が勢い込んで立ち上がった。

妬心がわずかに孫四郎の胸を刺す。

それが妬心との自覚は孫四郎にはなかったろう。

源五が先立ち、伊勢守、その門弟が後に続く。

うずく胸の小さな痛み。

孫四郎は右手を胸に、その場を動かず小首をかしげた。

「どうされました」

由衣が隣からのぞき込む。

美しき笑顔が、孫四郎の胸の痛みを消した。

伊勢守のまとう神威のごとき気に巻かれて、一同は誰一人欠け落ちることなく皆が林中の稽古場に移動した。

空き地の中央で伊勢守と孫四郎が向き合い、それぞれの背後に門弟と源五が控える。

八重と由衣、そして船渡の二人は、並んで倒木に腰を下ろし、息を潜めて成り行きを見守っていた。

孫四郎は伊勢守を前に、中央から一渡り稽古場を見回した。

父が姿を消して以来、一度として足を踏み入れたことのない場所であった。

源五が時折一人で入るだけの稽古場は、荒れ地というわけではなかったが、それでも昔よりはずいぶん土地を雑草が覆い、雑然とした風情を醸していた。

己の血と汗の染みこむ懐かしき大地ではあったが、同時に父との思い出も存分に染みこみ、吸い込む大気は懐かしさばかりでなく、いまだ残る悲しみを少し加えて胸に落ちた。

「お父上が開かれたのかな」

伊勢守の声が孫四郎を現に戻す。

「はい」

「良い場でござるな。剣に打ち込む皆々の、思念の欠片が感じられる」

伊勢守の声と言葉は、孫四郎の胸内を揺すった。

——孫四郎。

元服の日のまま、脳裏で父が満面で笑った。

鼻の奥に、何かが溜まる。

孫四郎は即座に答えることが出来ず、一歩退いて並ぶ源五の背を押した。

「おう」

勢いで源五が出る。

伊勢守の眉がわずかに動いた。

「源五殿がまず来るか。ならば文五郎」

伊勢守が孫四郎と同じく一歩退き、物言わず弟子の疋田文五郎が前に出た。

孫四郎は鼻の奥に気を取られて忙しく、源五は天覧にも等しきこれよりの一事に気を取られてか、伊勢守の言葉が含むきな臭さを理解し得なかった。

「疋田文五郎にござる。栗林源五殿、お相手仕《つかまつ》る」

師に負けずとも劣らぬ低く重々しい声でそう告げ、文五郎は木太刀とも思えぬ奇妙なものを差し出した。

源五が怪訝な表情で手に取り眺める。

孫四郎も、ようやく通る鼻で息をしながらのぞき込んだ。

「それは儂考案の竹刀でな」

伊勢守が文五郎の後ろから声を出す。

「丸竹の先を細かく割ってなめしにくるんだ。袋竹刀《ふくろしない》という」

聞きながら源五が袋竹刀に素振りをくれた。

空裂く音は木太刀と遜色ないように、孫四郎の耳にも聞こえた。

「おう、これは良い。ならば」

源五が大きく飛び退って身構えた。はやる思いが闘志となって溢れ出す。待ち切れぬようであった。

「若さか。学ぶ者の姿勢として、それはかえって清しい」

その一声を機に、伊勢守は神後伊豆とともに音もなく退いた。併せて孫四郎も倒木に向けて歩く。

「栗林源五、参る！」

気負いかえった源五の声を背に聞く。

四人が居座る倒木の際《きわ》に立ち、孫四郎は文五郎と源五に意識の全てを傾けた。

地摺りに取った剣尖を車《しや》に引き、身をわずかに沈めた源五に対し、中段に位取った袋竹刀を惑わすことなく文五郎が泰然として立つ。ともに動かない。

源五から文五郎へ、文五郎から源五へ。剣気ばかりが膨れ上がり、絡みねじれて渦を巻く。

静の攻防。

距離にして、二間。

発気制圏の取り合いは、まずは互角のようであった。

「ほう」

伊勢守の感嘆がしじまを割る。

それを足がかりに、源五が文五郎に向けてにじり寄った。

「轟っ！」

その足先を縫い留めんとする文五郎の気合いが走る。

「応っ！」

誘ったか誘われたか、源五は気合いを撥ね散らしながら文五郎へと一足飛びに迫った。

右回しに文五郎の左脇を抜こうと下から伸びる電光の速斬。唸りが後から竹刀を追う。

眉一つ動かさず左足を大きく退《ひ》き、手の竹刀を文五郎が振り上げる。

薄皮一枚削ぐことなく、源五の剣尖は文五郎の前を流れた。

二寸、いや、おそらく一寸五分、孫四郎はそう見て取った。

拍子を合わせるように轟雷《ごうらい》の一撃が源五に降る。

右足を芯に身体を回し、源五は鼻先に竹刀を落とした。

瞬き一つの間の出来事である。

「流石にっ」

そこまで言って孫四郎は文五郎に対する言葉を飲んだ。

余人の剣ではない。影の流、城山において敵なしの源五が放った斬撃である。それを一寸五分に見て落とし、あまつさえ揺るぎのない存分の返しを打ち込むとは、新影流を名乗り上げる男の内弟子だけのことはある。

とはいえ源五も負けてはいない。放った一太刀の速さ重さ、腰の据わり、腕の伸び、そして同じくおよそ一寸五分に見て落とした足の運び、剣の引き、全て父を彷彿《ほうふつ》とさせる、麗美が匂うものであった。

文五郎の竹刀が大気を割り裂き唸りに唸り、源五の身体が陽炎を思わせて舞いに舞う。

源五の竹刀が風を起こして裂きに裂き、文五郎の身体が羽衣となって漂い漂う。

ただの一度たりと、竹刀の打ち合う音は上がらなかった。

(儂ならば)

孫四郎は知らず口の端を嚙んだ。

胸内に沸き立つものがあった。

(馬鹿な)

剣は自身の本分ではない。それは源五のものである。そもそも父が姿を消した日から、太刀など振ったこともない。

何を思う、何を。

孫四郎は、己の胸を声なく諭した。

返る言葉は未練、であった。

なんの未練、なんの。

剣は見るものであったはずだ。剣は名主である孫四郎の生き様を決めない。それを未練、とはなんぞ。刹那の時さえ、剣に懸けた覚えはないのだ。

父への未練か。幼き日々への未練か。

いや、それならば胸内に熱いたぎりはなんなのか。

節々に抑え切れぬ身体の震えはなんなのか。

固く握り込まれて開かぬ拳のやり場はどこか。

竹刀の唸りが上がるたび、湧き起こる身もだえせんばかりの衝動を意志の力で押し殺し、孫四郎はかえって身仕舞い堅く源五と文五郎を凝視した。

互いの数撃を受けつつ拍子が合ってきたものか、ほぼ同時に二人が飛び離れてそれぞれの足場を極める。

剣気が恐ろしく濃密に互いを喰らい始めた。

二組の双眸《そうぼう》が闘志の炎を燃え上がらせた。

文五郎の足が二歩出る前に、源五の三歩目が大地をつかんで草を飛ばした。

逆袈裟に走る優美な曲線が文五郎の顎先をわずかに削る。

剣士にあるまじく白い歯を見せるその一瞬、真一文字を描く文五郎の竹刀が源五のしたり顔から鼻を弾いた。

滴る血、流れ出る血もそのままに、天の八双《はっそう》、地の八双、二人の手首がそろって返る。

乾坤一擲の一撃であるか。翼竜舞い降り、地竜吼《ほ》え上がり、牙を剝《む》いて互いを相食《あいは》む。

竹刀の唸りは、一つに聞こえた。

激突する竹刀は、伯仲であることを示してその瞬間爆裂した。

表層のなめし革が裂け、内の細竹が微塵に砕ける。

竹刀であったものをそれぞれの手に、しかし源五、文五郎とも、視線を逸らすことはまったくなかった。

「それまでっ！」

伊勢守の地を揺する声が割って入る。

その余韻の中、竹刀を控え、まず文五郎が摺り足で退いた。消え果てる頃、遅れて源五もそれに従う。

顔に複雑な表情があった。満足気にも見え、悔しげにも見え、いや、それが交互に浮沈を繰り返すようである。

ほぼ互角であったことへの歓喜、ほぼ互角でしかなかったことへの慚愧《ざんき》。さて胸中にいかばかり。

うつむき加減に三歩退き、竹刀を納め、源五は固着して動かなかった。

孫四郎にも、それは見えていた。

爆裂した竹刀と竹刀。

ほんのわずかな開きであろうが、文五郎のほうが確かに勝っていたのである。

それは、真剣であれば相打ちは免れ得ぬほどの差である。きっと同格といって差し支えない。

勝負の行方は、竹刀であるがゆえ、竹刀の強度がうやむやにしたがゆえ、かえっていやがおうにも歴然としていた。

稽古場に戻った常なる静寂を乱すことなく、草を踏みつつも音もなく、伊勢守が源五に寄る。

孫四郎も、名の主として動きを合わせ前に出た。

「なかなかに見応えのある仕合であった」

伊勢守が源五をねぎらいながら、手の内から竹刀の残骸を取り上げる。

逆らいもせず、源五は竹刀を伊勢守にゆだねた。

燃え尽きたか、崩れ去ったか、覇気はその身から喪失していた。

「さらなる精進を怠りなくば、いずれ見えてくるものがあろう」

そういうと、伊勢守は源五の答えも待たず孫四郎に向き直った。

「さて、では栗林孫四郎殿、見せていただこうか」

「……はて」

孫四郎は、一瞬伊勢守が何を言っているのか理解できなかった。

「見せていただきたい。栗林の剣、大地の剣。そのために、それがしはこの地に参った」

理解できねば、思考は虚を生む。

伊勢守の声は、眼光は、孫四郎の虚を逃さず捉え、抗うことを許さなかった。

「抜かれよ」

伊勢守の言葉に逆らい得ぬ己を見る。求道する者の眼は、孫四郎にとって二陽のごとく眩しいものであった。

源五の顔が力なく上がる。

孫四郎は源五から離れて横に動き、腰の佩刀《はいとう》を抜き放って天にかざした。

わからぬままに振り下ろす。

「今一度」

伊勢守の声が孫四郎をさらにと促す。

二度、三度、四度。

永く振ったことのない太刀が、次第になじんでくるのがわかった。

風切る剣の手触りが心地よく、刃音の細さが耳に心地よかった。

「今一度っ」

伊勢守の声が熱ぼったく蒸れてゆくに従い、孫四郎の剣が呼応して勢いを増す。

「ほう」

伊勢守の弟子の間から、どちらからとも知れぬ感嘆が漏れた。

己を忘れ、由衣を忘れ、源五を忘れ、母を忘れ、果ては栗林すら忘れていつしか孫四郎は無であった。

剣は孫四郎の一部となり、一部は広がりを以てすなわち全部となる。

「破っ！」

突如、伊勢守が先折れた竹刀を腰溜《こしだ》めに孫四郎の胴間に飛び込んだ。

伊勢守の気が凝ったか。孫四郎の目には、竹刀の剣先が鮮やかに見えた。

「応っ！」

本能が動いたか天稟が共鳴したかは知れず、孫四郎の太刀は天から回って雷となった。

大気を割り裂き伊勢守を竹刀ごと断ち落とす。

大気の裂け目に光が溢れた。

それは見たことも感じたこともない、実に妙《たえ》なる光であった。

気がつけば二間の向こうに、素立ちの伊勢守が柔和な微笑みを浮かべながら立っていた。

「見事っ！」

いた。

手に提げた折れ竹刀の先に、やはり剣先はなかった。

その爆ぜた竹刀の先端から地に滴り落つ赤いものが見える。

伊勢守の二の腕辺りで布地が裂けて染みが広がりつつあった。

孫四郎の剣は、確実に伊勢守に届いていたのであった。

「こっ、これはご無礼を」

孫四郎の狼狽をよそに、伊勢守は何事もなかったかのように首を振った。

「承知の無礼は、それがしの方でござる」

伊勢守は静かに言った。

懐から端切れを取り出し、腕に巻き付ける。背後から神後伊豆が進み出て用済みの竹刀を受け取った。

「しかと見申した。大地の剣、孫四郎殿が大地に打ち込む命の剣」

言って伊勢守は辺りをゆっくりと見回した。孫四郎も、釣られて稽古場を見眺める。

「父上のこと、この地のこと、師小七郎から聞き及んでおり申す。その上で良き師、良き地に育まれた剣、と推察いたす」

晩春の風清《さや》かに吹き、栗の梢《こずえ》が柔らかく揺れた。

「一国唯授一人、あると存ずる」

色づく緑に、伊勢守の声が溶ける。

「ば、馬鹿なっ！」

答えたのはしかし、孫四郎ではなく、源五の叫びだった。

声は春にふさわしくない、色褪せたものであった。

一国唯授一人とは、新影流という新しき流派における印可のあかしである。

源五は、師小七郎から聞く上泉伊勢守信綱という人物の話の中に、そのことを聞いて知っていた。

国においてただ一人。

栗林という話ではなく有本という話ではなく、雑賀五搦みという話ではない。

紀の国においてただ一人、なのである。

何故、己ではなく兄なのか。

何故、剣によって立たねばならぬ己ではなく、田畑と戯れるだけの兄なのか。

木太刀にひび入れたあとの父からしてそうだ。

何故、兄に太刀を与える。

何故兄に稽古をつける。

剣を習うと言ったのは己だけである。

剣によって栗林を守るのは、二葉であれば己の役である。

何故何故何故、何故皆、源五の剣を栗林に唯一と認めぬのだ。

——ば、馬鹿なっ！

源五の心は、兄の剣を否定するものとしてその口からほとばしり出た。

そのとき、

「はっはっはっ」

明らかにそれとわかる嘲笑が、木霊を連れて稽古場を巡る。誰のものであるかは響きでわかった。

見たくもない相手ではあったが、屈辱に燃えて源五の身体は即座に反応した。

稽古場への入り口辺りの木に背をもたせかけ、鈴木孫一が源五を見ていた。

「ふっふっ。尋常ならざる一行とすれ違ったゆえ、幾分の興味に引き返してみたが、なかなかに面白い見せ物であった。——源五よ」

言葉の語尾が源五をなめた。

「小者は小者らしく、小者であることを自覚せよ、はっはっはっ」

孫一の大笑が耳に痛かった。

兄が、母が、船渡の面々が、上泉一行が、そして由衣が源五を見ていた。

己の無様を、皆が見ていた。

天地右左が逆転し正転し、源五の中を巡り巡る。

嘔吐《おうと》感さえ募るめまいに、源五は目を閉じ、奥歯を嚙み締め、顎を蒼天に振り上げた。

日輪の直射が瞼を灼いた。

(栗林は、何故儂を受け入れぬっ)

知らず目尻から流れて頬伝う熱いものは、溢れ出る源五の心であった。

「そんなで儂に追いつくなど、それこそ夢のまた夢じゃ」

「孫一。いい加減にせい」

「真を口にして何が悪い」

兄の声も孫一の声も、源五の耳には届かなかった。止めどない心が、溢れて草に、大地に染みる。

(栗林は、兄者に支配されとる。何もかも)

紀ノ川のせせらぎも鳥の囀りも木々のざわめき、風の声も、全て孫四郎を讃《たた》える歌だ。陽は己を見ず、地は乗せるだけで支えはしない。栗林にある限り、全ては孫四郎のものなのだ。

剣さえ含めて。

(今まで儂は何をしていたんじゃ)

源五の口辺に笑みが浮かんだ。

滑稽《こっけい》であった。笑えて笑えて、笑いが止まらなかった。

滑稽など通り過ぎていた。笑えて笑えて、涙が止まらなかった。

「兄者」

源五は涙そのままに、決意を込めて孫四郎を見た。

しわがれてはいたが、自身紡ぐ声は、思いのほか太いものであった。

「もう居《い》られぬよ、栗林に、有本に」

孫四郎が受けて何か言おうとしたようであったが、源五はあえてそれを見捨てた。

名主の言霊は、名にあっては呪《しゅ》のごときものであろう。聞けば思い出が枷《かせ》となり、天地が風が、檻《おり》を作る。

封じ込められるわけにはいかなかった。

それでは生きてきた意味がない。これから生きる張りがない。

兄の知らぬ空と雲の下、風を喰らって大地に立ち、剣一筋に生きるのだ。そうしなければ、己は生ある限り、孫四郎の影である。

影、実体に勝つ、能《あた》わず。

脱するならば今しかない。身も心も無様を晒けた今しかないのだ。

情は涙となってあらかた消えた。

栗林を出る足は、さほど重くなかった。

源五は孫四郎から孫一から、一番遠い林へ進んだ。

寄ればいらぬ騒ぎとなろう。立つ鳥跡を、なんとやらである。

稽古場の際まで寄って一度背後を振り返る。

皆の目がそろってまだ源五を見ていた。

温かく悲しげに見えるが、苛つきもした。

そのうちの瞳二つばかりが、源五の胸を締め付けた。

血を吐く思いで笑顔を作る。

「由衣、栗林にて、幸せであれっ」

口を衝いて出るひとひらの情、最後の情。

源五は振り戻り、あとは脱兎《だっと》の一路であった。

笑わば笑え、何をも笑え。己はどう取り繕おうと、栗林から逃げ出すことに違いはない。

辻まで走り、あてどなく道を東にとる。

振り返ることはしなかった。

情は全て振り捨てたつもりであったが、源五は振り向くことが怖かった。

源五の去った稽古場にたたずみ、孫四郎は林の中に消えゆく弟の残像を飽くことなく繰り返し繰り返し見ていた。

(何も、言えなかった)

悔恨の念は胸がはち切れんばかりに湧くが、そのときは口を開くことすら出来なかった。それまで孫四郎は、自身の振るった剣の不思議な感覚に酔いしれていた。剣に真理というものがあるのならば、まさにその一端なのではと、無自覚ながら奥底で得心できる光を浴び、一人満ち足りていたと言っても良い。

他のものは何もなかった。それだけが全てであった。

伊勢守がどうなり何を言ったのかも、源五が、皆が何をしていたのかも埒外の事々であった。

孫一の耳にざらつく笑いに引きずられ現の我に返る。

(今、儂は何をした)

返ってみれば孫一の声を聞くまでもなく、源五の屈辱は痛いほどに理解された。あくまでも孫四郎の剣は余戯であり、それを本分に、拠り所に生きてきたのは源五の方なのだ。

──もう居られぬよ、栗林に、有本に。

源五の言葉に、待て、とたかだかそれで済む話であったかもしれない。けれど、言葉より早く弟を求めて挙がる右手に、孫四郎はいまだ抜き身の白刃を持ったままであることに、このときいまさらのように気づいた。

「っ！」

言葉は、出なかった。いや、出せなかった。

それで父が消えた。今また弟が消えようとしている。そんなものをかざして、源五に己の口からなんの真を伝えられよう。実際、弟の慟哭《どうこく》をよそに、自身は一人満ち足りていた。悦に入《い》って、周りを忘れ果てていた。

誰わかろうものではなくとも、己だけはその身勝手な心の働きを知っている。刃に映る己が、己自身を冷ややかな眼で見つめていた。

──また同じ過ちを繰り返すのか、己は。

逡巡の間に、後の先を取り源五が背を向ける。

去りし日の父と見事に重なる背中であった。

重なってやけに鮮明な背中は、それだけで口ほどにものを言った。

──己自身で、蒔いた種じゃ。

繰り返し見る背の残像は、そのたび繰り返し罵声を浴びせた。

「さて、出し物はもう終いのようじゃ」
孫一がふてぶてしくそう言い放ち稽古場を去っても、孫四郎は動かなかった。
孫四郎はただ立ち、見詰め、幻の嘲弄に甘んじた。
今できることは、せめて源五にしてやれることは、それしかなかった。
天の運行だけが、その場に時の移ろいを表す。
西から差す木漏れ日が頬で凍る。
春日影は、孫四郎になんの温みももたらさなかった。
やがて、孫四郎の右手に柔らかなものが重なった。得も言われぬ温もりが内に広がる。
由衣であった。
陽をさえ感じぬ孫四郎を溶かすものは情であるか。
由衣は何も言わず添えた手のひらから、ただ一心に情を注ぎ込んでくれる。
有り難かった。有り難すぎて、溶ける心が涙の波を眼に寄せた。
新妻の払えの日に、そこまで気遣わせる己自身のていたらく。
「由衣」
止めどない心の揺れ動きに押し出される妻の名一つ。
精一杯の笑顔が孫四郎を見る。

済まんなと動こう口は、背後からかかった母の声に遮られた。

「孫四郎」

本当に、いついかなるときも穏やかな、それでかえって驚嘆に値する母の声であった。

「風の子は、やはり風なのですね。吹き始めたら、それは誰にも止められない」

心の臓が小さく暴れた。

孫四郎の不徳が、母から誠三郎と源五を取り上げる結果となったのは事実である。せめて怒ってくれたなら。穏やかでは、なお辛《つら》い。

振り向くことは出来なかった。

「孫四郎。こっちをお向きなさい」

孫四郎の内を見透かすように、八重はそう言った。

穏やかであることの力に抗いもならず、孫四郎は母と正対した。

由衣の手は、離れることなく孫四郎を支えた。

「はっ、母上」

孫四郎は、八重を見て息を詰めた。

八重は、微笑みながら、泣いていた。

やはり、決して悲しくないわけではないことが知れた。

母は流すわけでなく、受け止めて穏やかなのである。

穏やかはすなわち、母の強さであったろう。

(天道、だ)

大地に生きるその基本、母はしっかりと栗林の女、大地の女であった。

颪の父に颪の弟、大地の母に、大地の、そして名主の孫四郎。

農と剣の二葉は開かねど、それも一つの釣り合いか。

孫四郎は、母の言葉を己の深くに抱き込んだ。

大きく吸って、静かに吐く栗林の大気。春は存分に胸内に染みた。

由衣が孫四郎から支えをはずす。これからを思えば、由衣の阿吽《あうん》は孫四郎にとって心地よく、また心が良いものであった。

この場に至ってようやっと孫四郎は剣を納め、稽古場に広く伊勢守を求めた。

騒がすことなく成り行きを見守っていてくれたのだろう伊勢守は、弟子二人と、樹林に溶け込むかのように密やかに立っていた。

「伊勢守様、ご啓示願いたい」

「なんでござろう」

孫四郎の呼びかけに、鮮やかに生身となって伊勢守が返した。

「剣とは、なんでござろうか」

「武、そのもの」

伊勢守の答えは速かった。

「剣に全てを握り込むこと」

「……握り込む、と。全てを」

「左様。全てを握り込み、握り込み、その一握《いちあく》からこぼれる一滴が、剣の奥、剣の髄。武、そのものでござる」

言いながら伊勢守が孫四郎に寄る。

肩に置かれる手は、老いをにじませ骨と皮ばかりのものであったが、注がれるものは温かさなど通り越し、やけに熱かった。

「喜と悲、取り混ぜ、握り込まれよ、全てを剣に」

伊勢守の声は、得も言われぬ律動を伴って孫四郎の心に染みた。

(ああ、あれも天道、そしてこれも天道か)

伊勢守を見返しつつ、孫四郎は顎を引いた。

皺深い手が肩を離れ、伊勢守が笑みをこぼす。

情愛、が見えた。祖父生きてあらば、見せる笑みは同じようなものになるかもしれない。孫四郎は、漠然と感じた。

「重畳。——では、我らこれにて」

隙なく、けれど礼を失することない見事な一礼を残し、伊勢守の笑顔が編み笠の中に隠れる。

「お健やかにて」

笠三つが稽古場を出てゆくまで、孫四郎は腰を折ったまま送った。

鳥の囀りが、風のささやきが、両の耳に命を謳《うた》って鮮明であった。

「由衣」

流れる綿雲を目で追いながら新妻を呼ぶ。

「はい」

由衣が孫四郎に寄り添うように立った。

由衣がいる。

それで、孫四郎は十分であった。

「去来生滅、全てをくるんで儂はここに生きる。由衣とともに有本の大地に生きる。儂は、誰呼ばずとも、栗林の名主じゃ」

声を投げ上げ、行く綿雲に聞かせる。それを以て、源五に告げる。

(源五、いつなりと戻れ)

綿雲の尾が稽古場の上天から静かに去る。残るは高い、晩春の空ばかりであった。

動かぬ空は、今までの孫四郎を知り尽くし、これからの孫四郎も見続ける。

孫四郎は天を振り仰いだまま両手を広げてその身を晒した。

天道に従って生きることを、あらためて有本の全てに知らしめる動作であった。

瞳に、憂いや迷いは微塵も浮かんではいなかった。

揺蕩う光は、伊勢守のものに近いといえた。

いつの間にか孫四郎の顔は一人前の男、一人前の剣士、そして一人前の名主の顔になっていた。

第三章

厚く垂れ込めた曇雲から粉雪舞い落ち、本格的な冬将軍の訪れを知らせる。

大門、堂塔、塔頭《たっちゅう》に至るまで、根来は一面の白であった。

凍《い》てつく寒さが牙を剝いてうろつき、学侶行人の区別なく、境内《けいだい》を行き交う者は皆無である。

降る雪はただ落ちて積み、汚れなき白の厚みを増す。

静寂は、それだけで重く冷たいものであった。時の流れさえ淀む。

想起するものは、死、以外のなにものでもなかった。

大谷、小谷、菩提谷、蓮華谷。

広大な根来寺の境内に名を持つ四つの谷。

そのうちの蓮華谷の奥深くから、静寂を突き破って生者の咆吼が吹き上がっては、細く長く木霊を響かせた。

声は、源五のものであった。

有本の全てと袂《たもと》を分かってから一年以上が過ぎ去っていた。

両肌脱《もろはだぬ》ぎの若い身体が、雪を蹴立てて縦横に舞う。

さほど密でない木々の隙をつき降り来る粉雪が、源五の肌に落ちては音もなく溶けた。

斬り上げ、斬り下げ、斜光走るたびに飛び散るものは雪か汗か。

凍てつく寒さにまみれながらも、源五の身体からはけぶり立つほどの湯気が上がっていた。

二刻あまりも、休むことなく一人剣を振るい続ける源五であった。

松の梢が積む雪の重さに耐えかねて傾《かし》ぎ、固まりの白を源五の直上から滑り落とす。

見ることもなく風を聞き、軽やかに退いて残心を崩さず源五は地表の一点に目を据えた。

寸分の狂いなく、固まりが落ち、わずかに大気を揺すって爆裂する。

源五は大きく息を吸って腰を伸ばした。滴を垂らす伸び放題の髪を掻き上げ、辺りを見回す。

「おう、大分積もったな」

二刻もまさにそのただ中にいていまさらながらの感もあるが、源五のつぶやきは本心であった。雪などまったく気にならなかったのである。

雪に限らず、春に萌える草花も、夏の陽差しも長雨も、秋の紅葉も散り敷く落ち葉も、剣以て虚空に挑む限り、まったく眼中にしたことなどなかった。

日が昇り、日が落ち暮れるまで源五は日がな一日谷にあって、虚空に剣を閃《ひらめ》かせた。眼前に浮かぶものは、剣を振り上げ炎となって立つ兄、孫四郎の幻であった。

兄を大地の男、己を剣の男とごまかす気はすでに失《う》せていた。

上泉伊勢守の言を待つまでもなく、父が消えたときから、いや、源五の背後を兄の木太刀が摺り上がったときからわかっていたことかもしれない。きっと源五自身が認めなかっただけなのだ。

栗林に囚《とら》われていた云々《うんぬん》は孫四郎に及ばぬ言い訳、詭弁《きべん》である。地はただの愛すべき故郷にすぎない。

兄は、己を超えるほどの天稟を秘めた恐るべき兵法者なのである。

認めぬわけにはいかず、認めるところから始めねば先が見えない。

幻の兄は、どれほどの威を込め剣を使おうと揺らぐことすらなく、消え去ることなどあり得なかった。

栗林をさまよい出、根来は泉識坊に知己全角を頼った源五は、その子院福宝院の寄人《よりゅうど》として迎えられたその日から、蓮華谷にあって稽古三昧《ざんまい》の日々を送った。

土橋絡みの泉識坊であれば腰の据わりの悪さはあったが、世に売り買いの僧兵衆とともにあることの意義が勝った。

銭金はどうでもよい。

命ぎりぎりの戦いを渇望す。

死線をくぐり、死生の間境《まざかい》で見る一筋の光明をこそ欲す。

ただ世を流れても戦場に出くわすとは思えない。世は有本、いや、雑賀五搦みなど問題にならないほど広い。求めるならば、傭兵の群れの中がきっと都合がよいのだ。

強くならなければ、生を受けた意味がなく、世に己の足跡が残せない。源五は源五であるために、孫四郎を超えねばならぬ。

寸暇すら己に許さず、源五は全身全霊を剣一振りに傾けた。

最前の落雪のような予期せぬ出来事でもなければ、日暮れまで源五は動きを止めることはなく、幻の孫四郎が瞳の中から消えることもなかった。

天のいたずらか慈しみか知らず、とにも源五は一息ついた。

積む雪の色と厚みの美しさと寂しさが、一人であることを強く教える。

すぐまた稽古に戻るには、少しばかり心に熱が足りなかった。天を見上げて眼を細める。

雪は強くなりこそすれ、止む気配はまるで見られなかった。

ひときわの枝ぶりを見せる松の根方を目指して歩く。松はよく雪の重みに耐え、根元は広く裸地が広がっていた。

その下で幹に寄りかかり、全角が一升は入るふくべの酒を手酌で盃に注いだ。あおるようにして呑み、滴を切ってもう一杯注ぐ。

「相も変わらず、鬼気迫るものですな」

全角の首筋に赤みが差していた。雪寒のためではなかろう。手にも頬にもその色はない。

大分、酒を過ごしているようである。

「儂の稽古は酒の肴か。安いものだ」

「なんの。見事な剣舞であるからこそ肴でござる。極上の」

全角は低い声でそう言いながら寄る源五に左手で盃を差し出した。

源五の記憶が確かなら、今年三十路《みそじ》となったはずである。年上にもかかわらず、源五に対し全角は常に弟子の礼を取った口調を崩さなかった。

その眼から射込むような光が溢れる。戦場に出るとそうなるものかしれぬが、年々強くなる冷たい光であった。

源五は黙って盃を受けた。濁りの乳白と雪の白に、根来漆の朱がやけに毒々しく鮮やかで似つかわしくもあり、似つかわしくなくもあった。

一息に呑み落とし盃を返す。胃の腑から全身にしびれとともに熱が広がった。

源五が思うよりも、身体は大分冷えているようであった。

松の枝からさらしを取り、汗だか雪だかに濡れそぼった上半身を雑にこする。端切れの冷たさが肌に刺激となって身体に一本の芯を入れた。

栗林を出てより、源五の身は一回り細くなったようであった。

痩せたというのではない。締まったというわけでもない。

強いて言うなら、剣一筋、を許されて畑に出ることのなくなった身体から、大地に向かうときにのみ必要な肉が削ぎ落とされたということであろう。

身ごなしも太刀行きの速さも彼の日とは隔絶、という自覚が源五にはあった。

削げば、剣理への段を上ることが出来ると知れた。

にもかかわらず、孫四郎の残影はいまだ斬れぬ。

まだ、足りない。まだ削ぎ落とすべき何かがある。

源五は全角の隣にあぐらを組んで座り込んだ。

尻に当たる土の冷たさは、雪に座するのとなんら変わるものではなかった。

「今ひとつ、いかがでござろう」

全角の声とともに眼前に再び酒杯が現れる。突き出すのは、太い腕であった。

全角は六尺を超える偉丈夫である。腕も源五の倍はあろうかと思われるほど太い。

城山で出会った頃から、激しい力任せの豪快な剣を使う男であった。その豪快さは今も変わらぬ。

良い意味ではない。剣自体がさして代わり映えしないのである。

膂力に頼った大味な剣は膂力あるが故にどうやら神妙への芽を自らつぶしているようだ。

削がねば見えぬ道の先の、全角は逆の意味で源五にとって良い見本であった。

「寄ってこれまで、内方の出入り一つか」

言って源五は盃の酒をなめた。

内方の出入りとは、山内の争いのことである。この年の初夏、福宝院は小谷と諍《いさか》いを起こしたのである。

根来寺は、子院が属する谷ごとに領地とも言うべき持ち分が決められていた。雑賀五搦みにあってもしばしばあったことである。無い物ねだりの愚かしき奪い合いは、仏近くでもなんら変わらず俗人の浅ましさを見せる。

山内の争いとはいえ、広大な寺領には二万からの僧がいる。争いはそれぞれ千を超える員数を繰り出すものとなり、戦さといってもおかしくない激しいものとなる。むろん人死にも当たり前であった。

根来では寺法により討ち捨て、つまり合戦のように首級をあげないことが決められていた。寺法で討ち捨てを定めるというところに、争いの頻度と激しさが如実に表れている。

源五も請われて争いに参加した。というより、寄人であれば、それは義務であろう。

源五にとっても望むところであった。

初めて己の命を晒し、初めて晒け出される人の命を見る。何から何まで初めてのことであり、試みであった。

そのときの記憶は、あまり定かではない。三人まで斬ったことは覚えているが、その後はまさしく無我夢中、忘我であった。

後で聞くところによれば、七人を斬り、そのうち二人が絶命したという。

争いの後半はその剣を恐れて誰も近寄らず、ただ返り血にまみれたまま肩をいからせて立つ源五を、皆遠巻きにするだけだったらしい。

それが源五にとって初めての戦さ、初めての人斬りであった。

「全角、少ないな。世の動乱とはこればかりか。儂は、もっと戦いたいんじゃ」

源五はもう一口酒を含んだ。味などはよくわからない。酒はただの熱であった。

全角は、源五から降りしきる雪に視線を流した。

「雪、でござる。晩秋から早い春にかけて、目端の利く守護なら退いて動かぬもの。死に急ぐことはござるまい」

「生死はただ表裏のごとき。死をでも感じねば、今の儂は生きた心地もせん」

源五は言って盃を干した。

「ほっ。我らより遥かに悟りめいたお言葉ですな」

間をおかず全角が源五の手の盃に酒を注ぐ。

「あるいは、剣位高くおられるにもかかわらず、儂らなどよりよほど迷うておられるか」

「……絡む気か」

源五の声にとげが立つ。

「滅相もない」

全角は顔を林から動かさず言った。

含む意は別段なさそうである。

ふくべが底を松柏《しょうはく》の梢に晒す。

源五はいまだ三杯目を口に運ぶ前である。満々にて持ち寄られたふくべだとするならば、残りは全て全角の胃の腑の中ということか。

そうと思って嗅げば、確かに全角の白い息は酒に熟んでいた。

「とはいえ、仏を学んで即身成仏を表すのが学侶の道なら、仏に倣って道を開くのが行人の勤め。我らとて、動くときには動きましょうぞ」

最後の一滴まで切るようにして盃に落とし、ふくべを肩に全角が立ち上がる。

「三好長慶殿、ご存じであろうか」

飲み干した盃を差し上げながら、源五は全角の問いに無言でうなずいた。

本国を阿波《あわ》に持つ幕臣位最高の相伴衆《しょうばんしゅう》、都にあって権勢比類なき男と聞く。

「千、二千と、我らをもっとも頼りとされた御方でござった。栗林殿が来られた頃から御使者もとんとご無沙汰であったが、今初秋身罷《みまか》られ申した。内のごたごたに飲み込まれたと京雀も騒がしいとか。ここは静かでも、やはり動乱の世はそれなりに動くというもの」

靄《もや》のような息が全角の口から源五に向かって降り、届かず緩く昇って消えた。

「ごたごたの元は、どうやら弾正少弼、松永久秀《まつながひさひで》と名乗る馬の骨。はっはっ、とはいかん。いずれ我らに銭を落とすはずの御方であった。はっはっ。酔い申した」

虚空に笑い、全角はふくべを揺らして歩き出した。

言葉通り、確かに足は千鳥を踏む。

「春一番をお待ちあれ。不穏があれば、根来から風は吹き上がる。まもなくでござろうよ」

背の源五にそう言い置き、全角は雪にその身を晒した。

墨染めの着流しに総髪が揺れる。

源五の目には異装に見えるが、それが根来寺行人の矜持であるという。

粉雪に墨の黒白が、全角の姿を際立たせる。
「春一番じゃな、全角」
答えず、墨衣が揺れながら消えた。
樹間を眺めて一息吐く。
冷えを示して白さが濃かった。
あらためて現に、一人であった。
「春一番か」
つぶやき、降りしきる粉雪の下に出る。
「塩水選りの頃じゃなあ」
帰る父、誠三郎の笑顔が浮かぶ。
過ぎし日への憧憬。
やがて帰らぬ父。今帰れぬ己。
虚空に向かう心の下拵《したごしら》えが出来つつあった。
炎の孫四郎がおぼろげに浮かぶ。
雪を躙《にじ》って腰を極め、太刀の柄を握り込む。
風吹《かざふき》峠から吹き下ろす風が、粉雪の整然を渦に変えた。
鞘から滑り出した刃が優美な円弧で渦ごと孫四郎を唐竹に断つ。

風一陣は過ぎて去ったが、孫四郎は相変わらず源五の前で揺らぐことすらなかった。

有本に強い南風が吹き、葦を惑わせ林を騒がせ、紀ノ川の流れに白波を立てる。

春一番であった。土色をした風である。

孫四郎は縁に腰を下ろし、なにするでもなく風になぶられていた。様々な音が混ざり合い、耳中に一つの唸りとなった。

半眼にした目を庭先に当てる。吹いては凪《な》ぎ、吹いては凪ぐ春一番が、庭にそのたび波のごとき紋様をきざんだ。

いくつの風波を見たか定かではない。孫四郎はもう二刻あまり縁で動かぬ木像であった。

やがて雑多な唸りに、一色にもかかわらず負けぬ強い泣き声が閉め切りの障子の奥から上がった。

孫四郎の身が突如生気をこぼして跳ね、その眼が豁然として見開かれた。

泣き声が耳に届くやいなや、耳中の唸りは不思議と消えた。

いや、耳だけではない。身を取り巻く春一番の様々な全てが消えた。

孫四郎自身、知らずのうちに障子の奥以外の全てを排除しているのだろう。

泣き声はかつて聞いたことのない、得も言われぬ柔らかな律動を以て孫四郎を包んだ。

それは、産声であった。

孫四郎の背、障子の奥から、弱々しくも今、確かな命のありかを告げる生まれたての赤子の声であった。

その瞬間、孫四郎と由衣の間に、第一子が誕生したのである。

「風は、有本の祝福か」

孫四郎はつぶやきを木漏れ日の向こうに投げ上げた。

唸りが謡《うた》いに、いつしか聞こえた。春一番の暖かさが、いまさらながらにその身に染みた。

手を拭きながら母八重が縁の向こうから現れた。

人も寄らぬ無縁の栗林である。産婆など呼べぬし、呼んでも来ない。

赤子を取り上げたのは母であった。

代々からして、その時々の母が取り上げる。

八重の笑顔の深さを見れば、男女の別は言わずもがなに孫四郎には知れた。

動かぬ孫四郎に寄って、八重が膝をつき手を支える。

「元気な男子。おめでとうござりまする」

母が型通りに告げる間に、孫四郎の腰は終いを待たず板間を離れていた。

屋内に入る。

ほつれ髪に産みの疲労をにじませながら、由衣がそれでも笑顔で孫四郎を迎えた。

その隣に火のついたように泣く赤子がいた。

足音を忍ばせ、孫四郎は赤子に寄った。

皺深く、赤い、驚くほど小さな顔と手があった。

（これが儂の子、か）

わななく膝が抑えきれない。

喜びにまみれてと言い切れればどうということもない。けれど、言い切れない何かがあった。

喜びの中の一点の染み。わずかであってもとてつもなく重い。

それが全身にのしかかり、節をきしませ押しつぶさんとする。

去る者ありて生まれ出《い》づる者あり。

栗林は有本は、そうして命脈を次へ次へとつないでゆくのだろう。

消えゆく人の弱さ、絶えぬ人の強さ、諸々を絡めて産声は孫四郎の真下から強かった。

嬉しくないわけでは、断然ない。熱冷めやらず、春一番は耳中で謳う。

しかし、現に我が子、己が血の裔を目にすると、重ねてきた累代が肩に乗り、これから積む代々が首にしがみつくようであった。

責任と義務の象徴が、声高らかに泣きわめく。

(儂の運命、逃れ得ぬ運命)

運命が赤子の形を現に見せつける。

(儂も、父の運命であったのだな)

誠三郎はいったいどんな心境で孫四郎の誕生を迎えたことであろう。

人として辿る道が折々で、そうであったろう誠三郎を、孫四郎の中に繰り返す。

(儂は、この子に何をする)

誠三郎と同じ仕打ちを課すとは自身断じて思わぬ。けれど赤子を見るにつけ、何故かわずかに憐憫《れんびん》の情が湧く。

己だけがそうなのか、男というものがそうなのか、孫四郎にはわからなかった。

片膝を折って手を伸ばす。触れるやいなや、赤子の泣き声がゆっくりと消えた。

慌てて手を退き、由衣を見る。

寝床で由衣が、小さく声あげて笑いながら首を左右に振った。

「寝たのですよ」

背から、遅れて入ってきた八重が言った。声は由衣同様、笑いを含むものであった。

「そうなのか」

孫四郎は八重を見、そして寝床に由衣を見た。

「そうですよ」

「そういうものです」

寝たままの由衣、座りながらの八重が、声を重ねて問いを断ずる。

八重が、由衣が、二人の母が爛漫と笑う。孫四郎に、それで以て至福を強要する。

女とは跡継ぎを産むという、得るということで、ひとまず完結するものなのかもしれない。

孫四郎はその先を憂う。

女二人の無欠の笑みが煩わしかった。

眠る子の柔らかくすべらかな額に、硬く大きな手のひらを当て立ち上がる。

空気が澄み、呼吸が楽になったような気がした。

幸せは、下に重くわだかまるのかもしれない。

「おや、どうしました、孫四郎」

八重が孫四郎に声をかけた。

「畑へ。この子の眠りを妨げぬよう」

孫四郎の答えに大きくうなずき、八重の微笑みが深くなる。

「名主として、良い心がけです」

孫四郎は一瞬、息を詰めた。

母の微笑みの奥に、言いようのない歪みを、確かに見た。

「あなたが生まれた日の父上もそうでした」

声も出ない。ため息も出ない。

母の言葉は、孫四郎の中に重く強く響いた。

孫四郎は小さく頭を下げて部屋を出た。

やはり、誠三郎は父は、孫四郎の中で繰り返す。

鍬を肩に、土埃《つちぼこり》が天空へ舞うばかりの畑に出る。

元肥をからめて苗床の土を作らねばならぬ。時期といえば時期である。

田では蚕豆が風になぶられ薄紫の花を揺らし、花びらを幾十枚となく虚空へ散らした。

畑に鍬を想いなく打ち込む。

誰見透かそうことはなくとも、孫四郎だけはわかっている。手筋はわずかに乱れていた。

鍬を手放し風をにらむ。

地をさらってつぶて混じりに吹く春風は、避け得ぬ痛みを孫四郎に与えた。

畑に出て迷うことなど一度としてなかった。田にあって苦と思うことなど一度としてなかった。

栗林の大地は、孫四郎のものであった。

果たして今もそうなのか。

風は己を通り越し、栗の林の中に吹き入る。

祝福は、孫四郎の背で聞こえた。

子が孫四郎に揺らぎを与える。

子と己の対比。

眠り泣くことしか出来ぬ生まれたての赤子とではあっても、名主と継ぐ者の対比である。

栗林は有本は、さてそのどちらを愛す。

(何を、馬鹿な)

口辺に自嘲の笑み一つ。孫四郎は再び、鍬を取って大地に向かった。

――握り込まれよ、全てを剣に。

上泉伊勢守の言葉がよみがえる。

今を生きねば先はないのだ。今を生ききる者にのみ天道は開かれるのである。

迷いも苦も握り込む。握り込んで大地を打つ。

それが孫四郎にとっての武であり、農であり、それをして初めて孫四郎は名主なのである。

握り込んで振るう二打ち目以降は、土をよく咬むものであった。

颪は日暮れる前には静かになった。

眠る子を眺めながら取る夕餉の場で、孫四郎は妻と母にただ一言、子の名を新六《しんろく》と告げた。

新たであって欲しいとの願いを込めながら、それは曽祖父から続く男子の並びを、六に示す名であった。


一面の曇天からまつわりつくような肌触りの悪い雨が落ちた。梅雨の入りを感じさせる雨である。

源五はいつも通り、蓮華谷の奥にあって幻の孫四郎に挑み続けていた。

挑み続けるということは変わらぬということである。虚空の孫四郎は微塵の揺れも見せることはなかった。

雪がそうであったように、雨も源五には関係なかった。

降るごとに散る雨飛沫、踏むごとに立つ泥飛沫にまみれながら、雪に凍ることも雨に濡れることもない兄を斬る。

三刻過ぎても止まぬ雨の中で、二刻続けて休まぬ源五が踊り続けた。

張り付く髪を伝って雨の一筋が右目に流れ、源五の太刀筋が微細に乱れる。

「栗林殿」

野太い声が右方であがった。全角のものである。

声掛かりはこのときしかない、実に絶妙なものであった。源五に声を投げる隙をはかっていたに違いない。

虚に挑んで現を見ぬ源五の前に、無防備に進んで刃を肌に触れさせたことの、二度や三度ではない全角であった。

「全角、やるものだ」

右目をこすりながら源五は林に全角の姿を捜した。

剣士としての技量はさほど図抜けたものではない全角である。源五のわずかな隙を探してとはいえ、よくぞ見つけたものである。

いつぞやの松の枝下に、いつもの着流しで立つ全角が、このときばかりはやけに僧侶然として見えた。

酒を呑んでいないということだけではないだろう。

源五の隙を見つけたものは、全角の和尚《おしょう》としての資質であるかもしれなかった。

「なんぞ用か」

同じ松の下に入り、源五は髪を振って雨の滴を切った。

近く立つ全角の身体から熱を感じる。かすかなふるえが、その身に見えた。

「いよいよ、遅い風が吹き上がりますぞ」

源五は全身の動きを止めた。

全角の言葉を吟味する一瞬の間。

次いで、その身から全角に負けぬ熱が吹き上がった。

「そうか、動くか」

まず言葉を吐き、次いで遅れて視線を送った。

力がみなぎり、腕といわず肩といわず、足といわず全身の肉の筋によじれが浮かぶ。

努めて冷静な声で受けたつもりの源五であったが、身は正直なものである。

全角の口辺に、不敵な笑みが浮かんでいた。

「ご同道いただけましょうや」

「……答えが必要か」

「はっはっ、それでこそ、でござる」

源五の様子に全角が満足げに顎を引いた。

そぼ降る雨が松の内に忍び、葉先から雨滴をいくつとなく落とす。

手で受け、全角は枝葉を見上げた。

「雨、土塊《つちくれ》を破らず。少なくとも根来にあってはまさに慈雨」

言って全角は手の滴を握り込んだ。

「この雨も、京の都では降ってはぬかるみが増すばかりでござろうな」

「おおっ」

京の都。魑魅《ちみ》魍魎《もうりょう》、跋扈《ばっこ》するところ。

無意識に源五は太刀を握り込んだ。

魑に荷担するか魅に加勢するか、はたまた魍魎の手足かはしらん。鬼が出るか仏が出るかもしらん。

どれでも良い、なんでも良い。

鬼が出ては鬼を斬り、仏が出るなら仏を斬るばかりのこと。

谷奥で一人、幻と戦うよりはずんと良い。

「栗林殿のこと、実は門主からの名指しでござってな」

「門主、泉識坊のか」

「左様。影の流に仕上げは任せたい。鉛玉ではあまりに不憫《ふびん》、と」

今日の空模様のごとく先の見えぬ話に、源五は口を閉ざした。

鉄砲は使わぬということはわかるが、不憫という言葉が引っかかった。

僧兵傭兵の主をして不憫と言わしめる相手とは誰。

目だけで、ただ全角を促す。

頬に落ちて流れる雨滴を、口の端に呼んで全角はなめた。

「……行く先は、二条《にじょう》御所でござる」

「二っ、二条。とは」

そのものを言われたわけではなくとも、切れ間から覗くだけで、すでに話は源五をして慮外と知れた。

「公方《くぼう》か」

口に出してみると事の大きさがさらに染みる。心の臓が一つ大きく身内に響いた。

言葉にせず、源五の問いに全角がうなずく。

目指す先、目指す男は足利十三代将軍義輝であった。世に名高い塚原卜伝《つかはらぼくでん》から新当《しんとう》流《りゅう》の印可を受け、その後、源五の兄弟子に当たる、かの上泉伊勢守信綱の剣技を上覧し、それを〈上泉兵法古今比類なし。天下一〉と見極めたほどの男である。

源五は鞘走らせた白刃を摺り上げ、落ち来る雨滴を両断した。

天を指し、とどまる刃の向こうに義輝を望む。

足利将軍という響きは源五にとって雲上人を思わせる遥かなものであったが、剣を介して足利義輝という男を思えば、わずかに手足の節が震えた。

武者震いというものであったろう。相手にとって不足はない。

生死の間《あわい》で太刀を交え、我を一段上げたもう。

無双の義輝が、黒き影となって源五の前に立つ。

源五の目は強い光をはらみ、虚空をにらんで動かなかった。

「出立《しゅったつ》は明後日《あさって》でござる」

一言残し、全角が去る。源五が自身の内と再び向かい始めたことを悟ったのだろう。

事実、源五の耳に全角の言葉は入らなかった。

心の臓が強く送り出す血流が、全身に言いようのないうずきをもたらす。

源五は虚空に向けて白刃を閃かせ舞った。二刻半止まぬ舞いであった。

いつしか、雨が上がっていた。

風吹峠に虹が架かる。

見ることも知ることもなく、日が暮れて後も、源五は谷から動かなかった。

義輝の名を聞いて以降、この日、虚空に孫四郎の幻が浮かぶことは一度としてなかった。

永禄八年（一五六五年）五月十九日深更。

降りしきる五月雨《さみだれ》の中、烏丸《からすま》通りを走り抜ける袈裟頭巾の、二百を超える集団があった。根来僧兵の一団である。

一固まりになって走る僧兵衆のうち、約半分は鉄砲を背に負うていた。菰にくるめて斜めに掛ける。雑賀衆となんら変わるところはない。違いはただ一点。根来の矜持、墨染めの着流しであるということだけであった。

残りの半分は、長刀やら長巻やらそれぞれ得意の得物《えもの》を携えて走る。

遠近の得物を取り混ぜてというのも、根来と雑賀ともに変わることはないが、その比が約半数ずつということは雑賀にはない。雑賀ならば数えるまでもなく鉄砲の方が多くなる。とはいえこれは根来の特色というより、この日用の備えであるということだろう。

雑仕、雑仕女は別にして、戦さ慣れせぬたかだか百足らずの御所侍に、鉄砲百はまだしも、それに加えての白刃百は多すぎるくらいである。ひとえに、義輝の剣に対する用意ということに違いなかった。

野羽織に革袴の源五は、蓑笠《みのかさ》を着てその最後尾についていた。

前を行く全角の撥ね上げる泥が顔に散る。

構うことなく源五は、微細に上下動しながら泥を踏みひた走る男達の背を見つめた。

臥待《ふしまち》の月は垂れ込めた雲の上であった。首を伸ばして先を見ても、透けることのない闇がただ広がるばかりである。

通りの幅は意外と狭かった。いや、有本を含む人家まばらな雑賀五搦みに生きた源五にとって、左右を埋め尽くす建家の持つ圧迫感がそう思わせるだけか。ならば、それも一つの都の色といえる。

果てしないと思われるほど真っ直ぐに延びる闇の深さが奈落へと誘《いざな》うようである。

さすがに、百鬼遥かな昔から夜行するという京の都の闇であった。

二百からの員数がうごめいても、闇と雨音が全てを飲み込んでかえって静寂が耳に際立つ。

静寂と無音は同じものではないのである。

泥を蹴立て、息づかい荒く、けれど静寂に包まれた一行は粛々として走った。

公方屋敷に近づくにしたがい、次第に通りに人の数が増えていった。

京の民でないことは明らかである。皆物々しい甲冑に身を包んだ武者であった。

「根来」

先頭を走る衆の頭大信《だいしん》が辻ごとに声を発する。

一瞬身構える武者達は、決まってその一言で道を空けた。

居並ぶ甲冑の間をすり抜けるようにして止まらず走り抜ける。

押し殺してはいるが、漏れ出る緊張感を源五は武者達から感じた。

「全角、これは皆、松永の手の者か」

声を抑えて源五は前を行く全角に声を掛けた。

此度の襲撃の首謀者は松永弾正久秀という男であると、源五は全角から聞いていた。

「そうじゃ」

振り返ることはせず、ただ全角は声だけで答えた。言葉の使いが雑になっている。武者どもほどではないが、全角の声にもかすかな緊張が含まれていた。

「皆、今宵《こよい》一夜の亡霊のごときじゃ。まあ、実際、松永か三好かはしらんがな」

三好とは、長慶亡き後久秀によって京に呼び入れられた阿波の実力者三人衆のことである。

主君長慶を謀殺したと噂に高い松永久秀を糾弾するでもなくかえって手を組み媚《こ》びへつらう、全角に言わせれば阿呆《あほう》、烏合《うごう》の三人ということであった。

「多いな。こんなに居っても役にたたんじゃろ」

「なんの、近づけば近づくほどにさらに増えるぞ。蟻一匹、猫の子一匹じゃ。一人として逃さぬ万全の布陣といえば聞こえはよいが、見え隠れするのは松永三好の小心ばかり」

源五は聞きながら眉根を寄せた。

いつになく全角の言葉は横柄であった。大分気が高ぶっているようである。気負いは決して良いことではない。過ぎれば身を硬くし、手の内の締まりを雑なものにする。

「全角、負いすぎじゃ。怖いのか」

源五の直截な問いに、返る全角の答えはなかった。

「怖いなら怖いと吐け。楽になるぞ」

それも背に突き当たるばかりで黙殺される。

変わって、その背から吹き上がる気があった。

源五にとってあまり心地のよい物ではなかった。

(怒ったんかな)

真っ直ぐすぎる思いと言葉は、ときとして不興を自他に強いる。

悪いかどうかは知れぬが、癖であるという自覚はあった。

それきり源五は口をつぐんだ。

辻を過ぎるたびに武者の数は厚みを増した。

いったいどれほどの数が今、京の夜を脅かしていることか。

己の理解の及ばぬ数であることだけは、世慣れぬ源五にも理解された。

「御所である」

大信の低く通る声が源五の耳に届く。

次第に走る速度を落としてゆく一団の最後尾から身を振り、首を伸ばして源五は前方に目をこらした。

一町と離れぬ先で左右に影を長く伸ばし、ひときわの広さを感じさせる屋敷が闇の中に隙見《すきみ》える。

源五は一度空を見上げた。いやに見通しが良かったからである。

雨はいつの間にか上がり、雨粒の遮幕《しゃまく》を京の町から取り外していた。

表御門であろう辺りに五十人ほどの武者がいた。修繕中という二条御所は、外壁の所々が崩れ落ち、御所とはいってもその威勢はまるで感じられぬものであった。

「来たか、根来の衆。鉄砲衆は各御門へ。残りはここからの先陣じゃ」

五十の中から進み出た武者が居丈高《いたけだか》な声を張る。

僧兵一同は無言のうちにそろって袈裟頭巾の頭を下げ、菰を背負った百人が腰を低くしたまま右へ左へ半分けに走った。

「時が移る。休む間も惜しい」

それらを目で送り、武者は背を返すと、門の正面で足を踏ん張った。

「参る。それっ！」

武者の合図に鯨波《げいは》があがる。

静寂に亀裂を入れる響きの余韻は、木霊などではなく、現にあがるさらに数を集めた鯨波であった。

屋敷の右方から左方から、それだけでなく塀を巡るあらゆる場所からあがるもののようである。

闇の中、どこもかしこも寄せ手が埋め尽くしているのであろう。

表御門を大槌を以て打ち壊さんとする者達があり、幾人かは塀際を走って三間おきに篝火《かがりび》をしつらえてゆく。

指図なくとも、一人一人がそれぞれの役目を負って流れるようである。

門が破れるのと、左右一つ目の篝火が赤い舌を伸ばし始めるのはほぼ同時であった。

「根来衆っ」

先の武者が声を張り、応と答えて袈裟頭巾の一団が雪崩れをうって門内に走り込む。

（いよいよじゃ）

まだ見ぬ義輝との間近に迫った対峙《たいじ》を思い、源五の胸もいやがおうにも高鳴った。

「我とともに四十、右常観《じょうかん》三十、左安行《あんぎょう》三十っ」

大信は見ず告げ、屏風《びょうぶ》を蹴倒し玄関から奥に躍り上がって行った。

流路を分けて屋敷の右に常観が率いる支流が向かい、左に安行率いる怒濤《どとう》が曲がる。

全角の背を見据えたまま源五は安行の流れに乗った。

屋敷内からは女達の悲鳴がすでに絶えることなく上がっていた。

怒号金音も各所に騒がしい。

大信達だけでなく、門という門、塀の破れ目、八方十六方から寄せ手が入り、屋敷内は殺気と狂気のるつぼだった。

軒を走り植え込みを抜け、源五らの組はやがて広い庭に出た。小さくはあったが、組石の並びに風情を醸す池も切られている。

その端に至って、まず安行が膝をついた。一同も倣って動きを止める。

屋敷の様子が一望できる好所であった。

「出てくる者を残らず刈る」

大信の言葉に僧兵一同は声なく緊張の度合いを以て答えた。

松永三好軍であろう者達の持つ松明《たいまつ》が忙しげに行き交い、光の筆で闇に線を引いていた。

無数の篝が間をおかず調えられ、放り込まれる松明を喰らってさらに一層の炎を吐く。屋敷と庭の闇は、余すことなく炎明かりに蹂躙された。

火の粉が墨空に揺らめき昇る。屋敷内で絶たれた命らが天に還《かえ》るようにも見えた。

耳に阿鼻叫喚《あびきょうかん》を聞きながら、目に魂の安らけき立ち揺らめきを見る。

生と死の陰惨と優美が境をなくし、反転しては反転す。

(田畑も回し、生死も回しか)

どこにいても変わることない天道の理《ことわり》が見える。源五は悟り顔で顎先をなでた。

ほぼ同時に蔀《しとみ》の三カ所が破られ、内からもつれ合いながら転がり出る者達があった。

いよいよ、準備万端の庭先も戦場と化すようである。

大信が立ち上がり一同が続く。

源五も遅れて立ち上がろうとし、肩に掛かる手に押さえられた。

全角であった。

篝を背に受け黒ずむ面貌で、光の強い眼が源五を見下ろしていた。

庭に三十からの僧兵が散り散りにゆく。

動かぬ者は、全角と源五だけであった。

「なんじゃ」

言って振り払おうとするが、全角の手は張り付いて動かなかった。大男の腕力は度し難い。手のひらは押さえるだけでなく、次第に源五の肩を要らぬ力で握り始めた。

「怖いわけではない。無相の三密。これは即身成仏、顕得に至るための加行である。恐れることなど、あるものか」

熱に浮かされたように全角が言葉を紡ぎ出す。

何を語っているのか源五には理解できなかったが、源五の一言に対する弁解めいた答えであることだけはわかった。

——怖いのか。

簡単なことだ。そうではないと理屈をつけたいだけのことだろう。どうでもよい。それならそれでよい。知ったことではない。

が、緊張の極みにいる目を見れば、そうと流して聞き入れることができるとはとうていは思えなかった。

見れば、源五の肩で全角の指先が白んでいる。

痛みに近いうずきが走った。

「わかった。加行じゃな」

流さず、言葉に言葉を添えて押してやる。

「そうじゃ」

全角の手はあっけないほど潔く退いた。

取り繕った機嫌が、かえって上々の仮面をかぶる。

「終いは任せる。まあ、そこに居って我らの無相をとくと見やれ。露払いほどには働こうぞ」

笑みさえ浮かべ、勢いよく身を翻して全角が走りゆく。

「危ういぞ、全角。死ぬなよ。死んでは、行も糞《くそ》もないぞ」

届かぬとわかって源五は全角の背に声を送る。せめてもの声を送る。

言い切る前に雄叫《おたけ》びを発し、全角は屋敷に飛び込んでいった。

刃を閃かせて戦う者達だけでなく、逃げまどう女衆、雑仕達までもが出ては入り、入っては出、庭と屋敷は渾然一体としてただ戦場であった。

蹴倒された篝火が庭木に移って炎の範囲を広げる。

上方へと目を転ずれば、御所の甍《いらか》を割って炎が天を焦がし始めていた。篝火が庭と同じように倒れてか、寄せ手が故意に火を放ったか。運と必然の秤《はかり》であれば、必然が重いのは道理であろう。

二条御所は、やがて灰燼《かいじん》に帰すのである。

そのとき、炎の光を撥ねながら、屋敷内から軽やかに躍り出る一つの影があった。

着地の身ごなしも、源五をして目を見張るほど典雅なものであった。

男の登場で、庭の光芒が全て一瞬動きを止める。

錦の帷子《かたびら》に炎を映す白鉢巻、緞子《どんす》の襷《たすき》に黒の半袴。

それが十三代将軍、足利義輝であることは聞くまでもないことであった。

「公方っ」

「御覚悟っ」

「公方様っ」

敵味方入り交じった声が雑多に飛び、白刃の唸りも含めてただ一点、義輝に寄り集まる。

両手を広げ全て抱き留め、義輝の太刀が光を断った。

一瞬の間に声さえなく地に臥す僧兵三人。甲冑の隙をつかれて、長巻ごと腕を落とされ、あるいは膝上から血しぶきを上げうめきを発しながら庭を転げる武者二人。

鮮やかな手並みである。

目の覚めるような、鮮やかにすぎる手並みであった。

「おおっ」

感嘆さえを含むうめきを漏らし、源五は義輝の剣技に目を奪われた。

歳は三十と聞いているが、源五は自身との差をあまり感じなかった。

面差しはむしろ少年の日の憂いをさえ含んで華やいだものに見える。それがただでさえ確かな手筋をなお一層艶《あで》やかなものに見せているのかもしれない。

源五は燃え上がる闘志を糧に、一歩また一歩と義輝に向け、心を錬《ね》りながら歩を進めた。

屋敷内から掛け声とともに勢いよく飛び出してくる袈裟頭巾が四つあった。それぞれの得物を手に瞬滞なく義輝に殺到する。

気合い込んだ掛け声は、けれど源五に胸騒ぎを起こさせるものであった。

その中に聞き覚えのありすぎる声が混じっていたような気がしたのである。

四閃《しせん》する光の太刀は、わずかなぶれも見せず四つの袈裟頭巾を斬って地に落とした。

「全角っ」

源五は叫んで足を速めた。

果たして地に臥し、篝に露《あら》わな袈裟頭巾の一つは、顔面を見事に両断された全角に間違いなかった。

口辺の笑みは何を意味する。

死す瞬間に、即身成仏の何を見た。

「だから言うたであろう。和尚の黄泉路《よみじ》は、それで望んだものになったか」

答えぬ軀《むくろ》に声を落とし、源五はあらためて義輝の前に立った。

燃える目の、けれど爽やかさを失わぬ青年然とした将軍という生き物が、太刀の人脂をぬぐいながら笑みさえ浮かべて源五を見ていた。

師塚原卜伝弟子に伝えて曰く、〈義輝公の太刀筋、豪達にして優美、惜しむらくはその御身なり〉、まさにそれを地でゆくどこかに心を残した寂しげな笑みである。

鉢巻にも頰にも返り血の痕が見える。

庭に出るまでの中での壮絶は、間違いのないところであった。

「やあ、どこまで続く不毛の断ち斬りと思うていたが、大取りがようやっと現れた」

高く肩に太刀を掲げて義輝が大きく息をつく。

いずれにしてもの死は、どうやら悟りきっているようであった。

辺りを遠巻く者達は、皆固唾《かたず》を飲んで見守るばかりである。

源五は大きく顎を引いた。

「斬り合いという意味では、確かにそれがしが最後かもしれませんな」

足利将軍家と流浪の源五が言葉を交わす。

不思議なものである。

源五は、己の声を何故か遠いものに聞いた。

「とは、あとは矢なり鉄砲なりということか。ふっふっ、持って回った言い方をする。いや、それがその方の慈悲か」

義輝が墨空に視線を上げる。

深まる笑みに、口元から白い歯粒の並びがこぼれた。

「ならばせめて、余の存分を披露しよう」

義輝は頭を戻し、肩の大刀を眼前にかざした。

離れて見る源五の目にも、血曇り刃こぼれが明らかであった。

「しばし待て。太刀はまだある」

言いながら義輝は無造作に太刀を放り出して背を返した。

戦場である。あまりに無謀な動作といえる。

が、誰しもに慮外であるその行動は、かえって皆を虚に縛り付ける結果となった。

源五はもとより、取り巻く一同皆、義輝を視線で追うだけで、無手とわかっても斬り込むものは誰一人としていなかった。

懐手で、源五は義輝の再来を待った。

座敷に上がり義輝は、倒れ臥す軀を避けながら開け放たれた奥に向かった。

床に突き立てられ、鈍色《にびいろ》の光を撥ねる太刀が五振り、そこに見えた。

始めに幾本突き立てられたものかは知らぬが、切れ味が鈍《なま》っては新たな太刀を手に、それで庭への血路を切り開いてきたのだろう。

義輝は太刀の柄を一振り一振り握り、最後の太刀を吟味しているようであった。

やがて、そのうちの一振りを手に悠然と歩いて庭に降りる。

「國家《くにいえ》じゃ。これで良い」

得意気と言ってよい笑みを以て源五に突き出される太刀は、業物《わざもの》であることを示して篝火の炎を刀身によく映した。

「さて、始めようか」

言って義輝は左の足を前に摺り、太刀を脇から後ろに大きく引いた。

千変万化を易くうかがわせる、それでいて隙のないよい位取りであった。

「瞳の奥に揺らぎが見える。何を欲するかは知れぬが、その方も、存分にな」

義輝の言葉は、源五にとって少なからぬ衝撃ではあった。とはいえ、今それを表すわけにはいかない。懐手をほどき、源五も足場を極めて太刀の柄を握り込んだ。

「公方様こそ、ご存分に」

「参るっ」

義輝の言葉が、合図であった。

動いたとも見えぬうちに地を滑るような足取りで寄る義輝の背後から、鮮やかな炎の色をした光がほとばしり出て源五を襲った。

後《ご》の後《ご》を取るべく源五が余裕を持って摺り足で退く。見切りを二寸、と踏んでのことであった。

刃風の唸りがいやに近い。

見切ったつもりの軌跡より、義輝の太刀は鋭く伸び、かつ速いものであった。

抜き打ちに備えて柄本にあった右手をとっさに柄尻に滑らせ引きつける。

間髪容れず、その柄中に義輝の斜光が打ち込まれた。

「ごっ！」

かろうじて防ぎはしたが、避け得ぬ衝撃は自身の太刀の鍔《つば》を肉に食い込ませるほどであった。

奥歯を噛んで耐え、義輝の太刀を打ち返して右に回る。

「一つの太刀、よう受けたっ！」

素直な賛嘆、と受け取れる言葉を義輝が庭に響かせる。

足利将軍の多芸とはいえぬ、すさまじいばかりの豪剣であった。

これでは根来の僧兵がどれほど束になろうとかなうはずもない。ましてや全角などを含んで四人ばかりでは。

刃を向けてしまった以上、死すべき運命は決まり事であった。時の運などではあり得ない。

全角の死が、無駄死にであると源五には実感された。

義輝はやはり侮れぬ、いや、源五の思っていた以上の使い手に間違いなかった。

あばらの痛みが喜悦に変わる。そうでなくては京まで上った甲斐がない。

源五は、血管を破らんほどの熱き激しき脈動をうずきに感じながら、腰をひねって愛刀を夜空に鞘走らせた。

さや吹く風が湿り気を帯びながら野袴の裾に絡む。

気分は、上々であった。

「おおっ!」

内なる衝動に駆られて一声叫ぶ。

義輝の太刀が中位に上がった。

不動の剣尖の奥に義輝の面貌が重なる。その眼に、澄んだ光が強かった。

といって、剣威を以て辺りを威圧するような、あの上泉伊勢守のごとき光ではない。あふれ出ることなく、自身の決意と覚悟を示して揺蕩う光である。

どちらが剣理にかなうものかは知れぬが、押し込めるなど決して源五には出来ぬ芸当であった。

意に反して籠《かご》に囚われ、名ばかり、お飾りに甘んじる足利将軍家そのものを示すと見ては読みが過ぎるか。

(天道、というか)

とたん、義輝に孫四郎を、源五は確かにありありと見た。

吹き上がる闘志を一刀に込め、一足飛びに一間まで寄り、義輝に映した孫四郎を斬る。

手応えは蓮華谷の幻同様皆無であったが、現に動く大気の流れがこの場にはあった。

右方から摺り上がってくる優美な光の円弧を、動じることなく踏み込み撥ね上げてゆがめる。それでもさすがに義輝の太刀は、流れて終わることなく燕に返って唸りを上げた。

(浅い)

見切って源五は、構わず稲妻の一撃を袈裟に落とした。

見切りのずれは修正したつもりである。

それを超えて義輝の剣が伸びるならそれまでのこと。

己を信じずば、必殺の一歩は踏み込めぬ。先へと続く剣は振るえぬ。

腹に刃の冷たさを感じた。皮一枚は裂かれたようであった。

ひるむことなく手の内をさらに締める。

源五の刃が、炎灯《あか》りをさえ断った。

わずかに顔をゆがめ、義輝が大きくその身を退いた。

左腕一本で太刀を構えて威勢を示すが、右腕は力なく地に向いていた。

錦の袖が肩近くで大きく口を開け、風をはらんで微細に揺れる。

指の先から血潮が垂れた。

源五の太刀は、皮一枚を贄《にえ》に義輝の右腕を斬っていた。

骨を削った感触さえ手に残る。

それでも苦鳴一つ漏らさず重心乱すことなく退き、あまつさえ戦意失わず太刀を掲げる義輝は、さすがに足利将軍家、新当流印可の男であった。

「しっ、新影か」

激痛の間違いないことを示して小刻みに震える右手を、義輝はそれでも柄へと挙げる。

源五は緩く頭を振った。

義輝に、二度と再び孫四郎は重ならなかった。

「影の流、でござる」

「……影、か。それで、懐かしき伊勢守の匂いがしたのだな。……ふっふっ、たかが一年前のことが懐かしい。言うて自分が情けない。飛び立てぬ剣の、これがその果てか」

義輝はそこまで言うと、肩を大きくいからせて柄を両の手で握り込んだ。

腕の傷から勢いよく血がしぶく。

血筋の正しさを示して典雅であった容貌を醜くゆがめ、それでも耐えて一歩を差し、剣尖を源五に突きつける。

義輝が最後まで武士でありたいと剣をかざすなら、武士には武士にしか通らぬ礼節の取り方というものがある。

侮るわけではない。

義輝は全霊の剣を振るうであろう。

ならば己もありったけを炎と燃やして全霊を斬る。

源五は右手に太刀をかざし、両腕を開いて一寸刻みに義輝ににじり寄った。

内につぶれ込む甍に押し出され、吹き出る火の粉が横殴りに舞う。

——応っ。

二つであって一つの掛け声。

紫電閃き飛電走り、火花を散らして相掛けに落ちる。

源五も動かない。

義輝も動かない。

取り巻く者達も誰一人として動かない。

篝火だけが、揺れ動く。

「剣は、良いな」

口を開いたのは、義輝であった。

「我、足利からさえ解き放たれれば、……埒もない、か」

急速に失われてゆく声の芯。

義輝の額から流れる血潮が次第に太さを増していた。

「存分、であったか」

膝から地に落ちながら義輝が言う。源五をいたわるような声音であった。

命抜け落ちつつも、将軍であることの威にいささかの衰えもなかった。

血に染まった歯を見せ、義輝は静かに笑って見せた。

「存分でござった」

これで段を一つ昇れよう。孫四郎へと進めよう。

言葉は考えるまでもなく、源五の口からそのままに出た。

太刀をぬぐって鞘に納め、源五も片膝を突き、頭を垂れた。

死闘を終え、あらためて雲の上人たる義輝と、地に足をつけて生きる己の隔絶が身に染みた。

「重荷に飛翔できぬ余の剣と、縛られて硬きその方の剣。紙一重と見るは、余の戯言《たわごと》か」

源五の顔が思わず跳ね上がった。

たとえ将軍でも、たとえ今際《いまわ》の男でも、縛られ、硬き、とは捨て置いてよい言葉ではなかった。

「とは、いかにっ！」

荒々しき源五の声に、義輝は力なく首を振った。

「惑わば惑え。影の流。それでも我より面白き世ぞ」

青白い笑いは、刃のごとき光であった。

思わず伸ばす手を避けるように、義輝が倒れ込み地に臥した。

――く、公方様っ！

――取ったり、取ったりぃ。

騒然として騒がしき庭。轟音とともに崩れ始める二条屋敷。

「……そんなことは、ないはずじゃ」

本丸義輝を落とし、掃討へと向け慌ただしく各所を走り回る男達に背を向け、力なく源五は池の端に向かった。

今や屋敷を飲み込まんとする劫火《ごうか》が映り込み、池の中で燃えていた。

それを遮り、源五の形をした影一つが、池にできた人形《ひとがた》の洞のようであった。

洞穴、風穴。

虚しき風のみ、行き来する。

（縛られ、惑い、とは執着か）

池を見回し炎をにらみつける。

劫火の中に憤怒《ふんぬ》の孫四郎の幻が浮かんだ。

無発の気合いとともに風裂く一閃《いっせん》を水面に送る。

孫四郎は、変わることなく炎の中に立っていた。

己の影のみ、醜怪にゆがむ。

――くっくっくっ。

悲を叫び狂気を謳い、舞う声また声の中に、かき消されるほど小さくはあったが、なじみのある笑い声を源五は聞いた気がした。

いや、確かに聞いた。

空耳に聞くにしてはあまりに小さすぎ、その小ささ細さが現であることをかえって強く教える。

それはどんなに小さくとも聞き逃しようのない、源五の奥底に刻まれた笑い声であった。

太刀をぬぐって納め、天をも焦がさん勢いの炎上がりに明らかな一渡りを睥睨《へいげい》する。

「はっはっはっ」

源五に所在を教えるように、あえて隠し立てもせぬ嘲り混じりの高笑いが響く。

源五は、池を挟んだ対岸のなお奥を注視した。

長々と続く塀の甍の上で、見知った雑賀鉢が朱々《あかあか》とした艶をひけらかしていた。

「はっはっ。なぁおい、源五。お主は役者か。事あるたびにようもこう、面白き趣向をな、儂の前に広げかえして見せてくれるものよ。はっはっはっ」

身前に鉄砲を抱え込んだ孫一が、甍の上から源五を見下ろし、笑い倒す。

父のときも己の日も、必ず近くで笑った男である。

孫一の笑いは源五にとって凶兆以外のなにものでもない。

ならばこの日の孫一は、笑いの中になんの天魔のささやきを含む。

「孫一か。お主がなんでこんなところにいる」

「はっはっ、天下人を弑《しい》するなど滅多に見られるものではない。何があろうと置いて来るわ。お主が花を添えてくれるとは思わなんだがな。はっはっはっ」

「よくわかったものだ。それ以上に、囲みを抜けてよくそんなところまで入って来られた」

いらつく笑いを長々と浴びるのはごめんであった。

源五は努めて平らかな言葉を発した。

「ふっふっ。偶然などではないぞ。泉識坊は土橋の子院じゃ。根来が動けば雑賀に知れる。根来の全ては雑賀に筒抜けじゃ。といって、雑賀のことは根来に伝わらぬ。儂がそうした。ふっふっ。ついでに言えば、入って来られるのは当たり前。十五日の清水参りと称して、京に阿波の三好の手勢を運んだのは、他ならぬ儂んとこの水軍じゃ」

聞いて継ぐべき言葉は源五には何もなかった。

悲しいほどに理屈が通る。

孫一は鉄砲を横抱きにしてなにやらを始めた。

池に映る数限りない火玉が、孫一へ孫一へと水面を走った。

「仏縁を騒がしく口にする者どもは儂の周りに多いが、まあそう考えればお主とはたまたまがよくもよう重なる。偶然も重なれば奇縁だな」

訥々《とつとつ》とした物言いとは裏腹に、言い終えるなり孫一は瞬滞すら見せず鉄砲の筒口を源五に向けた。

「耳障りな仏縁より、儂は奇縁の方を好む」

――轟っ！

孫一の鉄砲が高らかに吼える。

放つ寸前、筒口がわずかに下がるのを源五は見た。

あえて動く必要は感じなかった。

足下近くの水面に水柱が立つ。

源五は、遅れて顔に降りかかる池水を袖をあげて避けた。

「なんの真似じゃ」

水気を払い、あらためて孫一を見る。

孫一は鉄砲を肩に担ぎ、手のひらを上に向け、左手を真っ直ぐに突き出していた。

「儂とともに来い。栗林の小せがれ」

手は源五を誘おうと、拾おうとするもののようであった。

「公方も言うていたであろう。ふっふっ、わからぬは己ばかりなり」

「何を、馬鹿な」

「晒してやろうか」

たたみかけて孫一の話が続く。

源五は、心の臓が知らず早鐘を打ち始めたのを感じた。

何故、と虚に落つ己が半分、何故か構える己が半分。

「お主はな、故郷に、有本という地そのものに縛られ、繋がれて居るのだ、彼の時も今も。いや、根を張り、張り続け、わかっていてそれから目を背け、ただもがいているると言ってもよい。どこからどこまで栗林の男なのだ、お主は、源五」

抗って言をかぶせる気は、不思議と湧かなかった。

明らかな言葉にされればわかる。

聞かされる相手が孫一であるということのみに気は逆らうが、話はいちいちが、いちいちがどこまでもまったくごもっともであった。

「その地縁、儂が切ってやろう」

天魔のささやきが、池を渡って源五に届く。

「そのままでは、いつまでたっても兄に勝てぬぞ」

池の向こうからであっても天魔のものであれば、耳朶《じだ》を咬み、含めるように甘く響くものであった。

「……できる、のか」

思わず惹かれる己の声を、危ういと思いつつ押しとどめることはできなかった。

「できる。なぜなら、儂自身がとうの昔に切ったからじゃ」

現の炎を真っ向から見定めて孫一が塀の甍の上に立つ。

源五を誘って差し出されていた左手は、高く上がって握りしめられていた。

「守護、守護代が入り乱れ盤踞《ばんきょ》し競い合う今の世に、細々とした土地にしがみついてなんになる。戦乱に巻き込まれれば焼け野原、追い立てられれば流浪の民。土地は、だからといって何をしてくれるわけでもない。神や仏も同じこと。不運と嘆いたとて明日はおろか今日の命すらままならぬぞ。銭を求めて何が悪い。いや、銭こそ綾錦《あやにしき》の光芒を放ってかつ、裏切らぬ」

一人語りにそう言って、孫一はあらためて源五へ向けて手を突き出した。

握る拳が花と開く。

「来いよ、源五。切ってやる。地縁のはかなさ、見せてやる」

迷いが源五の足を一歩引く。

背で轟音が上がり、地響きが地を揺すって水面を揺すった。

どうやら二条屋敷に間もなく最後の時が訪れるようであった。

池水に孫四郎の姿が浮かぶ。

思うより速く、源五の腰間から朱色の光が滑り出していた。

熱風と火の粉が池まで届く。

太刀の閃きに、池の孫四郎がわずかに血の気を上らせたように、源五は感じた。二年を経て、初めてのことであった。なんの力を借りたとしても変化すること自体あり得なかった幻なのである。

ならば、孫一の誘いを天啓と呼ばずしてなんと呼ぼう。

魔ではあっても、天から降る。

「連れて行け、孫一」

言ったとたん、肩から抜けるものを源五は感じた。

己は今、いったい何を削いだのだろう。

これも天道の流れであるか。

孫一の笑みがやけに赤い。

二条屋敷の争乱が、いつの間にか大分静かになっていた。

ただ赤々と天を焦がす劫炎のみ熱く、はかない。

結果として、この夜京の通りを埋め尽くした松永三好の軍勢は、御所の東に三好長《なが》逸《やす》の手四千五百、南烏丸に松永久秀の手五百、西大路に三好政康《まさやす》の手四百、北に岩成《いわなり》友通《ともみち》の手六百余り。

そして京の町を徘徊《はいかい》した甲冑の男どもの数は、それも併せて約一万二千の大軍勢であったという。

御所の火は明け方になって、最後の煙を黎明の空に昇らせて消えた。

第四章

栗林《くりばやし》の上に歳月が降り積む。

長成した者にとっては穏やかであれば一年などまたたく間であり、ゆく一年と来る一年はさほどの感慨がある区切りではなく、かえって変わらぬことを願うばかりのものであったろう。

が、幼子にとってはそうではない。

変わること、育つことは、生あることを示す唯一のあかしなのである。転げ回ってばかりいると思えばいつの間にか立ち、泣いてばかりいると思えば、知らぬうちに言葉らしき音を口にする。

天道《てんどう》に従い、日が昇っては起き、沈んでは眠ることを繰り返し繰り返す栗林の日々において、子、新六《しんろく》の成育は目まぐるしいと言っても過言ではなく、その都度、日と、月と、年の区切りをその命一つを以《もっ》て孫四郎《まごしろう》に教えた。

豊作というにはほど遠いものであったが、かろうじて飢えることはなく過ぎた三年という年月を振り返れば、それまでならば大地に向かうだけの日々のただ固まりでしかなかったものが、新六がいることによって節目節目がよく見える三年であった。

そうして、新六が生まれて四度目の田に苗がそよぐ。

新六は、すでにその田の畦《あぜ》をおぼつかない足取りで走り、黄色い声で父上と呼びかけるようになっていた。

子の後を、笑顔輝く由衣《ゆい》が追う。

三年は、由衣に母の自覚と自信を植え付けるにも十分な時であったろう。

由衣はすでに全き母であった。

その腹が大きく前にせり出している。

中秋の月を愛《め》でる頃には、親子は四人になるはずであった。

晩夏のとある日、わけもわからず手を振る新六の笑顔と、間もなく産み月を迎える由衣の不安げな目と、変わらず穏やかな母八重《やえ》の立ち姿に送られ、孫四郎は地蔵《じぞう》の辻《つじ》から街道を東に辿《たど》った。

有本《ありもと》の地から外に出るのは、実に久方ぶりのことであったが、といって気持ちが沸き立つことはなかった。

一本道を鬱々として辿りながら、供も連れず不意に訪れた汗みずくの平次《へいじ》から漂う脂ぎった体臭を思い出す。十日前のことであった。

平次は、勝手に居間に上がり込み、忙しげに扇子を使った。

「暑いのう、孫四郎」

言わずもがなの暑さが平次によって熟《う》れ上がる。そう言ってやりたかったが、孫四郎は黙って平次の臭いの風に吹かれた。

田に水を引いては止め、止めては見極めてまた入れる。稲にとっては秋を目指して強靱《きようじん》な根を培うための大事な時期である。

田は、ただ満々とした水を湛《たた》えるだけでは良い稲を育てる土壌たり得ないのである。そのままでは根を腐らす恐れさえある。水を止めることによって雑草害虫の駆除とともに、飢えた稲自身の生きる力を引き出し、根を深く太く張らせることができるのだ。

乾きと潤い。

それは稲だけではなく、あらゆる作物に適応する一つの技術ではあった。とはいえ、下手《へた》をうてば生きる力を、活力を減らす荒療治には間違いがない。だからこそ、農の経験に照らして見つめ、見定め、見極めなくてはならないのである。

稲の悲鳴が上がる前に。

だから平次のどうせ下らぬ話に、長々と戯れる気は孫四郎にはなかった。

白湯《さゆ》一杯出さず、孫四郎は平次の前に身一つを晒《さら》した。

「ふん、いくつになっても変わらぬ男だ。親父《おやじ》と変わらぬ。なら同様、とにも言うたことをしてくれさえすればそれでよい。それ以上にはこっちこそなんの用もないわ。こんなところに」

平次はいらだたしげに言って扇子を閉じた。

いやな臭いの風が止《や》む。

それだけでも、孫四郎にとっては有り難かった。

「岩橋《いわせ》と和佐《わさ》が新開地で揉《も》めとる。岩橋のほじったところが和佐の内じゃとな。──土橋《つちはし》が絡もうと思うとる。銭なら出す」

外から緑濃い大地の風が居間に入り、溜《た》まった汚臭をかき回して薄める。

孫四郎の答えは、聞く聞かぬにかかわらず最初から決まったものであった。

「せっかくの話ではあれ」

「源五《げんご》なぁ、儂《わし》んとこに居るぞ」

皆まで言わせず、平次は顔を風に向け目を細めた。

「なっ」

異な男から思いも掛けぬ名を告げられ、さすがに孫四郎の言が詰まった。

「正しく言えば、孫一《まごいち》のとこじゃがな」

表情は読めなかったが、平次の口辺にかすかなひきつれが一瞬浮かんだ。

「弟の世話しとるんじゃ。たまには儂の役に立て」

思えば、平次は益なきとわかって、ましてや一人で炎天下を動く男ではなかった。源五の名を言えば必ず動く。そう踏んだからこそ来たのだろう。ずる賢いとも、抜け目ないとも、狡猾《こうかつ》であるともいわばいえる。

だが、

（さすがに、雑賀《さいか》の束ねだな）

孫四郎は笑うしかなかった。

手の内に乗ることは口惜《くちお》しいが、断る気はすでになかった。源五は栗林の血脈、どこにいようと、孫四郎の弟であった。

「源五のこと、いろいろとご存じか」

「ならば、引き受けて貰《もら》おうか」

平次は顔を孫四郎に振り向け、身を乗り出して勝ち誇ったように笑った。

その結果が、街道を一人東に辿る孫四郎である。

気も重く道を辿るのはこれから向かう岩橋、和佐に対してというより、平次から聞いた源五のその後に対する衝撃からであった。

（公方《くぼう》を弑《しい》する、とはなんだ）

いつもなら、全てひとくくりの外の世のことも、源五がからむとなれば突如身近に、かつ強烈に孫四郎には感じられた。

――去年はな、松永《まつなが》に荷担して三好《みよし》を討つために東大寺《とうだいじ》を焼いたとよ。まあ、これには儂んとこや、十ヶ郷であっても一向一揆《いっこういっき》は絡んどらん。孫一の手勢三百人ばかりだがな。五千貫ほど貰《もろ》うたらしい。さすがに婿殿、見込んだだけのことはある、といったところか。なんといっても東大寺だぞ。石山御坊からやれといわれりゃ別じゃが、何もなしでは儂にゃ出来ん。

胸をそびやかして言う平次であった。

源五の話というより、自慢話の一つであったか。

仏に縁があるわけではない。神を頼るわけでもない。けれどそれは、仏罰を恐れぬということとは違うのだ。

(源五、所業の先に何を見る。何を求める。帰る前に気づけ。魔剣邪剣では地に不浄を打ち込むだけじゃ。それでは、栗林の大地はお前をきっと拒む)

息苦しさは蒸し上げられた夏の大気だけのせいではあり得ない。

心がしぼむ。胸がふくらまぬ。

理《ことわり》であろう。

蒼天《そうてん》へ向けて差し上げる想《おも》いすら、弟に届くとはとうてい思えなかった。

(それでも、儂はお前を信ずる)

熱い大気を無理に広げた胸にかき込み、丹田《たんでん》に落としてわずかなりとも力に換える。まずはせねばならぬことがある。名主として、家を守り生きねばならぬ今日がある。

一町先に土塁が見えた。

それが目指す岩橋和佐の、まずは岩橋源大夫《げんだゆう》の土城であった。同じ土城ではあっても、広大な郭《くるわ》まで持つ平次、孫一が拠って立つ居城、雑賀城とは比べるべくもないこぢんまりとした城である。同じ雑賀五搦《どから》みにあってあえて誰も比べぬが、土橋、鈴木《すずき》の力のほどがあらためて知れた。

二の門があるのかどうかは定かではないが、土塁に切られた城でいうところの大手門の前に、門番然として構える男衆が四人ばかりいた。

揉め事の最中である。和佐からいつ大挙して人数が押し寄せるか、あるいは攻め出るかと気が抜けないのだろう。立つ男衆は皆、血走った目に薄く殺気すら立ち上らせ、歩み寄る孫四郎を睨《ね》め付けた。

「なんじゃ、お主」

居丈高《いたけだか》に言い放つが、孫四郎同様の野良着であっては無頼にしか見えぬ。腰に塗りの剝げた一剣を閂《かんぬき》に差しているが、素養のほどは見られなかった。

「有本郷、栗林孫四郎」

「なんだ、有本、栗林ぃ。知らんぞ。なぁ」

先に声を発した男がふんぞり返りながら右隣に首を振った。

言葉の内に侮蔑が見えた。

どうやら、まったく知らぬというわけではないようだ。

左に立つ二人は警戒の色をのみ強めて身構える。有本も栗林も、事実聞いた覚えがないのだろう。

右の二人は、顎をしゃくってうすら笑った。

「おう、知っとるぞ。儂らの故地に巣くう外《と》の者が、確かそんな名をほざいとったなぁ」

言を振られた男が受けて、孫四郎をそう嘲った。散って出た有本の民に間違いなかった。

なるほど、日陰なき陽《ひ》の下に立つ番人など、家人《けにん》の中でも下の下であろう。根を自ら切って出た者は、幾十年を過ごし代を重ねても浮き上がることはないようであった。

「土橋平次名代。岩橋源大夫殿まで」

孫四郎には、それにかかずり合う気はなかった。

生まれ落ちて今まで何度同じような嘲弄を聞き、見下す視線に刺されたことか。

いわれのない恨み辛《つら》みも聞き飽きた。

分かり合うことなど、果てまでないと骨身に染みていた。

「けっ。偉そうになんか言いよったぞ」

「聞こえんなぁ、聞こえんぞ」

耳に手を当て男がおどける。

そんな行為も、昔見た。数など忘れるくらい、源五と二人、悔しさに泣き濡《ぬ》れるくらい。

今となっては怒りも湧かない。かえって哀れをさえ心にもよおす。

「土橋平次名代。岩橋源大夫殿まで」

努めて静かに孫四郎は繰り返した。

「はてなぁ」

「おい、止めろ」

「そうじゃ、土橋の名が出とる」

左の男らが右方をたしなめる。

孫四郎がどこの馬の骨であろうと、雑賀の束ねの名を出して聞き入れぬなど、本来から言えば確かに門番ごとき下の下にしてよいことではあるまい。

右の二人は苦々しげに孫四郎をにらみつけ、左に答えることなく唾を地に吐きそっぽを向いた。

「付いてこい」

左の一人に促され、孫四郎は土塁の内に入った。

屋敷から漏れ出る殺気が尋常ではなかった。流れる風も重く感じる。

和佐との一触即発が肌に実感された。

二十畳はあろうかという奥座敷に通され一人待つ。

一方を外縁に面した障子に、残る三方を閉め切りの襖《ふすま》に遮《さえぎ》られた部屋である。暑さ以上に張りつめた気配がまつわりついた。

ほどもなく、家人三人を従えた背の低い男が入ってきた。

醸す雰囲気は不遜、である。突き出た腹に帯が醜い。

土橋といい岩橋といい、力を持つと皆肥えるようだ。ならば和佐も推して知るべしか。地侍国人《こくじん》とは、どうやら地を束ねるだけで、今や誰よりも大地に向かって汗する男の呼び名ではないようであった。

栗林以外、有本以外では。

孫四郎に一瞥《いちべつ》すら投げることなく上座に進み、雑に裾を払って尻から座る。

家人は付き従うことなく下座に歩き、三人そろって孫四郎の背に立った。

威嚇《いかく》であるか警戒であるかしれぬが、襖の外にも源大夫が現れる少し前から雑多な気配がとりどりに湧いていた。

「儂が、岩橋源大夫だ」

四十は超えていよう見かけの割に甲高《かんだか》い声である。

源大夫の視線が下から摺《す》り上がって孫四郎をなめた。

「土橋の名代、と言うたとか」

孫四郎は姿勢を崩さず顎を引いた。

「雑賀がなんの用じゃ。見ての通り、儂んとこはいま忙しい」

鼻を鳴らしてつまらなそうに頬杖《ほおづえ》を突き、源大夫はわずかに身を傾けて言った。

「話は短い」

孫四郎は切り出した。長舌を垂れる気は毛頭なかった。

平次は秋の実りに向けて追い込みをかけるこの忙しい時期にいがみ合ってどうの、相争わば子飼いの者達の大事な血が命がどうのと、心にもない理屈を以て孫四郎に岩橋和佐の非道と不利を説き、中に立つ平次の情と道を説いた。

戯《ざ》れ言《ごと》であると孫四郎は流した。

半刻《はんとき》かけて聞いた話の中で、岩橋と和佐に持ち込まねばならぬ用件は終《しま》いの一言だけであった。

「新開地、土橋で買い取ると言うている」

開墾も紛争も、孫四郎には関係がない。それぞれの名で、郷荘で、それぞれの名主、地侍国人が決めることだ。

であるから孫四郎には、己の名の田水こそが、何にも増して今気がかりであり、またせねばならぬことであった。

孫四郎の背で怒気がふくれた。背だけでなく、襖の向こうの気配も多様ではあったが、皆孫四郎に気を集め、孫四郎を透かしてその奥の土橋へ怒りを向ける。

自分たちの汗が染みこむ土地を横からさらっていこうというのである。その心持ち、わからぬでもない。

孫四郎は甘んじて受けた。

名代として来た以上、それくらいは己の役目であろう。

「まだ土地足らんか、それでも銭余っとるんかしらんが、雑賀らしい話だ。その中でも土橋の若太夫《わかだゆう》と来れば、どうせまた一向道場でも建てる気であろう。信仰にかこつけ手勢を増やすのはいつもの手じゃ」

源大夫はさすがに名主らしく声を荒らげることもなくそう言った。

孫四郎は答えなかった。言を受けては、話は長くなるばかりである。

「嫌だと言ったら、なんとする」

「帰らぬ」

怒気は、そこで破裂した。

三方の襖が一斉に開き、六十からの瞳が孫四郎に殺気の矢を放った。

手に手にそれぞれの得物を光らせにじり寄る。

「新地は手ずから開墾した者達にとっちゃ我が子のようなもんだ。あっさり売り買いというわけにもいくまいよ」

源大夫が頬杖のままくぐもった声で言う。

「土橋は、それでも買うと言うとる」

孫四郎も動かず返した。

立つ者達だけ、少しずつ前に寄せる。

「……名代、死人《しびと》んなって帰れ」

源大夫が言い終わると同時に刃《やいば》の群れが孫四郎に殺到する。

勝手に訪れて虫のいい話をするだけの男に、この流れはごく当たり前のものであったろう。

孫四郎は源大夫が言い終わる前から動き始めていた。

太刀を取り上げ左に返しながら片膝立ちになり、刃が降り来る前に抜き打ちの体勢は万全であった。

腰間から、上泉伊勢守信綱《かみいずみいせのかみのぶつな》をして一国唯授一人と認めさせた剣がほとばしり出る。

まばらに降り落ちる刃の数が十を数えたとて二十を集めたとて、下から摺り上がる雷光の一閃《いっせん》に勝るものではない。技量があまりに違った。

一寸の見切りはそれを五分に、三分に見変えても肌に触れさせることさえなく、三寸斬り込む太刀は皮一枚削《そ》ぐ技を容易に使えた。

——おっ。

——げっ。

孫四郎の太刀が軽やかな刃音を上げ、蒸れ上がった部屋に涼を響かせるたび、野太い苦鳴が一つ二つ上がった。

足音一つ立てず舞い踊るような孫四郎を、居並ぶ者達はなんと見るだろう。

怒に染まる気配、視線は、さまで時を過ごすことなく驚を含み怯《きょう》を含んだ。

約半数は得物を取り落としうずくまっている。

そうせぬまでも、身体《からだ》のどこかしらから細く血を流さぬ者は一人としていなかった。

孫四郎と源大夫を除いて。

「お前ら、それで終いか」

源大夫は最前の姿のまま、頰杖をついて変わらずつまらなそうに言った。

答えは、一つとして上がらなかった。

刃を納め、孫四郎は源大夫の前に立った。

「土橋が、買う」

源大夫の視線が上がる。

「……和佐は、承知か」

「承知させる」

孫四郎の言葉の力強さに飲《の》まれるような、源大夫のため息一つ。

「なら、しかたねぇか」

膝を打って源大夫が立ち上がった。

顎をしゃくって孫四郎に退室を促す。

話が付けば、長居するつもりなど元々なかった。時が惜しい。

続けて和佐へ行かねばならず、おそらく同様の流れで剣の舞を舞わねばならないのだ。

源大夫の背について孫四郎は外廊を進んだ。

誰一人として付いてくる者はいなかった。

夏の陽差しが強く、蟬《せみ》の鳴き声が厚かった。

「そういや、まだ聞いとらんかったな」

途中、独り言のように源大夫がつぶやいた。

孫四郎の眉間に懐疑の皺《しわ》が浮かんだ。

源大夫の声は、何事もなかったかのように平静としたものに変わっていた。

「若太夫、いくら出すといっとった」

歩みも悠然としたものだ。

背を今の今まで暴れ回った男に預けているとはとうてい思えぬ。

「……銭、百貫」

聞いていたことを、とりあえず答える。

「ほう」

瞬間、感嘆に含まれる色気は何か。

「猫の額に、剛毅《ごうき》なことだ」

土間に至り源大夫が立ち止まる。

わからぬまま、孫四郎はわらじを履いた。

源大夫の視線を首裏に感じる。

身を起こすと、腕を組んで見下ろす源大夫の口辺に薄い笑みが張り付いていた。

「土橋殿に、よろしく」

殿と言い、よろしくと言う、意味の通らぬ言葉を残し、源大夫は奥に去った。

土間に一人立ち、孫四郎は源大夫が消えたあとに目を据えた。

「なるほど、そういうことか」

大きく息をつき首を鳴らす。

有本の地から一歩外に出れば、世はやはり奇々怪々この上もない。

──新地は手ずから開墾した者達にとっちゃ我が子のようなもんだ。

源大夫は確かにそう言った。

今思えば、言ってそのあとあっさり売り買いというわけにもいくまいよと続け、孫四郎にというより周りに念を押したのかもしれない。

売られたくなければやってみろ、と。

いかに名主とはいえ、家人が開いた土地を黙って総取りするわけにはいかない。それでは新開地への意欲が皆無になる。幾ばくかの理は認めねばなるまい。

猫の額という源大夫の言葉を受ければ、さして旨味《うまみ》のない地であることは明らかである。

にもかかわらず境界をたてに和佐が横やりを入れてきた。

名主として、やはりそれは譲れぬところであろう。ただ取りされては家人の意欲の前に名主としての面目がつぶれる。

妥協するなら、売り買いが得策だ。分配して残るものと、紛争の面倒を天秤《てんびん》にかけ、きっと平次と謀《はか》ったのだ。

いや、

――猫の額に、剛毅なことだ。

とも源大夫は言った。なら、平次が持ちかけたに違いない。

「家人を黙らせる奴を送ってやる。だから売れ」

とでも言ったものか。平次ならばやりそうなことである。

飲んだ源大夫は百貫を手にする。

孫四郎を止めきれなかった家人らは自らに負い目を作る。

分け落とされるものが雀《すずめ》の涙でも、文句を言う者はおそらくいまい。

「立ち回りは派手でも、端役だな、儂は」

苦く笑って孫四郎は屋敷を出た。

戸の外にくだんの門番二人が並んでいた。

一瞥を投げる。

「ひっ」

そろって二人が腰から落ちた。日によく焼けた顔が黒ずんで見えた。

「まっ、い、いや、栗林殿」

「さっ、最前は、その」

言いながら尻を摺って地べたを下がる。

どちらもとりあえず口は開いたものの、継ぐ言葉はないようであった。そもそも歯の根が合っていない。

庭からでも回って、二人は奥での孫四郎を目《ま》の当たりにしたようである。

後悔だけが如実に見えた。

「内は厳しく、外は怪しい。どちらがどうということなくともに儂らは生きとる。お互い、辛いな」

言って答えを待つこともなく、孫四郎は足早に岩橋を出た。

街道へ戻り先へ、和佐へと急ぐ。

見上げれば入道雲が、高いというより遠く見えた。平次のしたり顔が目に浮かぶようである。

向かう和佐だとて、果たして本当に新地を欲したものか。平次が仕掛けたという線も残る。

百鬼夜行の言葉は知るが、外の世では、鬼は昼間も策を弄してうごめくようであった。

「平次、此度《こたび》限りじゃ」

行く当てのない声が風に乗る。

どこまでも青々と広がる田に、夏陽が当たって所々で弾《はじ》けた。

「新六に、そろそろ教えるか」

何気ないつぶやきが知らず漏れる。

農、剣、その別を今自身がどう考えたのか、内に問いかけても返る答えはなかった。

元亀《げんき》元年（一五七〇年）秋。

馬上に孫一の身体が揺れた。

八咫烏《やたがらす》の染め抜きが緋《ひ》も鮮やかな陣羽織に浮かび、なじみの雑賀鉢にも濡《ぬ》れ羽《ば》色の前立《まえだて》を打ち立てている。戦《いく》さ支度であった。

その後ろに鉄砲や槍《やり》を掲げた徒《かち》の一群が長々と続く。

総勢四千五百の大軍。黒に統一された具足姿がいかめしい。

先頭を行く孫一の馬のすぐ脇を源五が歩いていた。

つかず離れず、孫一近く。

それが、足利《あしかが》屋敷で誘われてからの源五の常の居所であった。

鉄砲放ちは極度の集中を要した。それは上手であればあるほど必要なものであり、備わるものである。さらに鉄砲は一発放てば、玉込めにある程度の時を要する。雑賀衆はそれを〈早合《はやごう》〉と呼ぶ火薬と鉛玉を一つにした紙筒を使うことで驚くほど短縮したが、それでも馬上白刃を閃《ひらめ》かせて寄せ来る武者を、一度はずしては二度目が間に合うものではなかった。

源五は当初、そんな鉄砲放ちの中でも抜きん出、また先に立ってあまたに撃ちかける孫一の盾であり、守りであった。

軍団の威容が整ってからは、孫一が自ら先陣を切ることはなくなった。

源五本来の役割は減じたが、何も言われず何も言わず、源五の居場所は孫一近くのままであった。

皆と同様の黒い具足が浮つくことなく身になじんで見えた。陽光が具足に当たって雑に乱れ、無数の傷目を際立たせた。

雑賀の衆に紛れてから、早五年が過ぎている。

源五はもう、野良に汗する男ではあり得なかった。

――南無阿弥陀仏《なむあみだぶつ》。

風に紛れて六字名号が源五の耳に届いた。

誰が唱えたものかは知らず、唱和は間をおかず始まった。

――南無阿弥陀仏。

――南無阿弥陀仏。

地にうねりを与えるような不思議な律動を以て名号が響く。

「うるさいのう」

孫一が、馬の脇に立つ源五の耳にしか聞こえぬようなつぶやきを吐く。

唱和に消されて小さいわけではない。孫一自身が努めて小さく吐いたのである。

「源五、止めさせてこい」

「冗談言うな」

孫一を見もせず源五は前方へ向けて大きく手を差し出した。

道の彼方《かなた》の台地の上に、堂々とした城郭がそびえ立っていた。

見たこともないほど広大な構えの城である。

「あれが見えては、止めて止まるものではなかろう」

源五は鼻で笑いながら孫一に言った。

馬上からの返りはなかった。

軍勢の大半は雑賀十ヶ郷の一向門徒なのである。遥かにそびえる城郭、それは石山御坊、本願寺《ほんがんじ》であった。

永禄《えいろく》十一年（一五六八年）、六万の大軍で近江《おうみ》の六角義賢《ろっかくよしかた》を破り、余勢を駆って松永久秀《ひさひで》すら旗下に落として大和《やまと》に押し込め入洛《にゅうらく》を果たした織田信長《おだのぶなが》は、新将軍足利義《よし》昭《あき》を奉じて京から広く矢銭の要求を出した。

上下、尼崎《あまがさき》を始め、堺《さかい》会合衆には二万貫といい、石山本願寺には五千貫であったという。

僧兵など武力を持たぬ本願寺は、始めその要求を飲み五千貫を納めた。

逆らった上下や尼崎は焼き討ちに遭い、渋った堺はまたたく間に信長の大軍に囲まれ、矢銭二万貫だけでは済まず、結果、町ごと取られる仕儀となった。

本願寺は、時の権勢に敵対する意志を、遠く蓮如《れんにょ》の頃から寸毫《すんごう》も持たなかった。が、信長からの要求はそれだけにとどまらなかった。たび重なる矢銭の申し出、果てには破却するゆえ立ち退けという。さすがに本山を捨てろと言われれば首を横に振るしかあるまい。信長の真意があくまでも本願寺一向宗を追い落とすことにあるのは明らかだった。

信長は、本願寺にとって仏敵であった。

腹を決めた本願寺が顕如《けんにょ》の名を以て各地に飛ばした檄《げき》に応えたのが、孫一率いる此度の立軍であった。

孫一自身、そして本願寺との間を取り持つ土橋平次は信仰から兵を興したわけではなかろうが、雑賀十ヶ郷から募った多くは、愛山護法のために石山を目指しているのだ。目の前に本山を見ては数千からなる六字名号は止まるわけもなかった。

たとえ軍の束ね、雑賀孫一が号令したとしても。

六字名号の律動に従って軍が進む。

やがて石山本願寺が細部まで見通せる距離になった。

城に、得も言われぬ圧迫感がある。

「ほう」

あらためて源五は感嘆を漏らした。

六字名号が蒸れ上がって力強さをいや増す。

石山本願寺は神宮寺でもあり、法安寺の永覚房正教によって寄進された摂津河内《せっつかわち》の国境《くにざかい》にあるおよそ十万坪の上に建つ。

城に見えたものは石山本願寺の中心、水上御堂であった。

城に見えるのもそのはず。御堂普請に尽力した堺の商人樫木屋道顕《かたぎやどうけん》、そして万代屋《もずや》休意が石山に呼んだのは、築城家であった。

本願寺の周りには、堀を隔てて親町と呼ばれる六町を従え、さらにその外に寺内町があった。総構えは方八町。三里四方の内に吹田《すいた》、中津、神崎、江口の四川を巡らし、西は潮騒《しおさい》も近く聞こえる海である。

寺ではあっても石山本願寺はまず第一級の大城郭であった。

〈本願寺の富、王侯にもまさる〉と言われるとおり、富貴が寺全体からにじみ出ていた。

やがて寺内から、総構えの外にやってくる一行が見えた。

人数は三十ばかりと、孫一軍とは比べるべくもないが、一人が馬上に揺られ来る。形ばかりは整えた出迎えの一行に相違なかった。

孫一の手が上がり軍が止まる。

名号の唱和も潮が引くように収まっていった。

出迎えの一行が間近に寄る。

孫一は身軽に馬から下りて地に足をつけた。

「あれが家老の下間頼廉《しもつまらいれん》だ」

源五の隣に立ちそうささやく。

その名は源五にとって、平次の話によく出てくる聞き覚えのある名であった。

下間家は宗祖親鸞《しんらん》の直弟子蓮位房《れんにぼう》法阿以来、代々その血脈に従ってきた一族であるという。

金糸も艶やかな陣羽織を着た浅黒い馬上の頼廉は、坊官として本願寺の実務を束ねる男であった。

「本願寺坊官、下間頼廉である」

騎馬の男は馬から下りることもなく、居丈高にそう言った。

孫一にというより、軍そのものに向けてのもののようである。

「雑賀より、お召しにより」

「ほう」

別の意味で源五は唸《うな》った。

尊大不遜の孫一が、馬上からしか物言わぬ男に腰を折る。

そこに見えるものは、やはり売り買いであった。

引き連れた軍勢が一行門徒であろうとなかろうと、頼廉にとっては買った一固まりの雑賀衆なのであろうし、孫一にとって頼廉は、土橋平次が取り持つ上客ということなのだろう。

「待ちかねたぞ、雑賀の衆。織田軍の本陣はは天王寺《てんのうじ》にある。ついて参れ」

鍛えのあるよく通る声で言い放ち、頼廉は手綱《たづな》を引いて馬を返した。

本願寺一行の後に、馬の背に再び上がった孫一が続き、源五が並び、雑賀の衆が一斉に動く。

――南無阿弥陀仏。

――南無阿弥陀仏。

うねる唱和の波。

先頭の頼廉が一度背を返しそれを眺める。

が、目に宿る冷ややかな光は、御同朋《どうぼう》御同行を謳《うた》う本願寺の男のものではなかった。

懸命に唱える名号も、愛山のために立った真《ま》っ直《す》ぐな瞳も、銭を介すと感じられぬものなのか。

六字名号が源五の耳には虚《むな》しく聞こえた。

つまらなそうに振り戻り、頼廉が馬の腹を緩く蹴った。

本願寺が、目の前に迫っていた。


夜になった。

源五は、雑賀衆にあてがわれたいくつもの坊舎の一つから夜空に輝く星を眺めながら、孫一と顕如光佐《こうさ》の謁見の場を思い返していた。

といって、謁見の場に同席していたというわけではない。源五は孫一の守りとして敷居の外、襖の陰にあることを許されたのであった。

老僧居並ぶ大広間の上座中央に、輝くばかりの笑みを満面に張り付かせた若い僧侶が座っていた。

それが、浄土真宗本願寺派十一世顕如であった。

顕如は永禄二年（一五五九年）、父証如《しようによ》以来の悲願であった門跡に列せられている。門跡とは一門の法跡の意であるが、宇多《うだ》天皇が出家し仁和寺《にんなじ》に入ったことに始まり、それからは寺格として頂点をあらわし、皇室に準じ皇族、五摂家に並ぶ地位であった。親鸞以来の伝統を持つとはいえ、本願寺派があまたの浄土真宗派の中から頭角を現してきたのは八代蓮如からである。比較的新しい宗派といえる。門跡は、異例のことであった。

寄進贈答は相当なものになったことであろう。本願寺の富を知らしめるよい例である。

本願寺は十一世顕如をして、上り詰めたのであった。

しかつめらしい顔をして居座る高僧老僧の中にあるからだけでなく、顕如は白く抜けるような肌をした美僧といってよい面差《おもざ》しの男であった。歳《とし》は二十八と聞いていたが、源五にはどうひいき目に見ても二十歳《はたち》そこそこにしか見えなかった。

顕如は生まれたときから本願寺にあり、いずれその法灯たるを約束されて育ってきた男である。大戦さを前にして曇りのない笑顔とは、逆に不気味なものであった。

心にどれほどのひだがあるものか。

そう見れば、笑みは高名な仏師が彫ったものにも見える。

移ろわぬ感情。

顕如は、喜怒哀楽を欠片《かけら》も身に漂わせぬ男であった。

貧富の差を除けば、同じように一つところに呪縛されて生きること自体はどこかで聞いた話である。

孫四郎の顔が浮かぶ。

貧富の歴然たる差とは、人の生き様を明らかに左右するもののようであった。

平伏したまま顔を上げることなく、坊官の問いに受け答えする孫一がいやに俗な生き物に見えた。

「そなたと頼廉を、本願寺の左右の大将とお頼み申しまする」

性別を超えた声が大広間を漂う。顕如のものであった。

力も感じさせず、意志も感じさせぬ、ある面でいえば巧みな声である。人たること
を超越している。

源五の背筋を悪寒《おかん》が走った。

孫四郎、そして顕如。

貧富の差の両極。

両極はどちらも、化け物であった。

「何を見ている」

背後からかかる声に星がまたたく。

振り向けば、対面の柱に寄りかかり盃を傾ける孫一がいた。

酔っても鷹《たか》の目のまま酒を汲《く》む。

孫一の酒は、つまらぬものであった。

「ここは抹香臭いくせに生臭い。酒でも呑まねば長居は出来ぬぞ」

「長くいるのか」

「さぁてな。信長側に付いた根来《ねごろ》も、中郷らの三搦みも、二千の鉄砲を抱えてすでに

在地を離れたようだからな。一月《ひとつき》と待つことはあるまい」

　こともなげに孫一は告げ、空の盃に酒を注《つ》いだ。

「なんじゃ、同じ紀州で敵味方か」

　声がわずかに荒ぶる。それを、自身わかって源五は口をつぐんだ。

　孫一の片頬が小さく攣《つ》る。笑いの前兆。

　そのまま続けても孫一の酒の肴《さかな》になることは、年月を経て源五の内に染みていた。

「此度ばかりはそれは最初から決まったようなものだ。なんといっても宗派が違う。本願寺相手なら、根来は安く請け負って立つ。銭金なしかもしれん。平次は日和《ひよ》って、本願寺の督促を流すかと言っていたが、根来の鉄砲が来るからこそ儂らの鉄砲に高値が付く。三搦みの阿呆《あほう》どもは、まぁおまけだな。畠山《はたけやま》が信長に応じた。痩せても枯れても紀州の守護様からの意じゃと、鳩首《きゅうしゅ》して決めたらしい。信仰も銭金もなくようやる。土地の安堵《あんど》がそれほど大事か。父祖伝来がなんじゃ。嵐にやられ、寒さに暑さにやられりゃ水飲んで耐える。旨《うま》いものも旨い酒も指くわえて見るだけとな。儂にはわからん」

　孫一はそこまで言って盃の酒をあおった。

　珍しい饒舌《じょうぜつ》が、酔ったあかしであろう。

　――南無阿弥陀仏。

坊舎のどこからか名号が聞こえた。

孫一の視線がわずかに動く。

「僧そのものが出る根来は、本願寺潰しと生臭い。三摑みは、右大臣信長に手摺り足摺り土地を請う。つまりは生きる場を請う」

空《から》の盃をもてあそびながら孫一は源五に顎をしゃくった。

「ああいう、信仰に純粋な奴《やつ》らが一番強くまた怖い。命すら、六字名号の裏に隠れる」

――南無阿弥陀仏。

――南無阿弥陀仏。

言われて聞けば、唱名は喜悦を含んで聞こえた。

戦さを前になんの喜悦。

今本願寺にいる喜び、今十一世顕如の膝元にある喜び。

そんなものだろうか。

なんにしても源五には理解できぬものである。

差し出される盃を受けず、源五は顔を再び外に振り向けた。

孫一の酒よりまだ夜空の星に、色も艶もあった。

「顕如とはなんだ、孫一。あるいは本願寺とは、なんだ」

星を介して孫一に問う。

「面白いな。あるいは、というその問いかけ自体に答えがある」

答えは、軽い含み笑いに続いて戻った。

「顕如といえば本願寺を指し、本願寺といえば顕如を指す。同じものだ、顕如も本願寺も」

「なんじゃそれは。問答は好かん」

「葉を見て顕如。枝を見て本願寺。どっちもな、浄土真宗という幹から、根から、親鸞の血脈を吸い上げて茂るものだ。そうして、今儂らに大枚を落とす。ふっふっ、ただそれだけのもの」

孫一の言葉が源五の瞼裏に像を結ぶ。

葉ずれ清《さや》かな緑の大樹。

幹が生き物のごとく膨縮を繰り返し、赤き血潮を吸い上げ葉脈まで送る。

親鸞の、と孫一は言うが、源五は南無阿弥陀仏とうめく累々たる信者にはびこり絡みつく根を見た。

吸い上げる血の赤は顕如の唇の赤である。

吐き気さえもよおす図であった。

目をしばたたき、夜空の清らかを見る。

星にまたたきが激しかった。

「親鸞の血脈が、蓮如を経て顕如で沸騰する。門跡を授けられ、寺とは名ばかりの城に住む。本願寺は親鸞から続く血の結界。それを守ることのみに汲々《きゅうきゅう》とする、俗臭ふんぷんたる和尚の住みか。くっくっ、御同朋御同行はどこへ行った。場末の信者などここからは見えぬ。ここは沸騰した血脈が、泡立ち、異臭を放つ大鍋じゃ。利を離れれば信長の気持ちわからぬでもない。大寺などどこも人心を惑わす魔窟じゃ魔窟。魔窟じゃからこそ、人を殺すに銭を払う」

孫一は、一人笑って盃を投げ捨てると大の字に寝ころんだ。

盃が板間で、三度乾いた音を立てる。

「仏は俗、そんなものか」

源五のつぶやきに、返る孫一の声はなかった。

夢に孫一は、何を見る。

「仏も愚か、信ずるも愚か。ならばそれにへつらうお主も、付き従う儂も皆、愚かだな」

誰に聞かせるともない源五の声が、力なく夜空へ立ち揺らめく。

星にだけささやく心情の吐露であったかもしれない。

一瞬浮かぶ有本の、何もないただ緑が恋しい。

「まだまだ繋《つな》がれとるな、儂は」

苦笑混じりにそう言って源五も板間に寝ころぶ。

手に届く名号は、いつの間にか和讃《わさん》に変わっていた。

　十方諸有の衆生は

　阿弥陀至徳の御名を聞き

　　真実信心至りなば

　　　おほきに所聞を慶喜せん

鼻をこすって寝返りを打つ。

和讃は、子守歌にもならなかった。

顕如の呼びかけに応じて各地から大挙して番衆が大坂に集結し、源五らが本願寺に入ってからさまで時を要さずしてその数は四万とも五万とも言われるほどに膨れ上がった。

寺内町や坊舎は、人いきれとその醸す熱気が風をさえ巻かんほどであった。

ただ純粋に命すら省みず本願寺の危難に立ち向かわんと立った者達にとっては、見るもの聞くもの感じるもの、全て法悦の極みであったろう。

が、真宗と関わりのない、言い換えるなら打算によって寄り集う者達にとっては、逆に全て不快きわまりないものであった。

すなわち傭兵《ようへい》衆のことであり、源五のことである。

雑賀十ヶ郷育ちでなく、一向宗とも関わりの少ない源五は特に不快をその身に浴びた。

和讃も名号も日がな聞かされれば頭痛もする。死すら覚悟にもかかわらずきらめく瞳、輝く笑顔、上気する頰を目にすると腹が立つ。坊舎に籠《こ》もっても不快が聞こえ、たまらず出ても不快が目に飛び込む。

結局つまらぬとわかっている孫一の酒の相手が、本願寺にあっては第一等の過ごし方であった。

怠惰に過ごすうちにも、下間頼廉の手の者、また本人、そして孫一手下の下針《さげばり》、小《こ》雀《すずめ》、発中《ほっちゅう》といった者達から織田軍の現況の報がもたらされる。

九月八日、本願寺西十町のところにある楼岸と川向かいの川口に砦《とりで》を構築し、信長本人は翌九日、天満《てんま》の森へ本陣を移した。

名目としては畿内から追い落とした阿波《あわ》の三好が巻き返しを謀って築いた、本願寺からおよそ二里のところにある野田と福島の城を攻めるためである。

とはいえ形として言えば、本陣そのものは野田福島の城と本願寺の間に割って入った格好であり、名目を盾に本願寺は広く織田軍に取り囲まれていた。

三好攻略といいつつ本願寺が本命であることは明らかであった。

実際、三好が摂津に城を構えるのを、本願寺は双手《もろて》をあげて喜び援助した。いずれ訪れると予感した織田信長との抗争のために。

日に日に焦りと緊迫を募らせる頼廉の手の者、あるいは頼廉そのものの言葉にも、孫一はいっかな動こうとはしなかった。

九月十二日。

その日も、源五は孫一の味気もない顔を見つつ、俗にも俗な銭金の話を聞かされながら熟むほどに酒を喰《く》らって夜を迎えた。

どうやら己はあまり酒に強くないとわかってはいたが、浴びねば過ごせぬ日々であった。

夜半、突如近くで早鐘の音が鳴り響いた。

酩酊《めいてい》も、度を超すと限りなく眠りを浅くするようである。半覚醒にも似た感覚で源五は打ち続けられる鐘を聞いた。

驚きはさほど生まれなかったが、同じく過ぎた酔いによって身を動かすことは出来なかった。それどころか頭に鐘の一打ちごとに鎹《かすがい》を打ち込まれるような痛みがある。小さくうめくたびに、胸がむかつき自身の酒気が鼻についた。

閉じたままの瞼に朱赤が揺らめく。篝火《かがりび》がたかれたようである。

瞑《つぶ》ったままでも感じる炎。一つや二つのものではあるまい。

早鐘に紛れて襖が開く。

気配を探れば、入って来たのはどうやら三人のようであった。

「なんじゃ」

酔いを微塵《みじん》も感じさせぬ孫一の声が鐘の音を上回る。

「織田の軍が動き始めた様子。下間殿が慌ててござる」

告げる男は見ずとも幼き頃よりなじみの孫一の手下、下針であるとわかった。今では孫一旗下、組頭である。

「信長は今どこじゃ」

寝そべったままなのだろう。孫一の声は、源五の耳と同じ高さで聞こえた。

「公方とともに海老江《えびえ》に」

短く簡潔に、下針と同じくなじみの鶴首《つるくび》が答えた。

「ふん。やはり三好の野田と福島が先か。で、根来や三搦みの奴らは」

「住吉《すみよし》、遠里小野、天王寺に陣張りを」

「鉄砲は動いたか」

「五百ほどは」

「なら、信長の鉄砲衆と併せても千ほどか。小戦さだな、つまらん。但中《たんちゅう》」

「はっ」

残る一人、これも子飼いの組頭但中が答えた。

下針といい鶴首といい、この但中といい、孫一には及ばぬまでも、皆鉄砲の名手である。

「お主、こっちからも千を抱えて行ってこい」

孫一の命に瞬滞すら見せることなく、但中の気配が部屋を出てゆく。

「下針、浅井《あざい》と朝倉《あさくら》に出した者は戻ったか」

北近江、越前《えちぜん》のそれぞれ名門浅井朝倉は反信長の姿勢をとり、早くから本願寺と呼応していた。

そこにいつ手の者を送ったのか。

源五の知らぬことであった。

「二刻ほど前に」

「なんじゃ言うとる」

「十六日には、大津坂本口、宇佐山へ、と」

「十六か。日が少しばかりあるな。ごろ寝のただ酒、丸儲《まるもう》けと思うたが、ふっふっ、そうはうまくいかんか。——鶴首」

「はっ」

「海老江は地が低い。淀川《よどがわ》の堤《つつみ》を切るのも面白かろう。五百ばかり連れて行け」

鶴首も但中と変わらず音もなく去る。

以心は細部を聞かなくとも伝心か。

鮮やかなものである。

「下針、信長の居場所が動くたびに知らせよ。何刻でも構うな」

下針の気配も消え、坊舎には源五と孫一だけが残った。

早鐘の音は途切れることなく続き、すでに源五の耳になじんでいた。

打ち込まれる鉄の数は幾分減ったようであるが、胸のむかつきはかえって益々ひどくなるようであった。

「源五、起きとるか」

見定めたように孫一が話しかける。

「……おう」

孫一に比べてあまりに酔いの過ぎた己を悟られまいと、源五は無理に声を発した。

とたん、脂汗が吹き出し、むかつきは胸内を焼きながら急速にせり上がった。

「ぐっ」

たまらず喉元を押さえながら、そのまま源五は障子ごと坊舎の外に転げ出した。

地に落つ衝撃に我慢はきかず、源五は庭に激しく嘔吐《おうと》した。

出るものは、饐《す》えた臭いのするただ酒のみであった。

「くっくっ、呑まれるうちはまだまだ餓鬼ということだ。はっはっはっ」

孫一の笑いに反ずる気はあるが、立ち上る自身の嘔吐物からの臭いに呼ばれるえずきが止まらなかった。

三度に一度はまだ酒が噴き出し、それに呼ばれてまたえずくことを繰り返した。

「ふっふっ、吐け。吐いて吐きまくって今のうちに酒気ぬいとけ。早けりゃ明日《あす》明後日《あさって》には大戦さになる。くっくっ、浄土という名の地獄絵図、寝ぼけて見てはもったいない」

源五の耳にその声が焼き付く。といって、すぐに動くことは出来なかった。

空の胃を自覚して力任せに顔を振る。それでどうにか一息つけた。

涙をぬぐい鼻をぬぐい、口元の糸引く何かをぬぐって坊舎の内を振り返る。焦点がすぐには合わなかった。吐ききったところで今体内を巡る酒量が減るわけでもない。

目をこらして孫一を見る。

早鐘の音に包まれながら、孫一は再び夢の中のようであった。

「地獄絵図と、そう明言するからには作るのはお主か」

投げかける問いに、やはり答えは返らなかった。

縁に腰掛け肩で息をつく。呼気は、嫌な臭いにまみれていた。

「たまらんな」

心を嘔吐し空を見上げる。

無数の篝火に焚《た》き上げられ、夜空が赤黒く焦げていた。


坊舎にさえかな光が差す。天気は上々のようであった。

源五の意識が表層に昇る。高く澄み渡る秋空とは裏腹に、源五の目覚めは最低であった。前夜吐ききっているおかげか嘔吐感はさほどなかったが、鎹の頭痛がひどかった。

こめかみを押さえて起き上がる。

部屋内に、孫一の姿は見あたらなかった。代わりに下針や発中ら、孫一子飼いの組頭達が物言わず居並び、皆一様に冷ややかな視線を源五に投げた。

舞い遊ぶ雀の鳴き声だけがさかしく響く。早鐘は、いつの間にか絶えていた。夜の慌ただしさ騒がしさは欠片《かけら》もない。

坊舎は、常なる本願寺の辛気くささに包まれていた。

「孫一はどうした」

乾いてべたつく口をとりあえず開く。

「広間で評定《ひょうじょう》だ」

下針が一言そう告げた。

感情のうかがえぬ声である。孫一の手下は源五に対して皆一様な声を出す。よそ者は、どこまでいってもよそ者ということだろう。地縁を切るために身を寄せる孫一の手の上であったが、その配下といると嫌でも栗林を、有本を認識させられる。居心地の悪さを解消するためには、出るか、斬るか、二つに一つしか道はないようであった。

すでに孫一に誘われてから五年が過ぎている。決断の時はきっとそう遠くない日のことだろう。

一人部屋を出て源五は庫裏《くり》に向かった。足下は定まらず、腰に力が入らなかったが、喉を焼く渇きは耐え難かった。

外廊は陽差しがきつかった。日輪の位置が思う以上に高い。時刻は、朝とはかけ離れた頃になっているようである。

土間に降り、どんぶりを手に瓶から水をすくう。喉を鳴らして飲む水は胃の腑《ふ》に染みて堪《こた》えられぬほどうまかった。立て続けに三杯飲む。目と舌はさらなる水を要求したが、身体はひとまずそれで満腹のようであった。

飲むという行為だけでも幾分の力と気が戻る。今は組頭達との同室に耐えうるものがあればよい。

腹回りを軽く叩《たた》き、一息ついて源五は部屋へと戻った。

部屋には組頭の頭数が増えていた。但中、鶴首の顔が見える。

織田軍に撃ち勝ったことは間違いなかった。戦さであれば、生きて帰るということ自体がそれを雄弁に物語る。

源五が奥に入り、腰を下ろし柱に寄りかかるのとほぼ同時に、廊下を渡る隠し立てのない足音が湧いた。

居並ぶ組頭の間にわずかな緊張が走るのを源五は感じた。

いつから始まっていたのかは知らぬが、評定は開いたようである。さまで間を空けず、孫一が部屋に現れた。

「酒は抜けたか」

入るなり孫一は源五にまず声をかけた。

口を開くことなく、源五は小さく肩をすくめて見せた。

「まぁ、良い。お主の働き場、今日はまだあるまい」

孫一は上座に腰を下ろすと、組頭らを鷹の目つきで一渡り見回した。

「次の手、決めた」

身を乗り出す幾人かの尻が板間から浮いた。

「籠城《ろうじょう》」

孫一の声が低く湧いた。

「籠城」

発中がおうむ返しにつぶやいた。

「……と見せかける」

組頭らの反応をもてあそぶかのように孫一は己が言葉を継いだ。

やけに楽しそうである。上機嫌は間違いあるまい。

満足げにうなずき、孫一は懐《ふところ》から四つに折った紙を取り出し広げた。本願寺を芯にする絵図であった。

孫一の指が寺の北側、川向こうを指す。

絵図には、守口《もりぐち》村と記されていた。

「ここが一面の稲田だと聞いた。信長の退いた天満の森は堤を挟んで対岸じゃ。絵に描いたような好都合。頼廉にはそれを全て買い取るよう伝えた。明日の朝には鋤鍬《くわすき》担いだ門徒衆が派手に川を渡る。本願寺は城として海内有数。兵糧《ひようろう》を潤沢に蓄え籠城の覚悟を決めれば早々落ちるものではない」

絵図を覗《のぞ》き込む組頭達からは一言の差し挟みもなかった。皆、孫一の策を余さず聞き取ることに集中しているようである。

「ふっふっ、信長公は毛利《もうり》といい武田《たけだ》といい浅井朝倉といい、四面に多忙な御方ゆえな、本願寺のみに長々とかかずらうのは好まれまい。間違いなくそうはさせじと出てくるは必定。ふっふっ、と、ここまでは信長に見せるため。実はすでに夜が明け切る前に五百ばかり、守口に向かっとる」

おおっ、と誰からともなく感嘆が漏れた。

孫一の指が、二度ばかり守口村の西、滓上江《かすがえ》堤と書かれた上を叩いて膝に引かれた。

組頭達の背が起きる。

「稲は堤の際から内に向かって刈るよう言った。押し寄せて渡河し、堤を越えたところで啞然《あぜん》とする大軍が目に浮かぶ。そこは影隠す場もない刈田じゃ。こっちは黄金の群れに潜んで撃ちかける。あわてふためき退こうにも、背を押すように渡り来る者どもはしばし止まるまい。儂らの早合がものを言うぞ。狙いなど要らぬ。殺し放題じゃ」

孫一の話を聞きながら源五は部屋内が急速に冷えてゆくのを感じた。

それは組頭達、殺戮《さつりく》を確信した者達の決意を示す冷えであったろう。

溜まる冷気が、策の万全に誰一人疑いを持たぬことを示した。

「今宵《こよい》のうちに儂らも渡る。むろん陣触れなどせぬぞ。遅れた者は置いてゆく。その分、銭も減ることは肝に銘じとけ」

おう、とそろった声が湧く。

話は、それで終いのようであった。

下針がまず去り、発中、鶴首が立ち、組頭達が次々に自身の坊舎に退いてゆく。

前夜同様、残るのは孫一と源五の二人だけだった。

「ふっふっふっ」

含んだ笑いを板間に低く落としながら、孫一はもう一度絵図の上に指を這わせた。

「策の言上で一殺一貫の余禄《よろく》。根切りにすればさていくら。やはり、本願寺には旨味がある」

聞かせるつもりではなかろうが、聞かれて困るわけでもまたあるまい。

自然に漏れる、孫一の本心。

源五にはそれで得心がいった。

(やはり、銭か)

孫一の上機嫌の因は濡れ手で粟《あわ》の約を取り付けたからに相違なかった。

第一級の商人である。

孫一は、戦さと死を扱って第一級の商人であった。

「源五」

呼びながら孫一が源五へ向けて身をねじる。

目に白々とした光が強かった。

「明日はお主にも存分に舞って貰うぞ。居《お》っても居らぬでも変わらなんだであろう今までと違う。五年に及ぶ無駄飯、ここで返して貰う。十や二十は当たり前。百も取れば一生飼《こ》うてやるぞ」

孫一の姿に、ここには居らぬ土橋平次が重なる。

言い回しは違っても、それは平次がその昔、父誠三郎《せいざぶろう》に吐き続けた言葉となんら変わるところがなかった。

笑って受け流す父が浮かぶ。

さて、己は今いったいどんな顔を孫一に向ける。

今と思い出の間を移ろう心に収まりがつかず、源五は外廊に一人出た。

「大戦さはな、一人一人が見えなくなる。見えなくなれば箍《たが》が外れる。本性を晒け出す。汗でも流し酒の一滴まで抜いておけ。明日は全身に人を浴びろ。うまくすれば、地獄の先に華が見える」

孫一の声が源五の背を追う。

何も言わず、源五は庫裏へと歩を進めた。

身に強烈な渇きを覚えた。

喉だけでなく舌だけでなく、胸の奥までひり付く飢えである。

——南無阿弥陀仏。

近く立つ下針組の坊舎から唱和が起こる。仏敵に臨む決起の表れであったろうか。仏を口にし、殺戮を誓う。

めまいするほどのねじれが見える。

大戦さだけでなく、本願寺にあっても様々な人の本性は見え隠れする。

「渇いたな」

口に出してそうつぶやく。

水を三杯流したとて、決して癒やされる渇きではないと源五には思えた。

秋風が源五を素通りする。足を止め蒼空《そうくう》へ顔を振り上げる。

幻に浮かぶ孫四郎が、やけに薄く秋空に溶けていた。

長い夜が明け、長い朝が過ぎ去っていた。

九月十四日。

涼やかな風そよぐ晩秋の一日である。

源五は黒の具足に身を包み、櫓《やぐら》の上に立っていた。隣で、床几《しょうぎ》に腰掛ける陣羽織の孫一が遠眼鏡を覗いている。濡れ羽色の前立が風に躍って源五の肘をなでた。

滓上江堤から三町ばかり離れたところであった。

櫓といっても九尺ほどの高さに丸太を組んで歩み板を渡しただけのものであるが、

どこまでも続く稲田にあっては、それだけでも一面が見渡せた。

堤の際《きわ》一町巾は、早くも裸地に等しい刈田であった。その外はまだらに稲が広く刈り取られ、順序立てのないむらな作業は今も続いている。

まだらの中で陽を弾く黒がうごめいていた。

傭兵衆の根本的な配置は、早一刻前には全て終えられていた。櫓の床几に孫一が座り、その脇に源五が立ってからでさえ半刻あまり経《た》つ。

居場所を奪われ戸惑う雀や赤とんぼの群れが、そろそろ源五の目には煩わしかった。

「来るぞ」

短く言って孫一が遠眼鏡を脇に転がした。

源五は素の目を凝らして見る。

遥かに、堤を駆け下り刈田を横切る黒が見えた。

今の今まで稲刈りに精を出していた、そのためだけに川を渡った門徒衆がそれぞれの場所から後退する。

直後、堤の向こうから織田軍の幟旗《のぼりばた》が顔を覗かせた。

「おおっ」

源五は思わず声を漏らした。

現れた幟旗は、滓上江堤を埋め尽くすほどの数であった。

それほどの軍容を、現《うつつ》の戦いの場でかつて源五は目にしたことがなかった。

織田軍の鯨波に天が震え、数をそろえて踏む足音に地が揺れた。

「ふん。烏合《うごう》じゃ、烏合」

膝に手をかけ、孫一はつまらなそうに吐き捨てた。

緊張は微塵も感じられなかった。号令をかけることすらしない。

命のやりとりの場にあって、これは孫一の常であった。

せねばならぬことの一々《いちいち》は、雑賀での教練によって組頭らにたたき込んであることを源五は知っている。

逆に言えば、意を汲んで動くことが出来る者だけが組頭になれるのであり、孫一、平次に次ぐ銭を手にすることが出来るのである。

組頭は皆孫一の影であり、孫一そのものであると言っても過言ではなかった。

――轟《ごう》っ！

孫一軍の鉄砲構えは三段である。

単純に割って三千挺のうち千挺が火を噴いた。

単純には言えなくとも数百の敵軍が余韻のうちに地に這った。

旗指物が波打って大きな弧を描き、死を大げさに飾り立てる。

――轟っ！

中詰めの千が一斉に吼《ほ》える。

天を揺らした織田軍の鯨波が、天の下で揺れ惑った。

逃れる場所、隠れる場所などどこにもない。皆仰天していることだろう。己らだけ命を晒し、敵は黄金の波のその奥なのだ。

土手上から鉄砲を撃ちかける一団もあったが、広く散開して稲穂に隠れる傭兵衆によほどの不運なくば当たるものではなかったろう。

明らかに織田軍の前進は止まって見えた。それどころか、員数の薄いところは後退を始めたようである。

中央はただ、それでも堤を越え来る者達に押されて退《ひ》くに退けないだけなのだろう。

――轟っ！

後詰めの千が高らかに謳う。

倒れる敵軍は、滑稽ですらあった。

――轟っ！　轟っ！

早合によって支度を終えた先手と中詰めが和して、二千が同時に焼けた鉛玉を放つ。

堤下に無数の軀《むくろ》達が、刈田であれば積まれた藁《わら》束、藁人形のようであった。

稲穂を落として藁は草履に、肥やしになる。

命を落とし、軀は銭に、肥やしになるか。

見れば織田の軍勢がようやっと這うようにして堤の向こうに逃れゆく。

硝煙の煙濃い中を、傭兵衆が一斉に詰めた。

その後ろから筵旗《むしろばた》を押し立て、槍剣を手に紀の一向宗が追い従う。

「くっくっ、少なく見てもこれだけで二千貫。はっはっ、源五、一人なら一生食うに困らぬほど死んだわ」

この場にいたってようやく孫一が腰を上げた。

食う、銭。

喰らう、命。

死、銭。

死、食う。

あるべき何かが抜け落ちている。

源五の胸が重く絞まった。

愛用の鉄砲を手に櫓を降り、孫一が悠然と堤に向かう。

背の八咫烏を見つめながら、源五は孫一の後に付いた。

余韻にかぶせるようにして早くも土手の向こうから絶え間ない爆音が響く。絶え間ないということは撃ち合いに相違ない。根来、三搦みを含めた信長旗下の鉄砲隊と雑賀衆の鉄砲が川の流れを挟んで撃ち合いを始めたようである。

命と死を鉄砲の音に託して呼び合う間の川は三途《さんず》の川か。

ならば此岸《しがん》は、彼岸はさてどちら。

考えるまでもなく、滓上江のこちらに積まれた死が多すぎる。

見つめる陣羽織の八咫烏が、今にも飛び出し高らかに鳴き渡るような気が、源五にはした。

土手を駆け上がり、堤の上に孫一が立つ。

うめきおめきがいまだ残る織田軍の残骸を分け、源五もわずかに遅れて土手上に出た。

早合の成果か、雷鳴のごとき鉄砲の音はこちら側、彼岸の側が遥かに厚かった。

「どこを見ている」

孫一の指先が対岸の一角を指す。

対岸の土手に、馬格も堂々とした駿馬《しゅんめ》にまたがる一人の武将の姿があった。

磨き込まれたことを示しひときわの光彩を放つ兜《かぶと》をかぶり、緋羅紗《ひらしゃ》の陣羽織をまとっている。

その背に浮かぶ白羅紗の絞りが遠目にもわかった。

簡素であって威風を示す木瓜紋《もっこうもん》。

「あれが右大臣、信長じゃ」

孫一は言って鉄砲の巣口《すぐち》に火薬を流した。

普段使いよりも黒ずんで見える。強薬《こわぐすり》のようである。

口辺を引き締め、孫一はかるかを抜いた。

信長と孫一、その距離は源五の見立てでも八十間は優にあった。いくら強薬を使おうと鉄砲玉が鎧《よろい》をぶち抜く距離ではない。その前に当たる距離ではない。

それでも、

(狙うのか、信長を)

源五は息をつめ、内股に台尻を据える孫一を見、目当ての指す先に信長を見た。

押され気味の戦況を土手から見下ろす信長は、孫一に背を見せあらぬ方を向いていた。

「どこを見る、信長。雑賀の孫一はここじゃ」

——劫っ！

ひときわの音を発して鉄砲玉が放たれる。

噴き出す炎の舌が、並の鉄砲の倍はあった。

信長の頭部が押されるように傾《かし》ぐ。

辺りに渦巻く怒号、銃火の響きでかき消されて音こそ聞こえなかったが、どうやら鉛玉は南蛮鉄と聞くその兜を鳴らしたようであった。

孫一の腕の、なんという。

対岸の土手で、信長がゆっくりと馬首を返す。

惑うことなく、その眼《め》が一直線に己ら二人に向けられていることを源五は直感した。

孫一が鉄砲から赤い炎を噴いたのと同様、信長はその瞳から白い炎を噴き、源五らに天下を落とさんものの威を放つようであった。

しばしの対峙《たいじ》。

動かず、あるいは動けず、戦場の激闘から切り離された空間が土手上に二つ。

川を血に染め軀で埋め、徐々に雑賀衆の鉄砲が此岸を圧倒し始めた。

やがて織田の軍勢が対岸の土手向こうへと後退してゆく。

戦況は、策が功を奏した孫一軍が圧倒的に有利であった。

供の衆にくつわを取られ、押し込められるようにして信長が消える。

岸に詰め、対岸の陣形が崩れたところから護射を受けつつ雑賀衆が渡河し始めた。

「ふん」

鼻を鳴らして孫一は鉄砲を肩に担ぎ、雑賀衆が制しつつある川縁《かわべり》に向かった。

秋風が吹き流す硝煙の煙が目に染みた。

川岸に辿り着く頃にはほとんどの雑賀衆が渡河を終えていた。

戦さは対岸の堤のその向こうに本場を移したようである。浅瀬を求め、駆け渡ることなく、孫一は下針が控えて待つ川舟に飛び乗り腰を下ろした。

急ぐつもりは、ないようであった。

船縁をまたぎつつ源五は声をかけた。

「よいのか」

「よい。儂の戦さは、終わりじゃ」

漕《こ》ぎ出される小舟の揺れが孫一の答えに拍子を合わせた。

「二度翻弄し、鉛玉で目を覚まさせてやった。十分であろう。信長に儂を売り込むには」

「……なんじゃ」

源五には、孫一が何を言っているのかまるでわからなかった。

「天下布武か。ふっふっ、うまいことを言う。長く見ればな、源五。天下はやはりあ奴、信長のものであろうよ。名号と浄土にまみれた信心などしょせん草の根に等しい。根絶やされることはなくとも、それまでのものよ」

せせらぎが川縁を叩く。

水音がやけに高く聞こえた。

「本来ならあちらに付きたいところではあるがな、今信長の下では銭にならん。寄せ来るところが本願寺であったというのは好都合。儂の運。南無阿弥陀仏とだけ合わせておけば、烏合ではあっても数万の門徒が儂の下知《げじ》に従い、しかもそれが銭になる。ふっふっ、好機であり、両得じゃ。信長に儂を植え付ける。鈴木孫一を焼き付ける。いずれの日にか、儂を買うときの値を釣り上げるためにな」

孫一の声が遠くに聞こえた。

売り買い売り買い、それも売り買い。

孫一は背越しに源五を見、口の端から艶めく歯を覗かせた。

笑みに、人らしき情がうかがえなかった。

孫一の笑みは情を、人を超えて見えた。

（この男には、勝てんかもしれん）

幼い頃からの縁の果てに、やはり孫一が立つ。

源五は初めて孫一に怖《おそ》れを覚えた。畏怖であったかもしれない。

情を切れば何をも斬れるのか。

ならば孫四郎も斬れようか。

小舟の舳先《へさき》が岸辺の泥に浅く潜る。

突如、土手の向こうで鯨波が爆発した。

轟《とどろ》き上がる響きに、行く雲さえが千切れて消える。

「始まったな。本願寺側から川を越えた下間の軍勢」

下針が舟を押し上げるのも待てぬように、孫一は舳先から飛んで川岸を突っ切り素軽く土手に走り上がった。

「ふっふっ。はっはっはっ」

見下ろすなり、辺り構わず身体を揺すって高笑する。

源五は土手下から憑《つ》かれたような孫一を見上げた。

戦場にふさわしくない朗らかな笑い。

いや、戦場だからこそ似つかわしい、魔性を漂わす笑い。

両手を振り、孫一は源五に堤の向こうを指し示した。

「おどろにおどろ、見事に見事。早う来い源五。これがな」

誘われるままに駆け上がる。

駆け上がり、駆け上がったまま、源五はその場から動けなかった。

「どれかは知らぬ。三途の一つ、あるいは取り混ぜじゃ」

猛火に焼かれる火途、互いに合い食む血途、槍刀に追われる刀途。

三悪道、三悪趣。

眼下に広がる光景は、まさに三途を網羅していた。

大地に、万と万を集めた幟旗と筵旗が、混沌《こんとん》の渦となって入り乱れていた。

さやかであったはずの秋風は血臭に染まり、収穫を待つだけの田畑は人に埋もれて無惨であった。

生と死のどちらとも付かぬ絶叫咆吼《ほうこう》が音をそろえ、雷鳴のごとく鉄砲は轟き、所々に炎が立ち、右往左往する人の波があった。

燃え上がる筵旗の下、六字名号の唱和が興る。

――南無阿弥陀仏。

血煙を浴び血煙をくぐり、人が人の躯を乗り越え踏みしだき駆けめぐる。

南無阿弥陀仏を唱えながら。

この世のものとは思われなかった。

仏はこの世に、何をもたらす。

「ふっふっ。これが真の戦場。これが人の本性の一つ」

言って孫一は、鉄砲の筒先を源五の頬に押し当てた。

いまだ残るほの温かさが源五を我に返す。

動かす視線の先で、人ならぬものが笑っていた。

「儂の号令一つで、浄土を欲する者達が勝手に死を作り勝手に死に行く。その命の一つ一つが儂の懐に銭を落とす。払うのは本願寺。ふっふっ。門徒にとって真の仏などあそこには居らぬ。それも知らずに名号唱えて銭生みにゆく。ふっふっ、本願寺は伏魔殿。本願寺こそ現世の地獄。儂はそこの左右の大将。門徒衆は儂の中に何を見る。

仏か、埒《らち》もない」

孫一の笑みが深くなる。

「儂は地獄の獄卒じゃ」

言い切る強さも孫一の力か。

源五には、孫一が異様に大きく見えた。

その指が戦場に向かって先を伸ばす。

「行け」

小さくはあったがなにものにもかき消されることなく、孫一の声は源五の耳に鮮明であった。

「お主の出番はこれからじゃ。斬って斬って斬りまくれ。そうして儂に銭を生め。ここから駆け下り、地獄の底の汚泥にまみれよ。離れられるぞ、全てのしがらみから」

眼光と音律が源五をからめて離さなかった。

頭では心ではわずかながらに抵抗がないではなかったが、身は抗《あらが》うことなく反応していた。

五感に、秋はすでに微塵も感じ得なかった。

（獄卒に従い、進むのだ、儂は）

斜面を降りつつ空を見上げる。浮かぶ顔は孫四郎ではなく由衣であった。伏し目がちの、悲しき面差しの由衣である。

口辺に不思議な笑みが湧いた。余裕ではない、諦めでもない。強いて言うなら、それは決別の、寂しき淡い笑みであった。

「さらばなぁ、由衣」

差し上げる言葉に、由衣の幻が悲しみのまま消える。

二度目の言葉、そして二度目の別れ。

源五は腰の太刀を引き抜き、高く掲げて刃を晒した。

「栗林、源五ぉっ！」

掛け声とともに敵も味方も知れぬ混沌に駆け入る。

源五の修羅道の、始まりであった。


土手に立ち、孫一は乱戦深く斬り込む源五を眺めていた。

源五の舞いはすさまじかった。その一角だけ血煙の量が明らかに違っている。まさに鬼神の働きであった。

「くっくっ。獄卒の手下が鬼神では釣り合わぬか」

顎先の無精髭《ぶしょうひげ》を手のひらでこすり、孫一は満足げにそう言って笑った。

「栗林の小せがれよ。お主はな、情が強《こわ》すぎるのだよ」

草に腰を下ろし一むらをちぎり取る。秋風に放れば、残骸は流れて戦場へ向かった。

動きを止める場はどこであろう。

汗に光る門徒衆の手の甲か。

泡を飛ばす居残り武将の口の辺か。

それとも動かぬ軀、うめく怪我人《けがにん》の血溜まりか。

数万の人また人が相争う戦場にひとたび舞い込めば、雑草といえど残骸といえど安穏も安息もあるものではない。それがいやなら寄らぬことだ。入らぬことだ。

鳥やとんぼはまだ賢い。

孫一の目が届く限り、小さき命はどこにも見えぬ。

「地獄で情を削ってこい。削った情で剣を磨き抜いてこい。人ごとき要らぬ。木偶《でく》でよい。木偶となって戻ってこい」

言葉とともに、草の二陣を風に送る。

風は草を乾《いぬい》に流した。

孫一は頬杖を突いて戦場を眺める。

草運ぶ風の先に、ひときわの血煙が花となって咲いていた。

「なんじゃこれは、なんじゃこれは、なんじゃこれはっ」

地獄の底で源五はわめいた。わめきながらも太刀を振るう。

突き、薙《な》ぎ、たたき、太刀が折れてはその場で奪う。

己《おの》が愛刀、父の言うなれば形見が、いつ折れたのかは判然としなかった。そんな感慨にふける暇など皆無であった。

殺意をもって人であろうものが雲霞《うんか》のごとく押し寄せてくる。

意味の通らぬわめき散らしが、狂気をはらんで源五の耳に痛かった。

無秩序に手足を動かし身体ごと突っ込んでくる者のなんと多いことか。人の形はしているが、人の智徳はどこにもなかった。

獣であればまだわかる。人のなりをしているだけに、それらはおぞましい生き物であった。

父を考えるいとまさえない源五に出来ることは、斬り捨てて黙らせ、斬り倒して動きを止めることだけであった。

——南無阿弥陀仏。

六字名号に埋もれても、源五は息付くことは出来なかった。

南無阿弥陀仏と唱える者と、南無阿弥陀仏と唱える者が互いの命を取り合っていた。

皆、目が血走って小刻みに動いていた。

その目に何を見、その耳に何を聞く。

御同朋御同行が唱える名号さえ届かぬ者に、何を言っても無駄であろう。
実際感じる命の恐怖の前には、信心信仰など吹き飛ぶと知れた。
「なんじゃこれはなんじゃこれはなんじゃこれは」
源五はわめいて門徒衆さえ斬り伏せた。門徒もおぞましい生き物であった。
――地獄の底の汚泥にまみれよ。
戦場は地獄。
孫一の言葉がよくわかる。
戦場に人などいなかった。
皆悪鬼、皆羅刹《らせつ》。仏を口にする者さえ夜叉《やしゃ》のごとし。
戦場という地獄は人を変える。
いや、人の本性をあぶり出すか。
なら人の本性は、源五の思う人を遥かに超えていた。
信長軍が襲い来る。門徒衆も槍を突き出す。
誰も彼もが、誰でも良いのだ。
「地獄地獄、現世は地獄か」
つぶやきながらも休むことなく、源五は信長軍を門徒衆を分け隔てなく斬り捨てた。
――儂は地獄の、獄卒じゃ。

再び、先に聞いた孫一の声が頭に響く。

「なら、儂は修羅だ」

敵軍だか門徒衆だか、もはや源五には問題ではなかった。襲い来る者は皆斬るだけなのだ。

今目にする者は全て敵。全て人の皮をかぶった魔性の生き物。

銭金銭金にまみれていたが、孫一の言葉、生き方の率直さだけがなにやら唯一かえって人らしく思える。

斬って落とした太刀を摺り上げ、どこぞの誰ぞの顎先から鼻を割って蒼空に差し上げる。

高みから、孫四郎が見下ろしていた。

「兄者」

源五の呼びかけに幻の孫四郎は動かなかった。

幻である分、化け物の極《きわみ》と思っていた天の孫四郎も人らしく見える。

視線をはずし、無造作に寄り来た一人を据え物のごとく斬り倒す。

「そんな目で、見んでくれ」

吐き捨て、源五は努めて天を見なかった。

孫四郎の目がなぜか痛く、怖かった。

無我に無心に斬り回ることに専念する。
源五の剣舞は日が暮れ落ちるまで続いた。
生はもろく、死は軽い。
釣瓶《つるべ》落としの陽の中で、一孤の修羅が完成した。

第五章

本願寺と織田信長が長きに亘《わた》って繰り広げる血みどろの抗争。

その死臭も腐臭も、紀ノ川を渡って有本に届くことはない。

ふと見通す遥か道の上を、東から西へ、西から東へ、常に行き来する葬送の列がその都度悲しみを孫四郎に伝える。

(なんぞあったか)

はじめはそう思えた光景も、月をまたぎ年をまたぎ、絶える日なく続けば、馴染《なじ》んだただの光景風景である。

内なる五摑みの騒擾《そうじょう》によってか、外の国盗《くにと》りの動乱によってか、孫四郎には知るよしもない。

誰も寄らず、誰も言わず、切り離された有本にだけは安寧な時が静かに流れる。

その善《あ》し悪しは人知らず孫四郎知らず、けれど変わらず花は咲き、穀物は実り、風も色を変えず吹き渡り、紀ノ川も悠久を示して淀《よど》むことなく流れた。

天正《てんしょう》五年（一五七七年）正月晦日《みそか》、子《ね》の刻。

孫四郎は一人、屋敷を出て栗の林を乾に向かった。

正月の決まり事、寒の刻積もりである。

二刻おきに風と大地と空を見る。ただそれだけのことであったが、夜と昼を分かつことなく続けねばならぬ作業はいくつになっても思う以上に辛く厳しい。一年を占う、いや、一年を正確に計るという責がのしかかるとなればなおさらである。

農の計の半分は刻積もりにあると言っても過言ではない。刻積もりは、命積もりと同意なのだ。

正確に子の刻を知るすべは孫四郎にはなかったが、それは父とともにあった日々の中で身体に染みついていた。刻積もりとなれば自然と身体が二刻をきざむ。信ずることが、正しさであった。

風が、空に月なき闇夜に咆吼する。芯まで凍える、いまだ春開かぬ寒さ。

春本番は一日たりと感じられなかったが、晦日まで欠かすことなく続けてこられた安堵はあった。

寒の刻積もり三十日の苦闘は、さまで日を継ぐことなく間もなく終わりを告げる。

孫四郎は奥歯を嚙《か》み、拳を握って栗の林を抜けた。

草地に出ておよそ半町。紀ノ川が本流と小雑賀川に分かれる岸部。そこが代々栗林において刻積もりを行う場であった。空と大地と流れがあり、ほのかに海から潮の匂いが上がってくる。

代々といっても遥かな昔のことは知らぬ。大水で人の世から有本が消え去って以来、の場ではあった。

それまでそこに川の流れはない。本来の場は紀ノ川の向こうか流れの底か。いずれにしても今の場には、八十年を超える名主の苦悶《くもん》が染みついていた。

林を出たとたん顔に突き当たる冷たさに、眉を顰《ひそ》めて孫四郎は空を見上げた。月なき晦日の夜空は、星さえ輝くことなく墨一色である。

「雪、か」

見渡す限りの天一面は、粉雪舞い落つ曇雲に覆われているようであった。

歩を止めることなく岸辺へ向かう。

せせらぎは唸る風と木々のざわめきにかき消されて聞こえなかった。

丈高いすすきの向こうにほの明かりが浮かぶ。

先来が熾《おこ》す焚き火のものである。目指す場、名主の場はそこであった。

わざとたてる孫四郎の足音に、焚き火を絶やさぬよう懸命に風を防ぎ、枯れ枝を足し増す小さな影が振り向いた。

その距離、およそ六間。

啼《な》き渡る風に紛れた足音を聞き分けたとしたなら驚くべき聴覚と言うべきであり、気配を感じたのだとしたらまずまずの鋭さと言うべきである。

「父上」

小さな影は、半顔を揺れ惑う炎に染めて孫四郎の名を口にした。

十三歳の新六である。

母由衣から貰ったに相違ないつぶらな瞳。孫四郎にうり二つの厚い唇。栗林と船渡《ふなと》を半と半に表し、総じて有本全てを身を以て体現する子であった。定めを継ぐ六の字の子。しかし、変わることと変えることを示す新の字を持つ願いの子。

それが名主の場にたたずみ、炎を焚き上げる。

孫四郎は声なくうなずき、炎に寄った。

先に来て焚き火を作るのは、別に刻積もりの場の決め事というわけではない。新六が己で決めてすることである。

新六は、心根の優しい子であった。

寒の刻積もりに連れ立って三年目を迎える。

今年新六に、孫四郎が刻を告げることは一度としてなかった。父誠三郎に教えこまれた刻の感覚は、孫四郎から新六へ三度目にして確かに受け継がれたようである。

孫四郎は四度かかった。

新六の剣、その素養のほどはいまだ未熟の域を出ない。けれどそれは身体の未成熟に依《よ》るところが大きい。

剣農取り混ぜて全とするなら、剣少しばかり足りなくとも、新六は農の天稟《てんぴん》で孫四郎と同等、あるいはそれ以上の名主の素質を感じさせた。

（それにしても）

子とともに焚き火にあたりながら、炎明かりの広がる限りを孫四郎は見回した。

風を食らって斜めに吹き散る雪また雪が、孫四郎の胸を冷やす。

（今年は、長く強く、雨にたたられそうだ）

風に聞いても天地に見ても、この年の天候は不順と知れた。とりわけ雨の多さが刻積もりに明らかであった。

三十日の終いに来て、春がかすかにも顔を覗かせることのない雪とは、またなんの暗示か。

八重の、由衣の、新六の、そして十歳になったばかりの初音《はつね》の手まで借り出しようやっと二割増しの田畑を回せるようになったばかりである。

炎を浴びて小雑賀と紀ノ川の流れがぬらつく。風雪を受けて立つ波が、血塗られた牙のようであった。

大嵐が来れば紀ノ川は暴れる。大嵐が続けば、紀ノ川は溢《あふ》れ狂って有本を喰らう。未曽有でないこと、それだけを孫四郎は一人祈った。

農の基本は祈りである。天道を受け入れ、限りを尽くして大地に向かい、そしてひたすらに祈るのだ。

実り多からんことを、運命のいたずらが起こらんことを。

「父上、何を」

炎に粗朶木《そだぎ》をくべながら新六が言った。

孫四郎の同じ頃と比べても、物事に動じることのない子であった。

「どうやら秋は戦いになる。風と、雨と、紀ノ川と」

「……戦い、ですか」

二別れの小枝を又《また》で折り、新六は両方を炎の裾に差した。

「儂の見知らぬ紀ノ川の顔を読む刻積もり。まだまだ儂にはわかりません」

弾ける火の粉をまともに受ける。

騒ぐことなく、新六はそのいくつかを手のひらに握り込んだ。

老成した子であった。

新六の幼き背に、老母八重の小さき背が重なる。

「まだ良いわ。その歳で何もかも全てわかられては、儂の出る幕がなくなる」

うずくまって火に向かう新六の頭を、孫四郎は柔らかくなでた。

新六からは、なんの反応も返らなかった。納得していないのは明らかである。

昔から、慰めて素直にうなずく子ではなかった。一人で悩み、一人で考え、一人で噛み締め、己の内で心を回す。世に名さえなき栗林の長子に、ふさわしいといわば言える。名主を継ぐ子、孫四郎の子、一徹者の心を継ぐ子、であった。

(出る幕、か。育ちゆく力、衰えゆく力。儂の出る幕は、いつまで)

風と雪が、孫四郎を揺らし炎を揺らす。

(源五、叔父の息災、いつ見せる。儂の子は儂らのあの頃をなぞって育っとる)

育つ子の重ねる齢《よわい》が、ほぼそのまま源五の不在の年月である。

新六は紀ノ川の別の顔を知らぬと同時に叔父源五の顔も知らぬ。

寒さがなぜか、ひとしおであった。

「さて、また二刻の後だ。休むとするか」

新六の頭上から声を落とす。

子は、動き出そうとはしなかった。それどころか、かえって粗朶木を足しくべる。

「どうした」

孫四郎の呼びかけに新六は振り返って父を見上げた。

焚き火にほだされ、頬は赤く艶やかであった。

「明け方は冷えましょう。儂はここで火の番を」

「それではお前が辛いぞ」

「なぁに」

一人前の顔をして新六が笑う。

背伸びしたわけでもなく無理をしたわけでもない、事実、一人前の男の顔であった。

（いつの間に）

父の心がわずかに痛む。

子が引き千切る、子を思う親の心の一欠片。

「これしきのことで音《ね》など上げませぬ。それに」

そこで区切って新六は孫四郎に背を向けた。顔は炎に向かず、雪闇に上がる。

「栗林と、少し語らってみたいと思います」

新六の小声を風がさらう。

三度目の刻積もり、その手応えのなさを憂うか。

大地に生きる男の覚悟。

農に携わる男の決意。

そういえばと孫四郎は思う。己自身の十三歳の頃も、手探りでもがく頃であった。

身に心にしっかりとした肉の付き始める頃。

幼さの殻を破り捨て、一人立ちたいと願う頃である。

「そうか」

苦笑を言葉の中に練り込み、孫四郎も背を返した。

「無理は、するな」

「はい」

見ず声だけ聞けば、まだ十二分に幼さが響く。

(幕にはいまだ、時がある。名主の責は、しばし儂から離れぬな)

足に冷たく絡む雪を踏み、孫四郎は林に向かった。

温《ぬく》みは感じ得なかったが、寒さもまた身にとりつくことはなかった。

(源五、儂が名主のうちに戻れ。そのうちなら、きっと栗林はお主を許す)

漆黒におぼろな源五が浮かぶ。

顔つきは判然としない。十年を超える歳月が、源五の今を映さなかった。

風の唸りが、孫四郎の背からやってきて追い越す。

「積む雪にはならんじゃろ」

風に新六のつぶやきが乗っていた。

「良い読みだ」

独り言にそう言って孫四郎は林に入った。

樹々が守って風雪を散らす。

栗の木の根元で、三階草《さんがいぐさ》の花が一輪震えていた。

孫四郎は花と嵐の境を越えた。

遠く荒れ狂う唸りは聞こえても、林の中は穏やかであった。

和歌浦《わかのうら》の入江から潮風が浜に吹き上がり妙見山の裾に絡む。

その丘陵に豪奢《ごうしゃ》な城館があった。雑賀衆の本丸、雑賀城である。

天正五年二月。

梅の香濃く、桜の蕾《つぼみ》がふくらみ始める春の盛りであった。

(今年も、命が吹き上がる)

奥へと続く広間と外廊を仕切る柱に背を預け、源五は立て膝で寄りかかっていた。

焦点定めず、眼下に広がる春を眺める。

雑賀城下を行き交う人の波が立てる喧噪《けんそう》が騒がしく春と春と告げ、どこまでも果てなしに続く和歌浦に陽光きらめき、それも春を目に焼き付ける。

うららかに身を預けてしかし、肉そげ落ちた源五の頬辺に浮かぶものは温みのうかがえぬかすかな冷笑ばかりであった。

本願寺と信長の泥沼の抗争に首まで浸《つ》かって間もなく七年が過ぎようとしていた。

信長にとって本願寺は、最大の敵ということはできても唯一の敵ということではなかった。京を制したとはいえ甲斐《かい》の武田、越前の朝倉、近江の浅井、六角、阿波には三好などの勢力が依然として反信長の息荒く、延暦寺《えんりやくじ》、園城寺《おんじようじ》などの大寺大院もなびいていない。信長の四面は敵ばかりであった。

西を攻めては東を守り、東を攻めては西を守るに忙しい信長の目が、長く本願寺に据えられることの方が稀《まれ》といって良かった。それでも気まぐれのように攻め来るときは疾風怒濤《しつぷうどとう》の激しいものであったが、海内一の城と言ってよい本願寺は鈴木孫一という堤防を以て、信長という津波に飲み込まれることはなかった。

津波のあとは凪《なぎ》が来る。

必然として、戦さは年月ばかりを過ごす長期戦となった。

信長との初戦、滓上江堤の後、源五は孫一の背から離れることが多くなった。

信長が攻めてこなければ、本願寺そのものは名号に埋もれて平和なのである。いてもすることはなく、いること自体苦痛であった。

孫一も、本願寺と雑賀を忙しく行き来するが、その背の守りはもはや不要と言い切った。

代わって源五に与えられた新たな役目は、本願寺の檄に応えて近江、山城、丹波などで勃発する一向一揆の加勢であった。

南無阿弥陀仏の騒がしき声を辿り、進者往生極楽、退者無間地獄の不条理な筵旗を目指し、源五をはじめとする雑賀衆は各地を転戦した。

源五以外は皆、一向門徒といってよかった。

本願寺に、あるいは雑賀へ戻っても、休む間もなく次の地、次の戦場が示された。

――くっくっ、稼ぎ時じゃ。気張って来いよ。

源五の耳元でさも面白げにそうつぶやく孫一の口が、振り返っては傷つきへたばる門徒衆に南無阿弥陀仏と名号を紡いだ。

――御同朋、御同行の受難でござる。

手足や頭に巻いた晒しに血をにじませ、槍を刀を杖と頼って門徒衆はそれでも口々に名号を唱えて孫一の指さす方に重い身体を動かした。

源五も唯々諾々《いいだくだく》として孫一の言に従った。

源五にとっては進者無間地獄、退者無間地獄、そして留者無間地獄であった。すなわち、何をしてもどこへいっても、人の世の地獄は変わらないのである。

どこへ行っても地獄ならば、修羅のあるべき場所は戦場が妥当であった。白刃を振るって人を見るとき、刃を振り下ろすその一瞬に確かに人の真実が見えた。

皆、一様に生を渇望するのである。

亡者ではなく、その一瞬だけ刃の下に人がいた。純粋に生きることを目指す魂。地獄に鮮やかな花が見えた。美しいものであった。

とはいえ、摘まねば花は即、亡者に変化した。

花は、摘んでこその花であった。

(噴き上がる命、しぼみゆく命、相半ば、変わらぬ。春を喜んだ分、冬に悲しむ。変わらぬ)

源五の目は玻璃玉《はりだま》のごとく、ただ景色を映し、動くことがなかった。

「さて、言いたいことは出そろったな」

重々しい孫一の声が背に響き、源五は己が今雑賀城にいることを思い出した。怠《だる》げに首だけ奥に返す。

孫一をはじめとする主だった雑賀衆の姿が大広間を埋め尽くしていた。生の息吹《いぶき》、海から山から溢れて漂う季節に似つかわしくない緊張が広間に充満している。軍議の最中であった。

一枚の絵図と孫一を芯に、三十からの深沈な顔また顔が取り囲んでいる。

土橋平次の顔もあった。溜め込んだ肉にかつての張りはなく、たるんで深いきざみを幾重にもつけていた。

五十路《いそじ》を超え、主権を孫一に譲ったにもかかわらず、好々爺然《こうこうやぜん》とした風情はまるでなかった。加齢は加欲だけいや増すものか、狐目《きつねめ》に俗な光ばかりは旺盛に見えた。

「おう。ぐだぐだ言っても始まらんし終わらん。どうする」

平次が一同を見回しながら吐き捨てるように言った。喉奥に絡むような声である。年月は、確実に平次の声にも皺をきざんでいた。

「根来の話、確かなんじゃろ」

居並ぶ者のうち、日に焼けた四十がらみの男が平次の言を受けた。男の名は粟村三郎大夫《あわむらさぶろうだゆう》という。土橋平次と同じく、雑賀荘の地侍であった。

「決まっとろう。泉識坊《せんしきぼう》からの話じゃ。儂とて念は押したわ、くどいほどにな。根来は三日前、確かに信長へ雑賀攻めの加勢を決め、次の日にはその旨の使者が京へ向かった」

「……なら、決まりじゃ」

三郎大夫は憮然《ぶぜん》として腕を組んだ。

「どれほどの大軍であろうと、受けるしかあるまい」

反ずる声は誰からも上がらなかった。ただ極度の緊迫感だけが、広間に凝り固まってゆく。

（くだらん）

源五は冷えた息を吐いて視線を再び外に向けた。

（いつもより少しばかり人死にが増えるだけではないか）

いつまでたっても落ちぬ本願寺に業を煮やし、その本隊ともいうべき雑賀を討つため、信長が十万という未曽有の兵を紀州に動かすという。

ただそれだけ。

源五にしてみれば、ただそれだけのことである。

「よい機会。いや、絶好の機会と思えばよい。ここをしのげば、我らの値打ちも一気に跳ねる」

孫一の抑揚のない声が、その抑揚のなさを以て絶対の自信をうかがわせ、広間の重苦しさに風穴を開ける。

源五は孫一の声で場の雰囲気が一変するのを背に感じた。

孫一の口調、孫一の声音は頭目たるに、主たるにふさわしいものであった。

「雑賀の存亡がかかっとる。万に一つもないじゃろな、孫一」

平次のしわがれ声が、それでも孫一に食い下がった。

一人小心が丸見えであった。居丈高を装ってみても、声は明らかに孫一にすがりついていた。

「……儂が、信じられぬか」

「いいや、そういうわけではないがな」

聞くともなく耳に飛び込む二人の声を聞き、源五は鼻でせせら笑った。

声の質が孫一と平次とではまるで違った。

「なんといっても十万じゃ。それほどの兵に三千挺とはいえ」

「土橋の」

三郎大夫が平次を制して入った。

「ぐだぐだ言っとるのはお主自身ではないか。少し黙っとれ」

「な、なにを」

平次が怒気をはらむが、そこから先の言葉はなかった。

辺りに居並ぶ者達から漏れるため息と失笑に押されたもののようである。

「孫一、どうする」

三郎大夫が話の軌道を元に戻す。

「そう気負うことはない。何万来ようと負けねばよいのだ。策の大本《たいほん》は本願寺と同じよ。なにせ信長殿は、お忙しい御方だからな」

大広間に孫一の声だけが朗々と響く。

「数を集めて下るには日がかかる。早くても今月二十日《はつか》前ということはあるまい。遊んで遊んでじらしてやれば三月に入る。三月に入れば、越後《えちご》の雪も溶け消えよう。またぞろ首をもたげた虎の、遅い春を告げる咆吼は遥か雑賀にも響くに違いない。海路の日和《ひより》も落ち着く頃よ。海にも毛利村上《むらかみ》の舟が湧く」

──おお。

誰からともなく声が上がる。孫一に対する絶対の信頼が含まれて聞こえた。

「和泉《いずみ》を越えてからの田舎道《いなか》。それだけの数となれば一固まりでは無理がある。おそらく二手三手に分かれて力押しということであろうが、ふっふっ、そうはいかん。紀の流れ、小雑賀の流れは敵を阻んで我らを守る。容易に渡れるものではない」

海鳥が群れ戯れて丘に入り、源五の前で浮上してゆく。

いつの間にか、雑賀城の屋根上に雀《すずめ》の鳴き声がさかしかった。

密議を続ける屋根の上で、鳥たちの集まりはなんの密議、なんの軍議。

「やれやれ」

源五の脇に平次が寄り来て座り込む。

老い坂に入っているにもかかわらず、人脂の臭いが強かった。

饐えたその臭いは、戦場で必死な者達の身体から漂うものと似てはいた。

生き死にの境で人の真《まこと》を表す男達から放たれるものとして源五は慣れ親しんでいる。ある意味、生き死にの境は同じであっても、平次の中に真実は見えぬ。同じような臭いでも、平次の脂は鼻についた。

わずかに眉根を寄せて平次を見る。

「孫一に任せとけば、問題なかろう」

顎先をたるんだ肉の中に埋没させながら大きくうなずき、平次はそう言った。

軍議の席に居場所なく、外縁、源五のそばに逃れてきたことを、その一言で塗りつぶすつもりのようであった。

(変わらんな、この狐目は)

源五は興味なく目を海原に投げた。

寄せる波、返す波、その続き続く無限のむなしさを眺めた。

「久しぶりの里じゃ。八重んとこ帰ったか」

平次の手が源五の肩を叩く。

変わらぬのであれば、答えねばならない。そうしなければいつまでもまつわりつくのが平次である。

「いや」

言葉少なに源五は答えた。

聞きたい話でも言いたい話でもなかった。

修羅に里などあるはずもない。戦場に憩い、戦場で眠る。修羅の居場所はそこだけなのだ。

戦場で修羅と決めたときから、幻の孫四郎は太刀を構えなくなった。ただ冷ややかに見下ろすだけであった。

その眼が嫌で顔を背け、背け続けて現に血の花を咲かせて生きた。

ある日見上げた朱空の中に、孫四郎はもういなかった。

修羅と人は、住む次元が違うのだ。

大地に生きて命を育む孫四郎と、大地に立って命を根切る源五では、擦り合う道は皆無と知れた。

「つれない奴じゃの。孫四郎がずいぶんと気にかけとるぞ。新六といったか。甥っ子に顔の一つも見せとかんと、いずれ栗林に己の場なくなるぞ」

源五の奥歯が音を立てた。

(したり顔で、何を説く)

思わず足下に転がる、どこの誰が打ち、どこの誰が求めたか知らぬ太刀の柄《つか》を握りしめた。

新六だけでなく初音という子が孫四郎にあることも知っている。持ってきたのが発中であったか鶴首であったかは忘れたが、噂は風にさえ乗ればどこからでも入る。

兄の子、そして由衣の子。由衣が腹を痛めた子。

源五の想いは複雑であった。

血のつながりの裔《すえ》と思えば愛《いと》しさも湧くが、慕情のつながりの果てと思えばねじれを生む。

由衣の幸せを願って去ったが、幸せであると知るにつけ、胸中の泥沼に泡が立つ。

人の世という地獄に、なんの幸せがあるのだ。

皆、取り繕っている。

本性を潜ませ甘んじている。

由衣の中にも、まだ見ぬ子らの中にもきっと黒い淵《ふち》がある。

教えてやりたい。開かせてやりたい。

刃の下に抱き止めれば、見たこともない天上の華が咲くだろう。

衝動は甘美なものであり、思えば修羅の行き着く果ての願いは、まさにその一点であるかもしれない。

根から離れて修羅となり、しかし、修羅の願いを達するためには根に戻らねばならぬという矛盾。

背反する思いはせめぎ合い、時にこめかみをうずかせる。

栗林は近くて遥かに遠いのだ。

その煩悶《はんもん》を知らず、平次は勝手に訳知り顔で望郷を吹き込む。

(斬るか)

たかが命一つ。

しかもそれが、永きにわたって栗林と有本に危難をつぎ込む平次であれば、花咲かずとも斬る価値はある。
　刀の小尻で床板を打つ。
「んっ、ま、まぁ、焦ることもなかろうがな」
　源五の剣呑《けんのん》な気配を悟ってか、平次は尻で床を摺りながら早口に言った。
　おためごかしはどうでもよく、また聞き飽きた。
　源五の動きは止まらない。
　目を平次に据え、幽鬼のごとく立ち上がる。
　そのとき、乾いた音が広間に響いた。
　源五の拍子をはずすに足る、冴《さ》えた音色が余韻を残した。
　太刀を手に出所を探る。
　絵図を覗き込む孫一の手に鉄扇《てっせん》が見られた。それで床を一打ちしたもののようである。
　源五は、孫一に目を据えて動かなかった。
　傀儡《かいらい》のごとく仕えていても、意地と意志をなくしたつもりは毛頭ない。
　修羅にも五分の、いや三分の魂は存在する。
「小雑賀の策、乗るも反るも、まずは一度干《ひ》上げねばならん」
　源五の視線をまるで無視し、逆手に持った鉄扇の要《かなめ》を首根に据え、孫一は絵図から顔すら上げない。

「十万の軍よりこちらの方が厄介か」

孫一は鉄扇で首根を叩いた。

「ずいぶんな川普請《かわぶしん》になりますな」

下針が孫一の言を受ける。

孫一が顔を上げ、鉄扇の要を下針に向けた。

「そんなことは造作《ぞうさ》もない。人手など腐るほどある。問題なのはな」

鉄扇が静かに垂れてゆく。

一同の顔が絵図に落ちる。

孫一だけが、あらぬ方を向いていた。

源五と、孫一の視線が絡む。

その口辺に、時折源五にだけ見せる、泥沼で凍る蓮華《れんげ》の笑みが浮いていた。

現身《うつしみ》の真実、と源五が寄りすがったもの。

三分の魂が摑《つか》まれる。

「紀と小雑賀の流れ。その分かれ目に住まう一人の男だ」

源五に顔を向けたまま、鉄扇の要が三度浮沈し絵図を叩く。

修羅となっても、修羅に落ちても息が詰まる。

孫一の鉄扇が打つ場所は、遠くて近い、有本であった。

二月の風がぬるく有本を吹き抜けるその日、孫四郎は丈三尺の麦に埋もれ一本一本の穂先に目を凝らしていた。

整然と二列に並んだ穂先に小花がつぼむ。

育ちのよいものは三、四日のうちには花を開くだろう。

孫四郎は、その割合を丹念に調べていたのである。

土の匂いも味も、麦を育てる滋養のまだまだ十分であることを示してまろやかであった。

(三割がとこか)

孫四郎はまず開く麦をそう読んだ。

早い麦は実の充実に一抹の不安が残るが、遅く開くものはしっかりとした実をつける分、成熟までの天候を長く気にしなければならない。早晩の差は、孫四郎の経験上二十日ほどもあった。

早と晩の間に風雨ひどければ、晩生の麦は全滅する。

早成先取り三割なら、まずまずの割高というところであった。

孫四郎は光にまみれる蒼天に視線を上げた。

できるだけ多くの収穫を祈る。例年以上に祈り上げる。刻積もりに拠れば、秋の収穫は戦いなのである。

麦秋の豊作。

それが孫四郎にとって、今年を生きるために唯一にして最大、喉から手が出るほどの現実的な望みであった。

風が笑って麦の穂を揺らす。

真白き雲が日輪の放射を和らげる。

願いは届く。届くと信じる。

天道に生きる農は、それが全てであった。

「新六、そっちはどうだ」

先に逸《はや》る心を断ち切り、今を思って麦の畑に埋もれたまま声をかける。

畑半分の割合は、新六に任せていた孫四郎であった。

右手三間離れたところで、新六の顔が麦の丈の上に出た。

「三割でしょうか。土も旨い」

子が歯切れよく答える。無駄に大きい声に、自信のほどがうかがえた。

（土も旨いか）

そこまでのことを指示した覚えはなかった。

孫四郎は麦に隠れて小さく笑んだ。

新六は、黙ってよく孫四郎を見ている子であった。

孫四郎の一挙手一投足の意味を己で考え、己で実践したものだろう。

(面白いものだ)

新六の仕草も口調も、己の幼い頃を生き写しに見るようである。

父誠三郎も、孫四郎のことをそう見たのであろうか。

(いや、そんなことはあるまい。出来が違う)

新六と同じ歳の頃、少なくとも孫四郎に土の味わいはわからなかった。というより、口に含んだことさえない。

新六は、それを口中にたしなみ、しかも旨いと言い切った。

どれほど焦《じ》れても早めることのできぬ、年々の経験を要する刻積もりに対し、新六はあけすけにわからぬと口にした。

こと農に関して偽りを吐く子ではない。

旨いというなら、確かにわかるのだろう。土の滋味が。

新六は、農耕に対する探求心と意欲に溢れた子であった。しかも恐ろしく鋭敏な感覚を備えている。

(すでに、愛され始めているのかもしれない。我が息は、栗林に)

刻積もりにしても、新六ならば十年と経たぬうちに読み切るようになるだろう。

さほど遠くない日、大地に向かうあらゆる意味で孫四郎は確実に新六に抜かれる。栗林はそのとき、孫四郎から新六へ、好むと好まざるとにかかわらず、有無を言う間もなく引き継がれるのだ。

寂しさと感慨が、心に芽吹いて二葉を開く。

かつて己は、はからずも剣によって父を、弟を栗林の地から追った。因果がそれを律とするなら、回り来る子新六とのその日、農の未熟によって今度は自身が栗林を追われることになるかもしれない。

二葉が心をわずかに引き裂く。うずきにも似た小さな痛み。

手の温みを胸に添えれば、わからぬほどの、いまだ若い痛み。

(考えまい。今年の未曽有を乗り越えずして、口にするその先はただの戯れ言)

逆に思えば、厳しき戦いの覚悟を決めるにあたり、新六のような子を持ったことは頼もしくあり心強い。

天道必ずしもいたずらに災いだけをもたらさぬことは、新六を授かったことによって明らかである。

まずは乗り越えるのだ。

天の配剤、新六とともに。

孫四郎は深く熱い息を吐きながら麦穂の上の新六を見上げた。

新六の顔は、もの言うことなくあらぬ方に向けられていた。

「新六、どうした」

「母者と婆様《ばばさま》が」

孫四郎の問いにまずそこまで答え、新六が急ぎ振り返る。

「見知らぬ男を連れておいでじゃ」

声は地声よりわずかに潜められていた。新六が生まれてこの方、栗林を訪れる者といえば、船渡の義右衛門《ぎえもん》、正兵衛《しょうべえ》以外、年に一度ほど厄介ごとを携えてくる土橋平次しかいない。新六は、あまり人慣れせぬ子供であった。

孫四郎は麦畑の直中《ただなか》に立ち上がり、栗の林へまなざしを向けた。

母八重、妻由衣、そして男の順で、畦の向こうを歩み来る。

「――鶴首、か」

男の顔は、幼き日々より鈴木孫一の背景として見知った鶴首に相違なかった。

暇《ひま》のつれづれに訪れるような間柄などではとうていないのだ。孫一の使いに決まっている。

内容を聞いているかいないか知らず、母の、妻の足取りに乱れがないのはいつものことだが、鶴首によって厄介ごとが栗林に持ち込まれようとしていることは明白であった。

未曽有の前になんの未曽有。

寄る鶴首の不遜な態度が、すでに孫四郎の癇《かん》に障っていた。

要らぬ話は麦にも毒。

孫四郎は、新六にそのままと言い置いて己の方から寄っていった。

「孫四郎、雑賀よりの御使者が参られました」

畦の端に立ち、八重が穏やかにそう告げる。

「名主殿はご多忙と思うたでな、まず婆様にお話ししたが」

言いながら、八重と由衣を分けるようにして鶴首が前に出る。

名主殿、という言葉がいやに耳に付いた。軽んじているのは明らかである。礼を取るつもりなら、名主にまず話すのが道なのだ。

孫四郎は聞き捨てにし、目で母にそれを問うた。

孫四郎の視線を受け、八重は一度由衣と顔を見合わせ、二人そろえて静かに顎を引いた。

「名主あるがゆえ、名主が決めること、と申しました」

五十路を超えて白髪が目立つようにはなったが、顔貌に寄る皺の少ない母であった。

それでも容色の衰えは隠れもなかったが、ふとしたときに見せる色つやは驚くほどに若やいだものであった。

独り身を守ってすでに二十年になろうが、母はまだ十二分に女であるようだった。

吹く風に漂う母の臭いに、孫四郎は大地の精の土臭ささえ感じた。

父消えて後、いやその前からも。

――私は、風に嫁いだ女だから。

かつて聞いた言葉は比喩などでなく、本質そのものなのかもしれない。

風去りし後、大地に抱かれ母は生きたか。

ならば八重は大地の嫁であるかもしれない。

栗林の嫁が、名主と孫四郎を呼ぶ。

まだ孫四郎は、栗林に愛されているようであった。

「で、名主殿にな」

鶴首の言葉に、孫四郎の視線がいつまでたっても戻らぬことに対するいらだちが見えた。

いたずらに費やす時は孫四郎も好まない。

無言で畦に座り込み、鶴首に対座を促す。

白湯一杯出すわけでない草上の話なら、よけいな話はないはずであった。

「お頭よりのたっての願い、携えてまかり越した次第」

腰を下ろしながら鶴首が話し始める。

孫四郎は無言で受けた。

それしかないことは、百も承知の上である。

「今月中にも織田の軍がここ紀州に攻め込む。その数、未曽有の十万」

鶴首はそこで一度、話を切って身を乗り出した。わずかに下から孫四郎の反応をうかがうようである。

孫四郎は、微動だにしなかった。

紀州、と同じくくりであるかのように言われても、栗林が切り離されていることは骨身に染みている。十万、と一口に固まりのような数を言われても、船渡を数えてさえわずか七人しか居らぬ有本とそんな巌《いわお》の相関がわからない。

かえって話の底が知れた。

やはり、持ち込まれなければ栗林にも有本にも関係のない話のようである。

血生臭き話は栗林に必要ない。世の騒擾を有本の大地は必要としないのだ。

相槌《あいづち》一つ打たぬ孫四郎に、鶴首は事の重大さをいちいち説うた。

孫四郎はただ聞き、そして流した。

鶴首の熱弁も孫四郎にとっては、麦畑に吹く風の唸りと大して変わらぬものであった。

　いや、とにもその場で聞かねばならぬ分、風の語りより始末に負えぬ。

　終わらぬ話を、もてあます。

　未曽有未曽有と繰り返すが、孫四郎にとっての未曽有は、秋口に来るだろう天候の大乱れだけである。

　視線をわずかに動かせば、麦畑の中に新六の頭が見え隠れした。麦の成熟と土を見続けているようである。

　子一人に任せ、駄話にいつまでもつきあってよいはずはなかった。

　右手を挙げて鶴首を制す。

　一瞬息を詰め、鶴首の言葉が途絶えた。

「用のみ、聞こう」

　孫四郎が短く言った。

　鶴首の目に朱が散り、唇がゆがむ。

　侮辱ととろうが、孫四郎にはどうでもよかった。

　今孫四郎にとって一番大事なことは、麦畑の中にあった。

「ならば、な」

　震える吐息に怒気を散らし、けれど鶴首は座を立たなかった。使者の役目は、心得ているようである。

「小雑賀の流れをいったん干し、川底に桶《おけ》やらを埋めて再び浅く流す。知らずに浅瀬と思い川を渡らん馬を止め、兵を止め、そこに鉄砲を撃ちかける」

「待て、なんの話をしている。用のみと」

「知らぬ！　これも含めて用じゃ！　お頭に必ず話せと言われとる」

孫四郎の話を中途で切り、鶴首は初めて言を荒らげた。

天啓が孫四郎の背骨を冷たく打った。

用件そのものは策を聞けば易《やす》く知れる。

栗の林の向こう、紀ノ川が小雑賀川に分かれるところを堰《せ》き止めたいということだ。

栗林の一部を貸せということだ。

そんな用件などどうでもよい。

孫四郎の背骨を打ち天が教えるのは、その裏に見え隠れするものであった。

鶴首は理解していないようであるが、秘すべき策まで披露させるということで、孫一は言わずもがなに不退転を孫四郎に告げていると知れた。

一蓮托生、否を吐くこと許すまじ。

配下の衆にどう言っているのかは定かではないが、鶴首の様子を見ればある程度はうかがえる。

気位の高い孫一のことだ。片頬をゆがませ奥深い懐からつまみ出した遊びの一つ程度に気軽く策を披露したものに違いない。にもかかわらず、鶴首の話からは孫一必死、乾坤一擲《けんこんいってき》の臭いがする。手下を不安がらせることなく、孫四郎なら感得すると踏んで運ばせた話であろう。

鶴首の話は、そんな孫一の覚悟を語っていた。

恫喝《どうかつ》するわけでなく、懐柔するわけでなく、それでかえって諾する以外道がない。

孫四郎の返答一つに、有本の存亡がかかっていると言っても過言ではなかった。

(平次といい孫一といい、有本は、栗林はいったいお前らに何をした。世の騒擾にどうあっても巻き込むか、雑賀者っ)

白むほどに拳を握り、孫四郎は口を固く引き結んだ。

動かぬ孫四郎に、鶴首が嵩《かさ》にかかって言い放つ。

「そこでな、紀ノ川と小雑賀川の分かれ口を堰き止める。あの栗林の向こう側じゃな」

聞くまでもなく、そんなことはわかっている。

聞こうが聞くまいが、言わねばならぬ答えも、わかっている。

「銭なら、たんまり積むとお頭は申された」

胸そびやかして鶴首は得意気にその額を告げた。

有本に鉄砲が持ち込まれたとき、平次が毎年投げ捨てていった額の優に十倍は超えていた。

とは、向こう十年食うに困らぬ額である。それだけあれば秋の戦いなどないに等しい。

それを聞き、孫四郎は揺れた。うなずくしかないからこそ、揺れたふりを己自身にしたのかもしれない。

意に反して意に即して、口はゆっくり開いていった。

ただ諾一言を言うために。

そのとき。

「それだけあれば、どこに行っても食えるじゃろ」

先に言葉を口にしたのは鶴首の方であった。

孫四郎の口が動きを止める。いや、動く。

紡ぐ言葉は、別のものであった。

「今、なんと言った」

感情のあまり伴わぬ声に図に乗ったか、鶴首が居丈高な声をかぶせた。

「邪魔なんじゃ、おのれらは」

栗林の民は、なんと誹《そし》られてもどんなに貧しくとも栗林の地で死にものぐるいで生きてきた。孫四郎の中にも、その血脈は力強く打ち流れている。それを鶴首は銭で縛って邪魔と切って捨てた。有本の大地から離れろとは、死をも超える大事であった。

孫四郎の中の、名主が息を吹き返す。

「それは、孫一が言ったのか」

半眼に落とした目で鶴首を見据える。丹田に濃密な気と決意が降りていた。

剣聖上泉伊勢守に匹敵する本来の孫四郎の眼光に、孫一の付き人ごときが太刀打ちできるわけはない。

己の犯した愚を悟るわけでもなく、鶴首はただ孫四郎の豹変《ひょうへん》にうろたえた。

「い、いや、お頭は」

それだけ聞けば孫四郎には十分であった。

策士孫一がそんなことまで吹き込むわけはないのだ。結果そうなることを望んでも、断言して調略なる国人などあるはずもない。

孫一の思惑とは裏腹に、孫四郎の中にも不退転が宿る。

あれも未曽有これも未曽有なら、精一杯に戦って後、受け入れる。それが天道に従う有本の大地の則《そく》である。

（さて）

孫四郎は一息吐き、麦の波と、その外に広がる有本の平地、滔々《とうとう》としてゆく紀ノ川の流れを見回した。

何と戦い、何を受け入れ、結果有本に何をもたらさん。

視線の先に母がいた。

大地の妻は、何があろうときっと変わらぬ穏やかさを以て名主に全てをゆだねているようである。

かすかにうなずき、孫四郎の腹は決まった。

射抜くほどの眼光を鶴首にひた当てる。

「孫一に伝えよ。銭など無用。有本、好きに使えと」

孫四郎の真意を測るか、鶴首の瞳が忙しく動く。

孫四郎は腹腔《ふっこう》の気を言葉に代えた。国人の意は有本の総意なのである。

「代わりに、有本に紀ノ川に押されぬ堤を所望」

「なっ！」

話の内容は、鶴首にとって驚愕《きょうがく》に値するものであったろう。

小雑賀の川普請でさえたいそうなものになる。不眠不休は当たり前としても、百や二百の人夫でなんとかなるようなものではない。織田の軍勢が寄せるまでに時がないのだ。そこへ有本の紀ノ川沿い数町に及ぶ堤まで築かねばならぬとなれば、駆り出される人夫だけでも優に千を超えるものになる。

鶴首は、文字通り飛び上がって驚いた。

「なっ、なんじゃそれはっ！　そんな話持って帰れると思うてかっ！」

立ち上がり、身を震わせて絶叫する。

「銭など無用。堤を所望」

意に介さず、繰り返しそう言って孫四郎も立つ。

風が揺らめき、麦の穂が揺れた。

「まかり間違えば織田の十万が有本を蹂躙《じゅうりん》しよう。それもふまえ、それも覚悟で好きに使えと言っておる。儂の意は有本の意。儂の覚悟は有本の大地の覚悟。銭金ではない。この地を使いたくば、この大地に礼を尽くせ。いやならば」

孫四郎はわずかに腰を沈めて右足を差した。

全身にみなぎる剣気を、押しとどめる気は毛頭なかった。

「ひっ」

顔面蒼白《そうはく》で、汗を噴き出させて鶴首が尻から落ちた。

達した者の剣気は、それだけで容易に心を斬る。

「万をそろえて来るが良い。命続く限り、お相手しよう」

孫四郎は片膝を落として鶴首と高さを合わせた。

「そう、雑賀のお頭に伝えるが良い」

両断された鶴首に否応《いやおう》言う力はないようであった。ただ首を縦に振りながら首をつぶして後ずさり、起きあがり、泳ぐように去ってゆく。

最後まで送らず、孫四郎は八重と由衣の前に立った。

「よろしいか」

母と妻を交互に見る。

「名主の決めたことです」

艶冶《えんや》に、あまりにも艶冶に八重が笑う。

「ええ、よろしいのですよ」

母と妻に差違はなかった。

二人で一人。いつの間にか、二人で一人。

生き死にになる決めごとである。なぜ泰然と受け止め、なぜ艶冶に笑い染める。

孫四郎いまだ至らぬ境地か、はたまた孫四郎、知るすべのない狂気か。

真っ直ぐに見る四つの瞳に、人の情愛が感じられなかった。

たまらず背を向け、畦に戻る。

麦の中から新六が見ていた。

もとよりよく見る子であった。見るとは、盗まんとする行為である。盗まんとする行為は、やがて追いぬかん意志である。

見るその眼が、今はなぜか辛かった。

名主、剣士、農夫、父。

孫四郎を取り囲む目は全て、押しつけ追い抜かんとするものばかりであった。

息苦しさ、いや生き苦しさを空に吐く。

父誠三郎も同じ思いであったろうか。

父が去った歳と、そう言えば己は同じような歳になった。

雲が重なり合って薄く青い空を急ぐ。

(皆で、あの雲に乗って見下ろしてみたい)

想いを遥か雲に飛ばす。

(人の営み、そのたかが知れるか)

空と大地の無限に、孫四郎の心が伸びやかに溶け出す。

口辺には達観にも似た、緩やかな笑みの欠片が見えた。


孫一に呼ばれ、源五は城下にあてがわれた長屋から城内の一室に向かった。

日一日と春深まりゆく晩春である。雲なく風なく陽が降り注げば、うららかなど通り越し、薄物一枚でも汗ばむほどの陽気であった。

汗は身から心から、澱《おり》を連れて流れ出る。長い寒さの凝《こ》りや疲れを、春に、夏に、人は汗で浄化するのだろう。

鳥の囀《さえず》りが楽しげに聞こえる。

潮騒が軽く聞こえる。

といって、源五がそれで沸き立つことはなかった。

温みで源五は汗をかかない。身はどうしようもないほどに鍛えられている。

源五が汗をかくのは、戦場のみである。踊り続ける死の舞い、破滅の舞いに、身が脂の汗をかき、心が血の汗を流すのだ。

源五にとって、汗は浄化などではあり得なかった。

醸す雰囲気で春を斬り、源五は城内に入った。

あらゆる者達が皆忙しげに立ち働いていた。ただし、言葉を発する者は皆無である。

織田軍襲来の報は時が経つに従って、次第に皆の心に影を濃くしているようであった。

何かあれば弾け飛びそうな張りつめた琴線のごとき静けさの中に、衣擦《きぬず》れやら足音やらひそとした物音ばかりが際立っていた。

城下を見下ろしながら外廊下を渡り行く。

一昨日《おととい》執り行われた軍議の広間に、そのときと同じような姿勢で絵図を取り囲む何人かの組頭の姿があった。孫一に呼ばれた一室は広間のさらに先である。

何気なく行き過ぎようとして、源五は組頭の一人と目が合った。鶴首であった。

偶然目が合ったものでは、どうやらないらしい。

屈辱、憎悪、取り混ぜ、取り混ぜ。

鶴首の殺意にも似たものである。

理由は知らぬが、源五の修羅が即座に反応した。身を翻し、腰を極め、太刀の鯉口《こいぐち》に手をかける。

抜き討つ体勢は十分であった。

剣気が外廊下から広間の中へと広がってゆく。

絵図に向かっていた者達は源五の気をまともに受け、驚いたように顔を上げ、あるいは振り向いた。

「ど、どうした、栗林の！」

声をかけたのは発中であったか、小雀であったか。

「知らぬ」

光濃い眼を鶴首から動かさず、源五は答えを切って捨てた。

「鶴首、なんじゃ」

一直線に声を投げる。

「ふん」

まともに喰らう源五の気魄に、青ざめながらそれでも鶴首は威勢を崩さなかった。
「化け物同士、似た者同士、やはり、兄弟じゃな」
兄弟。
その言葉に、源五の気が崩れた。
鶴首の視線が、源五から逃れて絵図に落ちた。
何事が起きたかわからぬげに、一同がそれぞれ元の姿に戻ってゆく。
鶴首の言動に、一瞬久方ぶりの孫四郎が見えた。
幻の孫四郎はこれも久方ぶりに、天高く炎の位に太刀を上げていた。
源五はしばし動かず、緩く渡り始めた春風に背をさすられるままであった。
なんの暗示。
なんの予兆。
鶴首にそれ以上かかずらうことを止め、源五は奥へと歩を進めた。
思うところは、内にあった。
予感が悪寒を連れて背筋を走る。
小座敷の障子を開け放つ手には、存外の力が籠もっていた。
「騒々しいな」
上座に一人酒を汲む孫一がいた。

雑賀城でただ一人、信長を意に介さぬ風情を見せる男であった。

無言で進み、源五は真向かいに腰を下ろした。

孫一から根来漆の朱盃が差し出される。

首を振って源五は受けなかった。

酒の味は、いくつになってもわからぬ源五であった。呑んでも舌は幼き日に覚えた苦みしか酒から伝えなかった。

虚しく戻る朱き器に、孫一は手酌で酒を注いだ。

「酒の相手に呼んだわけではなかろう」

語気が知らず強くなる。

「ほう、何か察するか」

孫一が片頰をゆがめながら朱盃に口を付けた。

「……栗林、だな」

「その通り」

熱く熟した息の中に酒の臭いが強かった。大分過ごしているもののようである。それでも顔色に変化はなく、語調にもなんの乱れもない。

「無駄だ」

源五は吐き捨てた。

孫一は問いかけず、片膝を立て酒を注いだ。

「儂ごときで兄者は動かん」

孫一は源五を見ず、盃を手に取り鼻で笑った。

「察しはいいが詰めが甘い。いや、有本だから甘くなるか。修羅と言い、修羅と言うは口ばかりだな」

「なにっ」

「他の地に、一人の偏屈がいたとする。行けと言ったら源五、お主何をしに行く。聞くこともなく出てゆくだろう。お主が行く意味、それしかないのだからな」

孫一は言って酒を含んだ。

心の臓が、源五の胸内で大きく打つ。

背筋を昇るものは、悪寒ではなく、熱であった。

「銭金など要らぬ、堤を築けと言いおったらしい。出来ぬ話ではないが、無縁の地に堤を築いてなんとする。儂は面倒臭い事は好まぬ。源五、お主が行って片を付けてこい」

孫一の一言一言が源五の心の臓を速くする。

酒満ちた盃を、再び孫一が差し出した。

ただ身体の反応によって受け、呑み干す。

苦さすら感じぬ、それは水のごときであった。

満足げにうなずき、孫一が破顔一笑する。

このときばかりは美しきものに見えなかった。そこのみ笑わぬ眼が、華を崩して冷たく光った。

「忘れたか。お主の望みは兄に打ち勝つことであったぞ。行ってこい。目と鼻の先じゃ。行って、孫四郎を斬ってこい。迷い道に、今こそ果てに行き着く一筋をつけてやる」

孫一はそこまで言うと、立て膝を押して身を乗り出し、源五の耳に口を近づけた。

「織田のことが終わったら、有本、お主にくれてやる。人も送って村にしてやる。名ばかりでない、押しも押されもせぬ名主、国人。それは源五、お主じゃ」

足利屋敷の再来であった。孫一の声は耳元であっても天から降る。

源五の中から、何かが落ちた。

いや、源五の中に何かが憑いた。

身も心もうなずくしかなかった。

(これも天道。兄者と擦り合わぬ、儂の天道。兄者、今こそ帰るぞ、有本に)

想いを定め、床の間の一幅に顔を上げる。

「おおっ」

墨絵の達磨《だるま》が孫四郎に変わり、十数年ぶりに笑ってくれた。

その夜は、夕刻から強まり始めた南よりの風が夜半になっても吹き止まず、獣のごとき咆吼を上げて吹き狂う夜であった。

眠りに就いていた孫四郎は、屋敷に寄り来る者の気配を感じ、寝床から一人起き上がった。

鶴首に堤を求めて以来、いつ何時襲い来るかもしれぬ孫一の手勢に対し、心の下《した》拵《ごしら》えは出来ている。眠りは常に浅いものであった。

まるで消そうともせず近づきつつある気配に異なものを感じはしたが、顔をなで、首を回し、身体の筋と肉に活《かつ》を入れる。

「どうされました」

隣で由衣が目覚めたようである。

いや、孫四郎同様深く眠っていなかったのかもしれぬ。

声は、整然として明瞭であった。

「心配ない。寝ておれ」

やおら立ち上がり、手早く寝間着を着替え、刀掛けから愛刀を手に取る。

風音に大きく家が鳴り、物音も声もその中に隠れるようであり、新六にも初音にも、隣室の八重にも、起き出すような気配はなかった。

寝室を出て闇の中を歩く。足裏に伝わる板間の冷たさが、心身の覚醒をさらに促した。土間に降りて水を柄杓《ひしゃく》に一杯飲み落とす。

何が来ようと孫四郎はすでに十分であった。

気配は一人であることをそれだけで語った。

決して急ぐわけでないのがまた訝《いぶか》しい。

(孫一自らが来たか)

気の質量が並でなかった。

わずかに月影が差すばかりの内に立ち、孫四郎は太刀を腰に差し落とした。

土間を通じて風に耐える樹々《きぎ》の微細な振動が伝わる。目を閉じ気息を調えると、地に伸びる根の有り様すらつかみとれんほどであった。

漸次《ぜんじ》、近づきつつある気配を待つ。

樹々の震えからやがて足の運びが選《よ》り分けられるようになり、風をも凌駕《りょうが》する剣気が戸板の向こうから吹き付けてきた。

「久しいな、兄者」

忘れ得ぬ懐かしき、けれど幾分錆《さび》の増した声が湧いた。

孫一、と決めてかかった孫四郎はその声を一瞬遠いものに聞いた。

刹那《せつな》、放心。

放心による虚の静寂。

呼吸と鼓動さえわずかの間を置く。

目を見開き、孫四郎は戸板に寄った。

思い出など辿らなくとも、それは弟源五のものに相違なかった。

どれほど願ったことか、どれほど待ったことか。

父誠三郎の言う両の翼が、栗林の地で幾星霜を経て二枚そろった。

「げ、源五、お前かっ」

打ち震える孫四郎の声に、しかし返るのは剣気と、凍えかえるほど冷たい声であった。

「今開ければ、儂が勝つ」

心張り棒に伸びかけていた孫四郎の手が止まり、意に反して身体は飛びすさり身構えていた。

骨の髄が冷えていた。

源五の剣気は、それほどのものであった。鬼気と言っても過言ではない。

肌が粟立つのを孫四郎は抑えられなかった。

己が虚に落ちていたからというだけではあり得ぬ。

源五は、恐るべき使い手になって戻ったようであった。

「戸の向こうとはいえ、兄者、無様が見えるぞ。失望させるな、栗林の名主」

「……懐かしさに舞い戻ったわけでは、ないのだな」

血を吐く思いで孫四郎は声を発した。

念を押すだけのものであることはわかっている。

答えは始めからわかっている。

それでも一縷《いちる》に、否が聞きたい。

定め切れぬ心の混沌は、聞かずば収まりがつかなかった。

「儂は雑賀の修羅。鈴木孫一の刺客である」

孫四郎の命を欲す剣鬼一人、戸板の向こう。

孫四郎はそのことを飲み込まざるを得なかった。

胸を圧する、固まりであった。

「そうか。お前が堤への孫一の返答か」

「兄者、紀ノ川側に林を出て待つ。十分にて来たれ」

迷いのない声。それに続く迷いのない足音。

「それでもっ」

対して孫四郎は、いまだ骨肉の非情を飲み落としきれなかった。

「それでも、止まらぬか。源五」
「兄者、儂は兄者の天道、兄者は儂の天道。元々、そうであったのだ」
言いながら源五が遠ざかる。
言葉の終いは、風の唸りに紛れて消えた。
(天道、か)
戦って後、受け入れる。
これが天道ならば、戦って後、受け入れねばならないのはどちらかの死だ。
――父上、儂に剣を教えてくれ。
――儂は、見ることにします。
父が二葉、両の翼と笑ったあの日から、二人はそれぞれの天道になり果てていたか。
後戻りするには二十数年の月日を要する。
去来するものは、返すことの出来ぬ虚しさであった。
鯉口をひねって太刀を虚空に抜き放つ。
わずかな光にも、刃は冴えた光を撥《は》ねた。
「ならば」
孫四郎の腹に熱が生まれた。
返せぬならば、踏み出すしかあるまい。ただ飲み込まれるのを天道はよしとせぬものだ。ましてや孫四郎には守らねばならぬものがある。

弟が剣士として来るなら剣士として受けるのは武、収めたものの道理、兄のかえって、情かもしれぬ。

水瓶に寄り、柄杓に二杯の水を咬《か》んで飲む。胸のつかえは下りていた。

有本を脅かすものは、弟であっても阻まねばならぬ。

悲しみも虚しさも割り砕き、剣以て立つ憤怒《ふんぬ》の炎に足しくべる。練り上がる気が手足の先まで行き渡る。

孫四郎は外に出、源五の跡を辿って栗の林を抜けた。

右に左に吹き惑う風に立ち向かい、孫四郎の足取りは一度たりと揺れることはなかった。

樹々のざわめきも風の唸りも、もはや孫四郎の耳には入らなかった。

空に上弦の月が鮮やかである。

見上げて立つ弟の背。

孫四郎が目指すものは、それただ一点であった。

五間を残して立ち止まる。

源五が肩から回って振り返った。

面影はあったが、面影しかなかった。

幽鬼が一人そこにいた。

そげ落ちて骨ばかり高い頬、爛熟《らんじゅく》たる光強い眼、着物の袷《あわせ》から覗く肉薄い胸板。そして、殺伐として捉えどころのない雰囲気は、十数年来とわかって見る孫四郎の目を見張らせるに十分を超えて足るものであった。

どこでどう生きれば、人は幽冥の住み人となれる。

「変わり果てたな、源五」

他に言葉とてなく、またその言葉が全てである。万感を込めて孫四郎は言った。

「見えるか、我が来たる道。――兄者こそ、歳をとったな」

束の間、氷を割って漂う情。

一瞬ではあっても、孫四郎には兄弟だからこその万情が見えた。

(苦しんでいる、この弟は、今も)

締め付けられる心のままに、孫四郎は腰を沈めて鯉口を切った。

終わらせてやらねばならぬ。

救い上げてやらねばならぬ。

弟の苦しみは、孫四郎との遠い日々に因《いん》があるのだから。

「兄者、今こそ儂は兄者を超えるぞっ！」

言い放って源五は太刀を抜き放った。

風が二人に突き当たり、泣き別れる。
五間をとって初めて兄弟が相見《まみ》える。
栗林にあり有本に生き、育むことに徹し続けた大地に根ざす孫四郎の剣。
融通無碍《ゆうずうむげ》でありたいと雲に望み戦場に生き、死を振り撒《ま》き続けた源五の剣。
両極、対極。
孫四郎の眼に炎が宿る。
源五の刃が、月影を受けて冴えた光を返す。
互いの気が膨れ上がり、相半ばで絡み喰らい合う。
「おう」
先に仕掛けたのは源五であった。
草を飛ばして走り、大きく踏み込んで刃の閃きを地から天空に差し上げる。
円弧の残影は、乱れのない優美なものであった。
腹腔に溜めた息を吐きつつ、孫四郎は目を切ることなく一歩退いた。
一寸の見切り、大地に学んだ絶対の見切り。
しかし、風を裂いて滑る源五の切っ先は睫《まつげ》に触れて伸び上がった。
眼に刃風の残りを感じ、思わず孫四郎はもう一歩退いた。
源五の剣は、寒気がするほどによく伸びる剣であった。

十数年の懊悩《おうのう》は、それでも源五を恐ろしい使い手に育てていた。

息つく間もなく天から回って直上より降り落ちんとする牙。

その先の変化が孫四郎にはつかめなかった。

上泉伊勢守との対峙以外、あり得なかったことである。

「兄者っ!」

源五の剣気が爆発する。

「おう」

押しつぶさんとする颶風《ぐふう》にも似た気を、気合い一つで撥ね返し、孫四郎は身を低く沈めて腰間から燃え立つ炎をほとばしらせた。

月の聡明《そうめい》をさえ断つ炎。

牙と炎が火花を散らしながら、中空で絡んで動かなかった。

「源五、そこまでになったか」

刃の下から孫四郎が心底《しんそこ》の感嘆を告げた。

「何をっ」

押し合う刃が咬み合って啼き、源五の奥歯が音を重ねた。

「上から押さえて押しきれん儂を、下から見上げて持ち上げるか。兄者は昔からそうじゃった」

力任せに太刀を弾き、源五は膝をたわめて大きく跳び退った。

「儂は晒して生きてきた。兄者はいつも秘めてばかりじゃ」

源五は両腕を左右に広げた。

渦巻く風に袂《たもと》がなびく。

言葉通りの全てを晒す、けれどそれによって全てをまた内包する美しき位取りであった。

「見せよ、兄者。その全てっ。――おお、今こそ知れた。儂は、泣き笑う兄者の全てが見たかったのだ！」

源五の眼に光が弾けた。

寒々しき白光の横溢《おういつ》。

しかし、孫四郎はその光の奥、針の先ほどの一点に青く輝く球を見た。

（……そうか）

しばしの脱力。

しばしの悔恨。

（儂が源五の天道ならば、真、天道ならば、なんの道を示してやったか）

孫四郎は月を見上げて一息漏らした。

上弦の月が静かであった。

（迷わすだけ、迷わせたな、源五。だが）

孫四郎は丹田に気を集め源五を見据えた。

昔の何を言っても、変えられぬ今がある。

剣士として立ち、剣士として受く今がある。

ならば、剣で語るしかあるまい。

それなら全てを、刹那で語れる。

（もう迷わさぬ。ここへ、来い）

孫四郎は両手を左右に大きく張った。

源五と同じ位取り。

全て捨て、全て抱き取る無限の位。

源五の顔に笑みが浮かんだ。彼《か》の日より前の弟の笑み。

あけすけで無邪気で、すばしっこく、父と孫四郎の後からついてきた日の笑みである。

孫四郎も受けて笑う。

父の背につき、振り向いては、振り向いては弟を案じた、兄であった日の笑みを見せる。

月の光が風を貫き二人に注ぐ。

栗林の地で、二人の運命が一極に帰す。
腰を浮沈させることなく、孫四郎を見つめたまま源五が右に移動し始めた。
揺れ惑う麦の波の向こうに源五の半身が埋もれる。
孫四郎も源五にあわせ左に動く。
畑に整然とした麦の列が真っ直ぐに延びていた。
麦の影を踏みつつ左へ、左へと孫四郎の足が地を摺る。
向き合う源五の心が、丹誠込めた畑の土を通じ足から伝わってくるようである。
ほのかな温みを孫四郎は感じた。
決して恨み辛みや悩み嫉《そね》みで立つわけでないことがわかる。いや、そう信ずる。
今、源五は純粋に一孤の剣士なのである。
(良いな、剣は)
漠として浮かぶ思いは、麦の波を横断しつつ孫四郎の全身に広がっていった。
(儂とてな、源五。言わずにおったが)
渦を巻く風が麦の波を猥雑《わいざつ》にねじる。
ざわめきを右耳で孫四郎は聞いた。
源五と孫四郎の前に遮るものとてない地が開ける。
蚕豆《そらまめ》が実る廻しの田と、麦の花が咲く一会《いちえ》の畑を仕切る畦であった。

月の光が畦を照らす。
兄弟は田と畑に抱かれて、今こそ互いに慕情の剣を振るう。
(我が剣で触れるぞ。源五、お前の光の芯の球に)
沸き上がる情を、右手を通して太刀に流す。
振るうべき剣は、孫四郎の心の有りっ丈であった。
「行くぞ、兄者っ。今こそ儂の根を切る」
源五が走る。
「来い、源五っ」
孫四郎が歩を差す。
寄る一筋の道、行く一筋の道。
源五の姿が大きくなる。
孫四郎は、いつの間にか無心であった。
心は全て剣に乗せている。身は剣に従う、ただの器であった。
生も死もいとわず、苦も楽も留《とど》めぬ。
剣を志す者の行き着く極致、であったろうか。
疾風となって走り来る源五の太刀が脇に引かれる。
孫四郎は足を止めて腰を極めた。

広げた両手を高く掲げ、頭上に差して風を待つ。
疾風は、ただ一度の迅雷《じんらい》で以て打ち落とす。
——おおっ！
計ったように重なる、音の似通った二色の声。
見下ろす月が二振りの白刃を光に変える。
金音は、わずかなりとも上がらなかった。
擦れ合い、行き過ぎ、残心《ざんしん》を崩さぬ孤影二つ。
やがて風に揺れ始めたのは、弟源五の方であった。
孫四郎は袖口で刃をぬぐって鞘《さや》に落とし、大きく肩で息をつき振り返った。
上体を大きく揺らしながら、源五がわずかに遅れて振り返る。
太刀はすでに手を離れ、畦の上に落ちていた。
「……強いなぁ、兄者。敵《かな》わんぞ」
言葉が肉を動かすか、源五の左肩から血が溢れ、間を置かずしぶいた。
勢いに押されるかのように、源五の身体が麦の畑に傾いで落ちる。
「源五ぉっ！」
孫四郎は源五に駆け寄り、麦の畑に飛び込んだ。
農にあるまじきことであっても、麦が潰れることなど構っていられなかった。

明日を繋ぐための麦より、今落ちんとする弟の命が大事であった。

「こうであれば、あ、甘んじたかもな」

孫四郎の腕の中で源五が細くそう言った。

薄い笑みに死相が濃い。

孫四郎は、何も言えなかった。

「兄者、わ、儂は、本当は、くっ、栗林に居りたかった。兄者のそばに、ゆ、由衣のそばにっ」

溢れる涙を禁じ得ない。

涙のうちに、弟の大人になった声を孫四郎は懸命に聞いた。

源五の肩口から噴き出す血が、勢いを弱め始める。

弟の命が軽くなってゆく。

孫四郎から目を動かし、源五は震える右手を麦の穂に伸ばした。

「ああっ、は、花が、美しい。むっ、麦の花は……月夜が、美しい」

右手が麦から離れて落ち、源五の命が栗林に消えた。

孫四郎は源五をかき抱き、辺り構わず声を上げて泣いた。

慟哭《どうこく》はしばらく止まなかった。

やがて、風の唸りが慟哭をかき消す。

源五を抱え、孫四郎は草地に出た。

「栗林が好きで、栗林を出て。……乾きと潤い。農の大本、か。……おい、源五、お前の根は儂などよりずんと太く、強い」

語りかけながら、軀を横たえ顔をぬぐう。

「源五、なら居れば良かった。儂こそ、儂こそ、出たかったのだ」

弟の遺骸に孫四郎は初めて秘めたる心情を漏らした。

名主となることを義務づけられ、言えるはずのない言葉であった。そしてまた名主となっては一生ならぬ言葉である。

せめて手向《たむ》けの言葉となるか。

孫四郎は膝をついたきり、源五のそばを動かなかった。

すすきの群生の中にうごめく影があった。

動かぬ孫四郎からおよそ五十間離れている。

鶴首であった。身をどこまでも低く沈め、少しずつ前へ前へと身体を移行させていた。

構える鉄砲の先、目当ては孫四郎に当てられたまま動かなかった。

「まだじゃ」

ひとりでに囁《ささや》き、すすきを踏む。

風が物音と火縄の臭いを虚空へ飛ばす。

風自体は鶴首にとって喜ばしいことであったが、ここまでの強さは思いもよらぬ誤算であった。

五十間では鉛玉の流れ行く先の見当が、鶴首にはつかなかった。

孫一に命じられていることはただ、必殺である。

——孫四郎残ったなれば撃て。ただし、一発限りだ。三搦みの奴ら、だんまりの日和見《ひよりみ》を決め込んでも、土産《みやげ》があれば必ず信長につく。大げさにして栗林に鉄砲撃ちかけるわけにはいかん。小雑賀川の策、三搦みや根来に気取《けど》られてはならんのだ。夜中の一射。夢幻のうちに聞く一発。それが限度。まあ、三搦みが根来がと言う前に、はずせば早合使ったとて、孫四郎の刃の方が速いぞ。鶴首、心せよ。

己の命がかかっている。

鶴首は、百中の確信できる距離を求めて地を這った。

(お頭なら、この風でも五十間、いけるじゃろうなあ)

四十間に寄っても当たる気がせぬ自身の技前に、知らず鶴首からため息が漏れた。

月に一叢《むら》の雲がかかり、辺りが夜の濃い闇に包まれる。

焦らず、けれど動きを止めず、鶴首はひたすら進んだ。再び現れる上弦の月の下、浮かび上がった孫四郎までの距離は、三十間を切っていた。

孫一ほどではなくとも、鉄砲を以て任ずる組頭である。鍛えられた鉄砲放ちとしての鶴首の目には、孫四郎の頬に残る涙の跡さえ見て取れた。

(いける)

鶴首は乾ききった唇をなめ、引き金にかけた指を一度はずした。

手首を回し首を回し、血の巡りを新たにする。

一発必中、逃すまじ。

火蓋を開き鶴首は呼吸を整え、照門と照星の並びの先に、標的孫四郎の姿を捉えた。

孫四郎にいまだ動き出そうとする気配はなかった。的としては、格好である。

引き金に軽く指を添える。その指先に五感の全てを集める。

月夜に霜の落ちるがごとく。

鶴首の指先が引き金にわずかずつ巻き付いてゆく。

吹く風が一瞬息を詰めた。

そのとき。

「何をしているのです」

突如として湧く女声があった。

「ひっ」

孫四郎に魂魄《こんぱく》まで傾けていた鶴首は仰天した。あからさまにとがめ立てるその声に、心の臓を鷲摑《わしづか》まれたような心地であった。

構えを解くことも忘れ、そのままの格好で慌てて左方を向く。

照星の先十間と離れぬところに立っていたのは、孫四郎の妻由衣であった。

極限まで絞られていた引き金は、鶴首の一連の動作の果てにかかる指先のわずかな力で限界を超えた。

火挟みが意に反してことりと落ちる。

轟っ！

由衣の胸に血の花が咲き、細い身体が風に袖を振り乱して二転する。

号砲の余韻が消える前に、由衣は命ごめに地に臥していた。

天地を揺るがす爆裂の響きに、孫四郎の顔が跳ね上がった。

銃声であることは明らかであった。とっさに出所を求めて視線を送る。

栗の林とすすきの間で、月の光を浴びながら由衣が踊っているのが見えた。

すでに仕舞いの踊りであった。

由衣の姿が、すすきの向こうにかき消える。

「ゆ、由衣っ！」

孫四郎は立ち上がり走った。

すすきの中に揺れる一つの気配があった。孫一を思えば、源五一人、すなわち自身以外の他人一人に任せることなどあり得ぬと知れる。迂闊《うかつ》のそしりは免れぬところであった。

その近くに由衣がいた。孫四郎を案じて出てきたものか。

わずかに垣間《かいまみ》見えた由衣の胸に、牡丹《ぼたん》の花が咲いていた。季節はずれの牡丹である。

なぜ咲く。

なぜ今、由衣の胸に咲く。

銃声。

すすきの中の気配。

考え合わせれば、答えは一つである。

が、そんな答えは欲しくもなかった。

蹴っても蹴っても跳びゆかぬ足の動きがもどかしかった。

十間と走り二十間と走り、すすきの陰に由衣が見えた。牡丹であるはずの胸の花は平らかなただの血の染みであった。

鉄砲を抱えてすすきの中から飛び出し、逃げ去ろうとする男があった。

月明かりが如実に映し出す。

男は、鶴首に相違なかった。

「おのれぇっ！」

爆発する孫四郎の殺気に射すくめられ、鶴首が腰砕けになる。

走りながら孫四郎は刀の柄に手をかけた。

倒れ臥す由衣まで三間、瘧《おこり》のように身を震わせてうずくまる鶴首まで約八間。

まずは打つのだ、由衣の敵を。

「お、お待ち下さい」

由衣をいったん通り過ぎ、白刃を今一度月夜に閃かさんとしたまさにそのとき、由衣の口からか細い途絶えがちな声が漏れた。

まだ息がある。

それだけで有り難い。

鶴首へ向かう足を強引に差し止め、孫四郎は由衣へ駆け寄り抱き上げた。

その隙に鶴首が闇へ、闇の奥へと脱兎《だっと》となって逃れてゆく。

一瞥を与えただけで孫四郎は鶴首を捨てた。

そんなことは、どうでもよかった。

「由衣、しっかりせい」

由衣の身体は源五より軽く、そしてはかなかった。

「おやめ、下さい。これ以上」

虚空に向かって焦点定まらず、どうやら孫四郎も月も見えていないようであった。

「由衣、傷は浅い、浅いぞ」

言葉がつぶやきの域を超えなかった。

返らぬ命。

孫四郎の心は、どうしようもなくそれを認めていた。

「おやめ、下された。良かった」

呼びかけと答えにずれがあった。孫四郎の声は、由衣の耳に、定かではないようだった。

青白い顔が、月光に映えて美しかった。

「ふ、不浄の血、これ以上、栗林に、流しては、いけませぬ」

「何を。不浄の血など、流しとらんぞ」

言いながらほつれた由衣の髪を整えてやる。

白い額に一掃《は》きの血が付いた。

己の手を見る。

「！」

孫四郎の手は、源五の血にまみれていた。

「……源五の血は、由衣、不浄、か」

萎《な》えてゆく気を押しとどめられなかった。肩が落ちる。めまいさえする。

孫四郎の問いに、由衣は答えなかった。

由衣は穏やかな笑みを顔に張り付かせたまま事切れていた。

涙は出なかった。

由衣の笑顔が、作り物のように見えた。

「由衣、儂らの弟ではないか。なぜ不浄という」

答えるはずもない由衣に想いを落とす。

想いは、それだけでは収まらなかった。

「母上、源五は母上の腹を痛めた子なのですよ」

たかぶる感情そのままに、孫四郎は背後を振り返った。

気配を察知したのは鉄砲が響いた直後である。いつから見ていたものか知れず、寝間着のままの八重が立っていた。

鉄砲の轟音《ごうおん》に飛び起きたのだろう新六が、林から飛び出してくる。その背から初音の顔も覗いた。

風が八重の裳裾《もすそ》を乱す。

源五の死を見ても由衣の死を見ても眉一つ動かさぬ。

八重の心は、相も変わらぬ不動であるらしかった。

「変わり果てようと、すがり来るなら、孫四郎、我が子です。けれど、源五は雑賀の手の者。名主が決めた有本の約を踏みにじる者。不浄と言わずして、なんと言えばよいのでしょう」

八重の平然とした物言いに孫四郎は吐き気すら覚えた。

それが母たる者の言いぐさか。

ねじれている。

有本、栗林、名主、名主。

子への情愛より勝りて重いものなど一つもないと孫四郎は断言できる。

新六、初音が聞いていることが哀れであり、怒鳴り散らしたいほど無性に腹立たしかった。

拳を握って言葉を絞る。

「……母上、せめて源五の軀」

「孫四郎」

八重の穏やかすぎる声が孫四郎の思いを中途で切る。

「由衣は丁重に葬ってやらねばなりませんが、源五をこの地に据えることは出来ませんよ」

愕然《がくぜん》として孫四郎は八重を見た。

月の光を浴びながら風に惑うことなく立つ母の口元には、決して揺らぐことのない穏やかな笑みさえ浮かんでいた。

「……儂が、名主として言っても」

八重の顎が小さく引かれる。

浅くもならず深くもならず、笑みは口元にそのままであった。

「有本がそれを許しません」

どこまでも泰然として、その普遍を以て全てを拒む。

何を言っても無駄であることばかりが知れる。

継ぐべき言葉は、孫四郎には見つけられなかった。

無言で源五に向かい、孫四郎は弟の軀を抱き上げた。

栗の林、新六と初音の前に立つ。

息子の目は、父に差し上げられ動かなかった。

「新六、初音、これがお前達の叔父、源五だ。覚えておいてやってくれ」

背に張り付く八重の視線を感覚として遮断し、孫四郎は子らにそう告げた。

「はい」

新六が真摯に受け、死人の顔を真っ直ぐに見る。初音は怯《おび》えて、兄の背中に顔を埋《うず》めた。

しばしの間が空く。

どれほどあっても有り過ぎるということはない、孫四郎にとって猶予の時。

言わねばならぬもう一つの事実がある。

孫四郎は、風を大きく胸に入れた。

「母者が、身罷《みまか》られた」

とっさに父を見上げ、口を開《あ》けて声のない息子。兄の背に顔をつけたまま、父をなにやらわからぬげに見る娘。

それぞれの受け止めようであっても、やがて反応は間違いなく一つに収斂《しゅうれん》する。

「立派な最後であった」

言葉少なに告げ、見るに忍びない子の悲しみに背を向け、孫四郎は紀ノ川縁に歩いた。

――は、母者ぁ。

――母上様っ。

遠くに子らの悲をかすかに聞きながら、孫四郎は源五を抱きかかえたまま紀ノ川の流れに腰まで浸かった。

月明かりに光る水面に梅の花びらが幾枚か流れゆく。

水は、まだまだ身の芯まで凍えるほど冷たかった。

「源五、お前が居りたいと願った有本は、きっと今の有本ではあるまい。……居らぬ方がよい。こんな地になど、居っても安らかになど眠れぬぞ」

孫四郎はそう語りかけ、源五の軀を水に浸した。

「父なる流れを昔に遡《さかのぼ》るも良い。母なる流れを先に夢見て下り、紀伊《きい》水道の底に眠るも良い」

再びこぼれる涙も添えて、孫四郎は源五を紀ノ川の流れに押した。

花びらに紛れて、一盛り上がりが流れを行く。

その言葉を待っていたかのように、彼方で源五が水面に没した。

「由衣の魂を、頼む」

涙流れるままに、孫四郎は小さく笑った。

「今こそ、全てから切れた。うらやましいぞ、源五」

風が揺らしさざ波の立つ川中に立ち、孫四郎はしばし岸に上がろうとはしなかった。

風が巻いて唸りを上げる。

この風は明け方になっても吹き止む気配を見せなかった。

南から吹き、騒がしき風は、遅きに過ぎた春一番であった。

悲しみに包まれて過ごす栗林の三日。開く麦花の数が次第に増えてゆく。ため息一つ吐くたび、どうしようもなくこみ上げてくるものを抑えるため鎮めるため、孫四郎は畑の作業に没頭した。

深まりゆく春が孫四郎に教えるものは、麦の豊穣《ほうじよう》と、人の一生、そのはかなさばかりである。

悲しみはきっとあるにもかかわらず、心中の慟哭を面《おもて》に表すことなく、新六も言葉少なに孫四郎について立ち働く。

大地の恵みは無情である。膝を抱え嘆いていても、勝手に花をつけ実を落とす。死を悼《いた》み、悲しみを噛み締めはしても、埋没している暇などないのだ。

そんな有本に雑賀の衆が大挙して押し寄せたのは、四日目の払暁《ふつぎよう》の頃であった。

ただならぬ数の気配を感じ、覚悟を定めて林を飛び出す孫四郎の前に居並ぶ者達は、皆手に手に鍬やらもっこやらを携えて立っていた。鉄砲や刀を持っている者は一人もいなかった。一同を睨め付けるようにして一人を捜すが、さすがに鶴首の姿は見られなかった。

孫一とてそれは配慮するだろう。吹き荒れた春一番から、まだ四日であった。

衆の中から一人の男が進み出る。

孫一の手下、下針であった。

「堰《せき》と堤の普請、始めさせてもらう」

淡々とした言葉の中に、感情は沈んでうかがわれなかった。

「……作るなら、始めからそうすればよい。命二つ、すでに落ちた」

佩刀《はいとう》に落とした手を開くことなく、孫四郎は下針にそう告げた。

戻る答えは短かった。

「嫌なら、引き上げる」

明瞭であるからこそその真情がうかがえる。もはやその裏に、なんの下策もないことが透けて見えた。

孫四郎は、それ以上絡むことを止めた。

帰るとなればそれこそ、命二つの無駄である。

今秋の雨、いや、これからも続く紀ノ川との戦いを考えれば、堤は何にも増して栗林の大地が欲するものである。

銭を受けていたら堤はならず、また、孫四郎が源五か鶴首のどちらかに倒されていたとしてもやはり堤はならない。源五と由衣の落魄《らくはく》があったればこそ、下針が孫四郎の前に立つということは紛れもない事実であった。

一事の感情に振り回され、首を横に振っては源五も由衣も浮かばれまい。

喜怒哀楽を腹に飲み込んで、向こう百年の豊穣を堤に託す。

孫四郎がしなければならぬことは、ただ首を縦に振ることであった。

「どうする、有本」

有本という下針の言葉が、心の割れ目にくさびを打った。

孫四郎は、紛れもなく今、有本の地の名主であった。

「堤、しかと成るか」

「成る」

「……なら、好きにするがよい」

声は、自身でそうとわかるほど力の入らぬものであった。

名主であることに心が封じられ、心が蝕《むしば》まれる。

名主であるがゆえにせねばならぬ事々が、名主であるがために必要な何かを削いでゆく。

その矛盾、いや必然。

笑いは出ない、涙も出ない。

朝の光が有本に差し掛かる。

新六の姿が、栗の林の影に見られた。

普請は孫四郎の許諾一言で慌ただしく始まった。

昼夜を分かたず続く土盛りは、想像以上に大がかりなものであった。栗の林を挟んで東と西に勇ましい掛け声が絶え間ない。

葦《あし》の原が葦も込みに削られ掘り込まれ、裸地が姿を現してゆく。地中から地上へと運び出される土の量は、膨大なものであった。

孫四郎は農作業の手を休めるたび、新六と並んで壊されてゆく有本、生まれ変わる有本を眺めた。

紀ノ川に沿ってくねる茶の帯が、大地を守る伏竜のようであった。

一人二人で成る作業では絶対にない。寄り集うことの威力を、雑賀の衆はまざまざと見せつけた。

一夜過ぎるごとに一尺の割で積み上がる堤は、十夜を超えず、仕上げの時を迎えた。急拵えの、高さ一間にもみたぬ土盛りであるが、きっと紀ノ川の牙を防ぐ。源五と由衣を捧《ささ》げて成る、命で固めた土堤なのだから。

土固めに忙しく立ち働く雑賀衆の喧噪を聞きながら、巾二尺ほどの堤上に立ち、孫四郎と新六は川と大地の間を何度も目で追った。

足裏に土打つ響きがしっかりと伝わる。

千からなる者達の築く堤は、突貫であっても土が密にして、堅牢《けんろう》は間違いないようであった。

「父上、こうやってみると、栗林のささやかが身に染みますね」

新六のつぶやきが孫四郎の心を代弁した。

大地と戦うとは、本来こういうことを指すのかもしれない。一人の非力が思われる。

栗林の名主とは名ばかり。

己は懸命なつもりでも、大地と天道とじゃれ合っていたに過ぎぬのかもしれない。

生老病死と喜怒哀楽の一喜一憂。

有本に染みこむ血脈の八十年は、ただの遊びであったのか。

(いや、きっとそれだけではない、と信ずる)

見渡す限りの人また人。かえって一人一人の顔が見えなかった。

孤の脆弱《ぜいじゃく》、けれど充足。

衆の強力、けれど煩雑。

衆には衆の難しさがきっとある。

百倍の喜びは百倍の悲しみを連れているに違いない。

どちらがよいと誰が決める。

十色の幸せ、十色の不幸せ。

全て絡めて、しょせん最後は一人死す。その理は、人が何人寄り集まっても曲げられるものでは絶対ない。

孫四郎のことは孫四郎が決める。

有本のことは有本に帰す。

それ以外にはあり得ない。

(儂は、儂で決めたのか)

沸き上がる一つの想い。それればかりは、頭を振って孫四郎は振り捨てた。

来し方より行きし方の距離が、遥かに短い生である。

振り返ることが怖かった。

「ささやかは、愚かでしょうか」

新六が孫四郎に問いかけた。

孫四郎は何も答えなかった。

雑賀衆を眺めて、そこに雄々しさを感じてしまう己はすでに腰が引け、衆に飲まれている。

農のことではない、剣のことでもない。生き様を左右する心の奥のことである。

答えは、新六が己で出さなければいずれかの辻で道に迷う。

ちょうど今の己のように。

「でも、儂は有本が好きです。ここの土の匂いが好きです」

土盛りのにぎわいを真っ向から見つめ、新六の言葉は意志の力に溢れていた。

母の死が子の成長を促したか、眼にやけに大人びた光が強かった。

見て、感じて、そうして新六は心の底にそうきざんだのだろう。

(新六。新たに始める、五を継ぐ六、か)

孫四郎は、己がそれを託して名付けたことを思い出した。

新六は、孫四郎の想いを身体で表し、十二分に育っていた。

(源五。五の次は、堤成った有本に、儂らを超えて何をかもたらすかもしれんぞ)

雲に託して源五に向ける。

己の手で斬り、現世に居らぬと実感こもる弟だからこそ、それまでよりも近く届くような気がするとは皮肉であるか。

孫四郎の胸中に炎が灯《とも》った。熱く盛る炎である。老い坂下り始める前に、全てを伝え、新六を押しも押されもせぬ、一人前の名主に仕上げるのだ。

孫四郎がこれからもっとも丹誠込めて向き合わねばならぬ作物は、他でもない新六であった。

源五と由衣の死、その悲しみは孫四郎の中にもうなかった。

悲嘆にくれる暇はない。

仕上げてその実りを、どうだと天に見せつけるのだ。

天の源五と由衣に差し上げて。

「新六、有本は変わるぞ。お前が変えるのだ」

孫四郎は短く思いの丈を告げた。

「心得ております」

新六の答えは速かった。

孫四郎はうなずき、新六の頭に手をやった。

子の頭が小刻みに震える。

いや、震えているのは、孫四郎の手であった。

「満足か、有本の」

低いところから声がかかった。よく通る、けれど含みのある声であった。

「欲を出せばきりがない。欲を出せば、お主のようになる」

孫四郎は新六の頭をもう一度なで、急ぐことなく堤の下へ目をやった。

久しく見なかった雑賀鉢が磨き込まれた艶を示して、陽に鈍色の光を撥ねた。

背に鉄砲も、変わらぬいつもの出《い》で立《た》ちであった。

下針が控え、小雀が控える。

「儂でなければ出来ぬ堤だ。欲がなければ出来ぬ堤。その上に立ってようも言う」

腕を組んで仁王立ちする孫一は、見上げつつもあくまで見下ろす態を崩さなかった。

孫四郎は小さく笑った。

衆を束ねる者の愚かしさが垣間見える。

それが、滑稽ですらあった。

「何を笑う、栗林」

地に潜るような声である。目に怒りが浮かんでいた。

「孫一。千を万を一に集めるものとはなんぞ。その核はなんぞ。銭金だけか」

孫四郎は堤の上で胸を張った。

「銭金しかあるまい。お主には」

孫四郎の言葉に、孫一の片眉がわずかに攣る。

「なら、お主には何がある。無縁の地で汲々として何がある」

孫一は言って有本の地に唾を吐いた。

「――何もない。何もないから、笑えるのだ」

孫四郎の声はどこまでも揺るがぬ。

堤の上から下から、二色の視線が絡んで巻き上がり風を運んだ。畑に波が立ち、そのざわめきが人の喧噪を覆い尽くす。

有本を支配するものは有本の国人、栗林孫四郎であると、大地がこぞって謳うようであった。

「栗林の孫四郎、このこと忘れぬぞ。いずれの日にか、返して貰おう」

孫一は捨てにそう言って背を返した。

「鈴木の孫一、儂こそ忘れぬ。弟の命、よくも使った。妻の命、ようも奪った」

孫四郎の声が追う。

一瞬止まる孫一の歩み。けれど雑賀の頭は、再び振り向こうとはしなかった。

有本に吹く風が、孫一を外へ外へと押し出す。

有本の堤に、小鳥たちが早くも舞い降り虫をついばむ。

すでに堤は、有本の一部になっているようであった。

ここから始まる。

これから始まる。

有本は貴い犠牲の下に雨風に絶える土堤を得、雑賀に織田軍を迎え撃つための川堰を与えた。

結果として、有本に寄せ手の軍勢が入ることもなく、小雑賀川に巡らした孫一の策は、田井ノ瀬辺りで紀ノ川を渡った信長の軍三万を小雑賀川に縫い止め渡らせることなく弥生の声を聞くまで耐えた。

三月十五日、形ばかりに孫一を筆頭とする七人の有力者が出した誓紙を信長が受け、かつ赦免するということで雑賀の合戦は終結した。

雑賀に大軍を送り込みながら勝ちきれず、和泉に滞陣していた信長は、一度も紀州に足を踏み入れることなく三月二十一日に京へ引き上げたという。

孫一の思惑通り、雑賀衆と鈴木孫一の名と値が一層釣り上がることは必定であった。

孫一と孫四郎。

名声と堤。

どちらが勝ちとは比べることは出来まい。

己の方が得、損して得、と孫一なら言うかもしれない。

孫四郎には、どうでもよいことである。

孫四郎の思いは、とにも新六の大成、それにしかなかった。

追い越されゆく父の虚しさを甘んじて受けつつ、明日の有本に盤石をもたらすのだ。

――忘れぬ。いずれの日にか。

やがて訪れん孫一との運命の錯綜《さくそう》を確信めいたものとして心に刻みつつも、今を有本に生き、明日を有本に生きるのみである。

孫四郎の刻積もりの通り、秋は長雨の中に幾度とない嵐混じる大荒れの季節となった。

堤一杯まで寄せ上がる紀ノ川に、けれど土堤は崩れることなくよく耐えた。

堤は、生きとし生ける有本の全てを背にかばい込んで堅牢であった。

収穫はさすがに雨にたたられ悲惨なものであったが、それを補ってあまりある心の豊かさが感じられた。

もはや有本の大地がたとえ無縁の地と呼ばれようと、現世から消え去り幻となることは金輪際ないと嚙み締められることが、孫四郎には大いなる力であった。

あとは大地に、より一層の豊穣を促すばかりである。

新六は孫四郎の教えをよく受け、よく見、栗林の農地と懸命に向き合った。

新六は一を聞いて十を理解した。一年の経験で孫四郎の五年を飛び越えた。

名主であることの責から、父であることの責から、孫四郎が解き放たれるときは、そう遠くないと実感された。

新しき有本の新しき名主は、すでに産声を高らかに上げ始めているようである。

小雑賀川の堰が雑賀衆の手によって切り崩されたのは、弥生も押し迫って陽差しの強い、三月二十八日の昼下がりであった。

第六章

有本に三年の月日が流れる。

精魂傾けた孫四郎の成果は新六の堂々とした挙措に結実し、新六自身のたゆまぬ努力は、肉の盛り上がった厚い身幅に表れていた。

背も、わずかに孫四郎を超えて高くなっている。

剣の腕も、背丈も、新六は源五の再来であった。

娘初音も、日増しに由衣の面影を濃くしてゆく。

孫四郎は二人に源五を見、由衣を見た。

父誠三郎まで望んでは欲目に過ぎるか。

いや、己自身に孫四郎は父を見る。

ほかに望むべくもない。

豊かな田畑が栗林に広がる。

耕地は父誠三郎、弟源五があった頃の、優に倍はあるようだった。孫四郎は己の身体と気力で支配しうる、それは限界であると理解していた。

衰えを感じてというわけではない。田畑はただ広ければいいというものではないのだ。

日々の手間暇に作物は応える。豊かな実りを得るため、一つ一つに注ぎかけてやれる一杓《しゃく》の情熱。それが、倍の田畑で孫四郎という器には一杯であった。

あとは年々器を大きいものに変えつついまだ余地を残し、その辿り着く先を見せぬ新六という若い担い手の成長が、その成熟の度合いに応じて田畑をさらに少しずつ広げてゆくだろう。

孫四郎には、それで十分であった。

初夏の陽差しが水を引き入れたばかりの田できらめくとある日、土橋平次が孫娘綾《あや》乃《の》を伴って栗林を訪れた。

前年、何人にも告げることなく、八重、孫四郎、初音だけでささやかに囲んで言祝《ことほ》ぐつもりであった新六の元服。

誰告げたわけでもないのに角樽《つのだる》提げ、孫娘を伴って平次が栗林に姿を見せたのは、春弥生《やよい》の佳《よ》き日のことであった。

「栗林の元服は春三月種蒔《たねま》きのあとの吉日。誠三郎が確かお主の元服をそんな風にいっていたと思い出してな。歳を取ると、いらんことばかり思い出す」

平次は孫四郎をまともに見ず、照れくさそうにそう言って角樽を置いた。

孫四郎は八重と並び、黙って平次に頭を下げた。

幾久しく顔を合わせることなかった平次には、確実に老齢の波が寄っていた。源五と二人、狐目と揶揄《やゆ》したその目尻には皺が幾重にもきざまれ、平次はいつの間にか狐目の伯父ではなくなっていた。

昔の事々を忘れてそのときばかりを眺めれば、平次はどこから見ても善良な一人の老爺であった。

孫娘が平次を支えて小さく微笑《ほほえ》んだ。

綾乃は孫四郎の娘初音と、面差しは美しき花の赤と白ほど違っていたが、歳格好といい、醸す雰囲気といい、どこか似ている娘である。

土橋の血脈の内と外。綾乃は、八重を介して初音と通じる娘であった。

意気投合してはしゃぐ娘二人。男女を問わず遊ぶ相手とてない栗林の初音にとって、綾乃は血筋のいかんに拠らず、貴重な存在であったろう。

平次と八重が孫達を見て、縁で白湯を静かに含む。

そこにも血のつながった者同士、遥か昔の兄妹《きょうだい》のたたずまいが確かにあった。

新六の元服、その佳き日の一景にどこを見てもふさわしい。

孫四郎の元服、あの激動の日に比べれば、なんと安閑な日もすがらであるか。

「兄上様、またおいで下さいな」

母が帰り際の平次にそう告げた。平次の目尻が一層ゆるむ。

一瞬光り、皺に吸われて消えたものが汗か涙か。孫四郎には判別がつかなかった。

「互いに、あと何年といえぬ歳じゃ。遠慮なくそうさせて貰うか」

向ける背に老いの寂寥《せきりょう》がにじむ。

平次は肩を孫娘に預け、杖と頼って栗林をあとにした。

以来、季節が変わるごとに、綾乃とともに平次は栗林にやってきた。

孫四郎は、植代が済んだ田のなめらかさを今一度足で確かめるだけで、明日に控えた田植えの支度を新六に任せ、母屋に戻った。

経験は若人の堆肥である。失敗も覚悟がふつうであるが、与える相手が新六であれば、育つ大樹がかえって孫四郎には楽しみですらあった。

土間で水を含み、汗を拭きつつ涼やかな風の吹き抜ける屋内を居間に通る。

縁に、見事な白髪の母とごま塩の髪も残り少ない平次がいつものように並んで座っていた。

「八重、栗林で良かったんかな」

「何がでしょう」

しわぶき絡みの平次の声も、よく通る八重の声も、並べてみるとよくわかる。

どちらも往時より大分老いて、音が下がって聞こえた。

「いや、儂の考えでな、その、誠三郎と」

口ごもりながら平次が言った。

「ほほっ」

口に手を当て八重が笑う。

「私には、栗林しかありませぬ。ここの全ては、私に優しい」

背からの孫四郎にその表情は知れぬが、きっと情念にまみれたものであることは易くうかがえた。

母は栗林から出ず栗林に生き、四十年になろうとする女である。栗林に溶け、栗林に同化し、すでに現身《うつしみ》を以て有本の権化と言っても過言ではない女であった。

孫四郎は会話を割って縁に軋《きし》みをたてた。

まず気がついて、平次が潰れた視線を投げる。

「おお、孫四郎」

孫四郎は手で応え、平次の横に腰を下ろした。

三人並んで母屋の前、庭とも呼べぬただの空き地を見眺める。

差し込む陽光がまだらの模様を地に描く。

その先に初音と綾乃、二人の娘の姿があった。

この夏の日の訪れで娘らの邂逅《かいこう》は六度目になる。互いに気心の知れた娘らは、さんざの笑いを振りまいたあと、陽差しを避けて栗の木陰で涼を取りながらなにごとかを語らっていた。

夢を話すか、恋を話すか。

若さは幻を白昼に見る。

雑賀の土橋と有本の栗林。

歴然の差に気づく日の娘の不憫《ふびん》を思うと、孫四郎の心は痛かった。

「孫四郎、そうそう変わらぬ娘ぞ」

平次が庭に向けた目を動かさずそう言った。

損得ばかりを考え続けた人生の残り滓《かす》か、歳をとっても相変わらず平次は人の奥底をよく読むようであった。

「本願寺と信長が反目し始めて十年。籠城仕掛けて五年か六年か。たんまりと稼がせては貰ったがな。早いものだ。その間にな、いつからかは知らぬが本願寺は孫一孫一と、あ奴だけを頼り、いつの間にか土橋の兵、雑賀の兵は全て鈴木孫一のものになっとったよ。儂が繋いだ雑賀と本願寺じゃがな」

孫四郎は口を開くことなく、平次の話をただ聞いていた。

心の中に染みるものがあった。

気がつけば蚊帳《かや》の外に一人、置き去られゆく者の虚しさが見える。

平次が繁《しげ》く栗林を訪れるのも、行き場のない虚無の風に吹き流されてのことだろう。

「今月中にな、本願寺の顕如が儂とこの鷺《さぎ》ノ森《もり》の御坊に移る。子の教如《きようにょ》は残るらしいが長いこたあるまい。真ん中で戦い続けた雑賀衆は御門跡次第の起《き》請文《しょうもん》じゃ。結局、本願寺の全てが近いうちに雑賀に移る。雑賀がいつの間にか、本願寺そのものになる。そうなりゃ門徒が儂を頼る必要などない。儂に残るものは、積み上げた銭とわずかな血族ばかりだ。一から始めて十までにしたものが、先が見える頃には一に戻る。しょせん、人の世はそんなものかの」

平次の顔が孫四郎に動く。

見られていることを意識して孫四郎は小さく微笑み、うなずいて見せた。

「ふっふっ。よく似ておるわ。儂が何か持ちかけると、誠三郎も常に今のお主と同じであった」

平次は薄く笑って庭先に目を向けた。

背が丸く、全体として小さく見えた。

「知っとるか、孫四郎。此度の本願寺のことも、孫一が絡んで和が成った。形は仲介じゃがの、そんな風に思っとる奴は誰もおらん。とうとうあ奴、本願寺を見限り、信長の内懐に飛び込んだわ。万《よろず》の命、殺し殺され、その銭で酒を食らい飯を食らった儂にはなかなかできん。器の違いかの、儂にゃあ、ようできん。――南無阿弥陀仏」

平次の唱える名号が空に昇る。

「信心はせぬがな、耳から離れん」

孫四郎は声の行方《ゆくえ》を追って目を蒼天に向けた。

声すら届かぬ天空遥かに、綿雲が一つ浮かんでいた。

青空を映してくすんだ白が、孫一の不敵な笑みに見える。

老いさらばえてゆく義父を尻目に、孫一はすでにその手の届かぬところにいる。

動乱はいまだ止まず、孫一という魚は、住む泥水に事欠かぬようであった。

「父上」

軒に沿って庭先に新六が現れた。

むき出しの上半身。無駄のない赤銅《しやくどう》色の肌に光る汗が、より一層の若さを強調する。

「きゃっ」

木陰で綾乃が弾んだ声を上げる。

沿岸の雑賀にあって男衆の肌など見慣れぬということもあるまい。綾乃の声は羞恥を超えて黄色いものに孫四郎には聞こえた。

それでもそらさず明け透けに新六を見る目に艶めく光があった。

隣で初音が、綾乃をつつきながら声を上げて笑い囃《はや》す。

「ち、父上。その、いつでも田植えできます」

新六がおざなりにそう言いながら、浅黒い顔に血の気を浮かべて腰に垂らした単衣《ひとえ》を着込む。

農一筋に懸命であった新六の気が、農について父に告げながらも逸《そ》れていた。

「ふっふっ。知らぬは親ばかりなりだ。それもとびきり無骨者ときたもんだ」

平次の揶揄が孫四郎の耳にまつわりつく。

とはいえ、田畑に稽古場にあり、そんなそぶりなど新六から見受けたことはない。

いや、見逃していただけのことと平次が笑う。

娘ら二人が語る恋と夢。

綾乃の想い向かう先は、どうやら己が息、新六であるようだ。

目を逸らして頭を掻きながら木陰を気にする新六を見れば、さすがに孫四郎とて聞かずにわかる。

息子もいつの間にか、そんな歳になったのだ。

「さて、大分陽も傾いてきた。帰るとするか。弱い足には雑賀は遠い」

平次の言葉が潮《しお》であった。

身支度を整え、平次と綾乃が栗林を出てゆく。

栗林の四人は、戸口に立って平次らの姿が林の外に消えるまで見送った。

「兄上、良かったね」

初音が新六を下から覗き込んで楽しげにそう言った。

「お前か、よけいなことを」

新六が努めてぶっきらぼうにそう言い、納屋に向けて足早に去った。

「あっ、待ってよ」

性別は違えど上と下。

孫四郎と源五同様、下は勝ち気で有り余る活力をもてあまし、上は下の存在そのものをもてあます。

孫四郎は目を細めて納屋に入りゆかんとする二人を追った。

「孫四郎」

八重の声が穏やかに流れる。

「なにか」

孫四郎はわずかに身構え、視線を母にと少し下げた。

穏やかさを常として固着させた母から、表情も感情も読みとれない。

母との話は孫四郎にとって、内容のいかんによらず疲れるものと決まっていた。

「有本は、土橋の娘ならきっと受け入れます。私にも異はありませんよ」

——だから、何だ。

出かかる言葉を飲み込み、孫四郎は八重に答えなかった。

そんなことは二人が決めることである。

育み、花開かせるのは同じでも、人の心は作物ではない。

淡い慕情を育てるのは、有本の大地などでありはしないのだ。

(だが)

一抹の不安が孫四郎の心をよぎる。

八重は土橋から来て有本に取り込まれた。由衣は元々有本に生まれた女である。有本にというより、八重に取り込まれたに等しい。

ならば、もしも綾乃がこのまま嫁ぐとしたらさてどうなる。ここは綾乃にとってよくわからぬ無縁の地、有本であり、深く知らぬ外縁、八重がいる。

それが孫四郎の胸にかすかな騒ぎを起こす。

(いやいや)

孫四郎は西陽を見上げて首を振った。

有本と八重と、新六、綾乃を結ぶ境に己がいる。

有本も八重も由衣も見てきた己が立つ。

(儂が名主、儂が差配。せねば渡せぬ最後は、そこかもしれん)

新しき有本を欲するのなら、古き有本を仕切るのは孫四郎の役目である。

いつまでも兄らの去ったあとを眺めて動かぬ母に黙礼を残し、母屋に入り、孫四郎は居室の刀掛けから太刀を取った。

一人稽古場の空き地に向かう。無性に太刀を振るってみたかった。

心気を錬って腹に溜める。

静かに太刀を抜き、振り上げ振り下ろし、型通りにしばし励む。

今ならまだ、身に老いの影は微塵も張り付いていないようであった。

満足げに一つうなずき、刃を鞘内に戻して瞑目《めいもく》する。

一息ごとに丹田に落ちる気が熱をはらんだ。

微風が樹間から流れ込み、ざわめく木々が幾枚かの木の葉を落とす。

風に惑う一枚が、中空を漂い孫四郎に近づいた。

孫四郎の眼が豁然《かつぜん》と開く。

腰間から放たれる唸りは、大気を切り裂き西陽を割った。

残心を崩さず木の葉をうかがう。

舞いながら舞い落ちながら、一葉は途中で二身に離れた。


秋が来て冬が過ぎ、新たな年を迎えて春になる。

季節が変わるごと年が改まるごとに、平次は綾乃を連れて栗林へやってきた。

会うたび少しずつ、綾乃は新六との距離を縮めていった。

遠く眺めるだけであったものが、冬の頃には畑に豆蒔く新六に寄り添い、作業に女手を添えるまでになった。

新六も、何も言わず綾乃のするがままに任せた。まんざらでないどころか、正面から綾乃を見て照れずに微笑みさえ浮かべてみせた。

幼い愛を深めゆく若い二人を、孫四郎は遠くから眺めた。

春、寒の刻積もり終わる頃を見計らって現れた綾乃は、唇に薄く赤い色の紅をさしていた。

一瞬目を細めるだけで、新六は肩に鍬を担いだ。

何言うこともなく、綾乃はそんな新六の後に付く。

そのまま畑に向かう二人を、孫四郎は縁に座って見送った。

幼い愛は一冬を越すだけで、身の成長に伴い情をからめたものへと段階を登るもののようである。

「ふっふっ、新六め、次会うときゃもっと驚くぞ。変わり始めたおなごは思いもよらぬ変化を繰り返す」

並んで座る平次が言う。

春とはいえ、息はまだまだ白かった。

「似合いの夫婦になると思わんか」

確信そのものを平次が問う。

苦笑混じりに孫四郎はしかし、左様、と言って大きくうなずいた。

平次も皺を深くして笑う。

その笑みが、なぜか寂しげなものに孫四郎には見えた。

「言えた義理ではないかもしれんが、何かあったときゃ、孫四郎、頼む」

突然に過ぎる言葉である。意味がまったくわからなかった。

「何か、とは」

思わず平次に次を促す。

平次はすぐには答えず、縁から降りて庭に立った。

降り注ぐ春の陽を浴びても、平次の影が淡かった。

「鷺ノ森に、担ぎ出されてな」

「鷺ノ森というは、――本願寺顕如」

「正しくは、坊官の下間にな」

孫四郎の答えに平次はそう言って大きくうなずいた。

「紀州に引っ込んでも顕如は顕如、号令一つで世の一向宗はどうとでも動く。信長が
さてそんな男をいつまで放っておくかとな、京雀のさがない口、和歌浦までも聞こえ

来る。戯れ言、と笑い飛ばすには伊勢長島《いせながしま》の例もある。怒りにまかせた叡山の血の海は惨《むご》いもんじゃった。鷺ノ森は、戦々恐々として怯えとる」

平次はそこまで言うと、腰を伸ばして晴空を仰ぎ、うららかな陽差しに顔を預けた。

「と言って、鷺ノ森にゃ何もない。残っとるのは、雑賀の門徒衆と、長い縁の儂んとこくらいじゃ。それでな、担ぎ出された。いや、担がれてやった」

林中に群れ遊ぶ小鳥の囀りがかまびすしい。

決意を含む平次の声であったが、あと半間遠ざかるだけで、老爺一人の声であれば小鳥が勝るに違いなかった。

「なぜだかな。稼がせて貰った礼とも思うしな。いまさらながらにこんな枯骨でも頼られる面はゆさは、なかなかに身に力を呼び覚ます。それにな、孫四郎、南無阿弥陀仏も、悪くない」

言って突如平次は、六字名号を唱え始めた。

――南無阿弥陀仏、南無阿弥陀仏、南無阿弥陀仏。

朗々とした名号が栗の林に染みこむのは遠い日、鉄砲の轟音とともに響き渡ったあの日々以来である。

(伯父御は、鷺ノ森に目覚めた)

孫四郎は瞬時にして悟った。片手間然として悪くないと平次は言うが、六字の響きに心が聞こえる。

次第に追いやられる者の虚しさ、年々染みが浮いて皺が増え、老いさらばえてゆく身体、そして日々弱くなってゆく命の灯明。それらをない交ぜにしたとらえどころのない不安、恐怖。

指呼《しこ》の間に生き仏を迎え、いつしかその他力本願に救いを、光を見たのだろう。

平次の名号は、魂を唱えるものであった。

響きが長く尾を引き、小鳥の囀りになじんで溶ける。

六字名号がというより、平次の魂が孫四郎の耳にも悪くないものであった。

耳内の余韻を良くも悪くも様々な思い出と掛け合わせ、その中に浸る。

浸れるだけの様々を持つ、孫四郎もそういう歳になっていた。

「孫一」

平次の一言が、孫四郎を現に戻した。

「あれを通じねば織田方が見えぬでな。ふっふっ、いろいろ駆け引きしとるが、いや、怖い怖い。敵に回して、初めて心底怖いと思うた」

栗林の清気を深く吸い、平次は濃く白い、長く長い息を春の空に吐き上げる。

雲に届かず風を起こさず、息ははかなく大気に溶けた。

「押せば引き、引けば嵩にかかり、それだけではなく搦《から》め手からいろいろ手を伸ばす。

鷺ノ森に直接入って織田の名をひけらかすし、十ヶ郷での儂とこの買地、木本荘《きのもと》にも茶々入れよる。争乱があ奴の生き場じゃからな。諍《いさか》い起これば織田を呼び、そのくせ己で先を取る。銭にする。性根はよう見えるがな。儂もそうして肥え太った。――おっ、すまんな」

平次が後ろ手を組み縁に戻る。

「まだまだ寒うございましょう」

八重の、会話にそぐわぬ声が降った。

聞いていたのかいないのか、どちらにしてもきっと変わらぬのが八重である。

孫四郎は、尻をずらして座を空けた。

八重の手が、平盆から孫四郎と平次の分の白湯を分けた。

片手拝みに白湯を取り、一口含んで平次は椀《わん》を両手に包んで膝に落とした。

孫四郎も相伴《しようばん》に少しばかりすすする。

熱い固まりが、胃の腑に落ちて熱を広げた。

「まぁ、それでも儂とて雑賀の国人、土橋平次じゃ。伊達《だて》に歳は取っとらん。儂の目が黒いうちは何があろうと大事にはせん。したら鷺ノ森ばかりでない。紀州そのものが織田に飲まれる。孫一が笑う」

平次は椀を口元に上げた。

「儂の目が、黒いうちはな」

椀と湯気に表情が隠れる。

(孫一、か。相も変わらず蠢《うごめ》きおる)

孫四郎はその名とともに白湯を飲み込んだ。

好んで聞きたい名ではないが、聞いたところで驚くことはもはやなかった。孫四郎の中に孫一は、すでに因果の一つの律として刻まれている。

たとえるなら、有本という川の流れを孫四郎が下り、沿って孫一という堤がうねるようなもの。孫四郎がその流れの中をどこまで行こうと孫一があり、孫一が見る。流れを出るには、堤を切るしかないのである。

(いずれの日にか、であったな)

残りの湯を飲み干して立つ。畑で新六が綾乃と、孫四郎の手を待っているはずであった。

「孫四郎、歳寄りは万に一つだけでも眠れんものじゃ。その一つ、頼むぞ。おそらくこれが最後の頼みじゃ」

背に平次の弱気が降りかかる。

それは狐でも狸《たぬき》でもない、ただの老人のすがり声であった。

「心得た」

歩を進めながら気を込めた答えを孫四郎は返した。

それで眠れるなら、幾夜でも眠れ。

平次だけにではなく、それは田畑を手伝う綾乃へのせめてもの礼と厚意を含めたつもりであった。

「すまんな、頼むぞ、名主殿」

離れて聞く、低く小さな平次の言葉。

それが土橋平次という伯父から聞く最後の言葉になろうとは、このとき孫四郎は夢にも思わなかった。

孫四郎の気だけでは、平次の万に一つを埋めることは出来なかったのである。

その夏、平次と綾乃は栗林に姿を見せなかった。

新六はしばしば落ち着かぬ気《げ》に首を遠く辻の方に伸ばしては、包み隠さぬ人待ち顔をした。野良を手伝う初音にそれを見つかっては冷やかされる毎日である。

といって、農にも剣にも腑《ふ》抜けたところを見せぬ以上、孫四郎が何言うこともなかった。それどころかさらにわずかながらに広がりを見せた耕地に対し、目配り気配りが行き届いていることにかえって驚嘆するばかりである。

新六の農に対する能力は、すでに孫四郎を超えていることが明らかであった。

孫四郎自身は土橋の二人が訪れぬことをさほど重いものには考えなかったし、また考えてもいられなかった。

夏は、作物もよけいな草木もよく育つ。

孫四郎にとっては、己の限界といってよい田畑と、日々が戦いなのである。それ以外に回す気など持ち残してはいられなかった。

寄り来るならば受ける。

対人とのことに関しても天道の則に従う生き方は、孫四郎の自然であった。

秋の風が吹く頃になっても平次らの声は聞こえなかった。実りの確実を実感し、わずかながらの余裕は生まれたが、そこに土橋の名が入り込むことはなかった。それは、新六も初音も同様であった。

夏の終わりに引いた風邪を、十五夜の頃に八重がこじらせ、高い熱を発して長く床に就いたのである。

母の、祖母の身体は、栗林に生きる者にとって何にもまさる心配事であった。

代わる代わるの看病が続いた。

一月あまりで容態も好転し、冬十月に入る頃には一応の床払いを見たが、老いた身体から万病の元はためらうことなく力を奪うもののようである。それからは二、三日ごとに寝起きを繰り返す日々が、八重の生活の常となった。

有本の権化然とした風情を失い、八重は急速に老婆になっていった。

母の老いは、子にとってどんな形であろうとやはり気がかりには違いない。寝床を隣に据え、うわごとのような八重の昔話を繰り返し聞きながら、孫四郎はこの年を終えた。

明けた天正十年（一五八二年）一月二十三日の深更のことである。新六とともに川縁に出て孫四郎は風と大地と川と語らっていた。

「上々、だな」

孫四郎はつぶやいた。

そこまでの刻積もりによれば、今年は大揺れせぬ一年になるようであった。

新六も孫四郎の判断に言葉を添える。

新六の同調を聞き、己のまだまだ衰えぬことを確かめる。

「そのようです」

寒積もりについても、今はそれが常であった。

背を返し、新六を従えて母屋に戻る。

二刻ばかりの熟寝《うまい》に継ぐ熟寝。

身にこたえるほどではないが、汗一滴ほどの疲れが二刻ごとに溜まってゆく気がする。

刻積もりの厳しさに耐えられるのはあと何年か。

星を見ても、それればかりはわからなかった。

「父上」

新六が後ろから孫四郎に声をかけた。

「うむ」

呼びかけの理由は、最前より孫四郎にもわかっていた。

栗の林に寄り来る何者かの気配を、そのときになって新六も捉えたもののようである。

「見て参ります」

「待て」

走り出そうとする新六を孫四郎は手を出して制した。

「儂が行く」

「しかし、それでは眠る間が」

新六の気遣いを孫四郎は肩を叩いて差し止めた。

要らぬとは言わぬが、子の気遣い、皆まで聞いては老いが加速する。

「心配するな、あとから参れ」

それだけ告げ、孫四郎は風を巻いて東の林に走り込んだ。

人も寄らぬ栗林を真夜中に訪れる者が、人並みであるわけはないのだ。

孫四郎の脳裏に弟源五の姿が浮かぶ。

新六の剣技も卓越はせぬが凡ではない。野党物盗りの類の十や十五に後れをとるとは思われなかったが、源五が浮かんでは任せられなかった。

たとえ鬼神がそこにいても己ならばなんとでもしようし、また己ならば噛みつかれても栗林はもはや揺るがぬ。

次代の名主が出るべき事態かどうかはまだわからぬ。

わからぬものに、新六を晒すわけにはいかなかった。

林を内に抜け母屋を過ぎて再び林に近寄る。

気配一つが、孫四郎から十間ばかりの闇深い林中にあった。

「栗林に、なんぞの用か」

武張った声を漆黒に投げる。

気配の動きがその場で止まった。

かすかに聞こえる荒い息づかいが怪訝《けげん》であった。

「誰か」

——綾乃、です。

か細いが、声は確かに聞き覚えのある土橋平次の孫娘、綾乃のものに相違なかった。

「どうした、綾乃。こんな時刻に」

孫四郎の問いかけに対し、綾乃から返る答えはすすり泣きであった。

泣きながら綾乃が林の草を踏む。

孫四郎の後ろに、後追いの新六が音もなく立った。

「新六、綾乃だ」

孫四郎は言って一歩引き、場をそのまま新六に預けた。

今の名主も次代の名主も関係ない。この場は、男として新六が出るべき場であった。

新六が林に飛び込もうとするのと、綾乃が内に現れるのはほぼ同時であった。

袷の崩れた着物と泥まみれの素足が淡い月明かりにおぼろに浮かぶ。

里に何か起こったことは明白であった。

新六の姿を認め、張りつめた糸が切れたか、綾乃はその胸内に飛び込んで泣き崩れた。

新六は綾乃をかき抱いたまま、しばしそのまま泣くに任せた。わずかに身を傾け、孫四郎に小さくうなずく。

孫四郎は二人からもう二歩離れた。

今は、二人の時が必要なようであった。

綾乃の泣き叫びが次第に細くなってゆく。

「綾乃、何があった」

後ろ髪を二度ばかり柔らかくなでさすりながら新六が聞いた。

ひきつれた息を大きく吸い、綾乃は新六の胸を離れた。

止まらぬ涙が、月に光った。

「お、お爺様《じいさま》が、お爺様が。い、戦さが、始ま、ります」

思い出される事々に、綾乃が再び囚《とら》われてゆく。

「気をしっかり持て。綾乃、ここは栗林だ。お爺様がどうした」

新六が声で綾乃を支える。

「――鉄砲で、う、撃たれて、死にましたっ！　戦さじゃと。父がっ、逃げろと」

振り絞る声と心はそこまでか。綾乃は再び新六の胸に顔を預けて泣き声を上げた。

刺激せぬよう、孫四郎は緩く気を漂わせながら二人に寄った。

「撃った男の名はわかるか」

孫四郎の問いに、綾乃は新六の胸で頭を振った。

「雑賀鉢の男か」

新六にしがみつきながら声を高くし、綾乃は何度もうなずいた。

「そうか。やはり孫一しかおらぬよな」

いつもの名、必ず突き当たる名、しかも今度は平次その人の口から事前に聞いていた名である。

――頼むぞ。おそらくこれが最後の頼みじゃ。

平次の声が蘇《よみがえ》る。

(何一つ、言うことを聞かぬ甥《おい》でありましたな)

瞑目して心で詫《わ》びる。

孫四郎は、新六の肩と綾乃の背中にそれぞれ手を当てた。

「綾乃、いつまでも栗林で暮らすがよい」

人言う無縁の地に己から招く。とは、土橋の家から離れろと言うに等しい。

暮らすことの意味は言わずもがなである。

それが平次に手向ける、孫四郎のせめてもであった。

軽々しく口に出来ぬ言葉であったが、取り乱す綾乃には間近で言っても届かぬようであった。

代わって新六が顔を向けた。

目には驚きというより、覚悟の色が強かった。

「新六、済まぬな」

「何がでしょう」

新六は冷静にそう返した。

「勝手に決めた。そのことだ」

「滅相もありません。せねばならぬことの、一手間二手間が抜けました」

綾乃の髪をなでる手、父にかける言葉、双方に新六の愛情が見えた。

「そう言ってくれるとな。……だがな」

子の優しさが心に染みる。とはいえそこで、言葉を収めるわけにはまだいかなかった。

言っておかねばならぬことが孫四郎にはあった。今がよいかどうかは定かではない。が、話は流れに乗ってしまった。

一度しか、一度だけ、そんな言葉が孫四郎にはまだあった。

「簡単ではないのだ。この地はそんなに簡単ではない。有本はな、栗林は」

「父上」

――嫁を奪う。嫁を狂わす。

そう言おう父の口を、微笑みすら浮かべて新六が遮った。

横に振られる首の動きが、言ってくれるなと告げていた。

「綾乃は婆様のように、母上のようにはしませんよ」

「なっ!」

ゆったりとした音律を、孫四郎は愕然として聞いた。

新六は孫四郎を見つめてきたその眼で、由衣も八重も同じように見つめて生きてきた子であった。

有本に、栗林に潰れることなくまみれることなく、それでいて農は孫四郎を遥かに置き去り、剣も独歩で有本を守れるほどには達している。

孫四郎は膝が震えた。

剣わずかに勝るのみ。

新六はその他の全てにおいて、一つにくるめた器において、すでに孫四郎の太刀打ちできる男ではなかった。

この息子を、新六を、名主と呼ばずしてなんと呼ぼう。

心に虚無の風など吹きはしなかった。

身を包むものは、喜びであった。

有明の月に想いを誇らしく流す。

(源五、由衣、見よ。これが我らの血の裔じゃ)

波打つ月、歪《ゆが》む月。

涙であることを知り、慌てて隠すように孫四郎は二人に背を向けた。

「新六、綾乃、落ち着いたならばゆっくりと話せ。傷癒える頃を待って祝言を上げる」

「はい」

歯切れの良い答えが返る。

孫四郎は、母屋へ向けて歩き出した。

「新六、その日からお主が名主だ」

熱い息に思いを乗せて吐く。

背で新六の気配が揺れた。

「いや、それは」

新六が言いつのろうとするが、孫四郎は歩みを止めるものではなかった。

月に、風に、大地に告げた。

孫四郎の決意は、もはや何あろうと揺らぐものではなかった。


六月三日、有本に逝く夏の風が柔らかく吹き渡る日であった。

その日、栗林は幾久しく絶えてなかった厳《おごそ》かな、そして和やかな雰囲気に包まれていた。

新六と綾乃の、形ばかりではあるが、祝言の日であった。

年の始めに起こった雑賀の騒動。綾乃を栗林に落とした父、平丞《へいのじょう》の判断は誤りではなかった。

雑賀荘粟村を本拠に待ち構える平次の息子達、それに与《くみ》する土豪らを、間を置くことなく孫一一派と織田信張《のぶはる》率いる根来・和泉衆が襲ったのだ。

土橋側には血のつながりを重んじ根来を振りきった泉識坊の者どもも加わったが、兵力の差は歴然であった。

雑賀崎は死人で埋まり、和歌浦に寄せ来る波は朱に染まって返り、血臭は付近の山々に染みついた。

平丞を始めとする平次の息子らは四方に散って行方をくらまし、最後まで戦った泉識坊は首を討たれ安土の城下に晒された。

怒濤となって寄せる孫一、信張の軍の前に、在地の一土豪はものの数ではあり得なかった。

戦さは平次の死から数えても二十日も待たず、二月八日には終結した。

まさに、一蹴、であった。

戦さにおいて短さとは、惨さの裏返しでもある。

それから五月と経たぬ六月の始めの祝言。

綾乃がようやっと落ち着きを取り戻したのである。

短さによって、それだけで迎えられたとも言えるが、惨さによって、それまでかかったともいえる。

孫四郎は雑賀における争乱の帰結を、五月を経て綾乃の中に見定めた。

唐織《からお》りの掻取《かいどり》を腰巻きにし、開け放たれた居間に入ってくる綾乃は、面を伏せがちであったが、頰染めはにかむような笑みを絶やすことはなかった。

掻取は由衣が船渡から輿《こし》入れしてきたときのものである。

紀ノ川の岸辺をしずしずと歩み来る由衣の面影が綾乃に重なる。

入り込む夏の陽差しにきらびやかな光を撥ね、掻取は綾乃の美しさを際立たせた。

――おおっ。

居並ぶ者達からばらついた感嘆の声が挙がる。

地に潜り所在の知れない平丞の姿が見られぬことは残念であったが、とりあえずの平穏を取り戻した雑賀から、土橋の縁戚に連なる者は呼んだ。十にもみたぬその数は隆盛を極めた頃の土橋から比べれば寂しい限りであったが、必ず綾乃の背を支えるものと孫四郎は信じた。

花嫁の座に着く綾乃を、花婿の座から新六が見守る。

嫁取る日、すなわち名主になる日でもある。

新六の装束は、代々継ぐ白の水干上下《すいかんかみしも》であった。

誠三郎が着、孫四郎が着、そして誠三郎が斬り、由衣が繕ったものである。

それを今、新六が払えの日に身につける。

孫四郎が思うものは深い。

綾乃の掻取と見比べれば、黄ばみの見えるくたびれた水干そのもの自体は大分見劣りがしたが、背を張って微塵も動かぬ新六の威風は、装束のよれなどに紛れるようなものではなかった。

開け放たれた襖の奥から、八重の細いすすり泣きが聞こえた。

兄平次の死をきっかけに、八重は急激に生きる気力を失ったもののようである。それから一月と経たぬうちに、床から離れる力は八重の中から失われた。

起き上がること敵わぬ八重は、真横から新六と綾乃の祝言を見る。

すすり泣きは、孫の払えの日にふさわしくも聞こえ、不吉にも響いた。

孫の門出、そのことに対する純然たる喜び。

孫の成長に突きつけられる自身の生、その遥かな道程と死への実感。

孫四郎の耳に八重のすすり泣きは、そのどちらをも吹き込むようであった。

母の声に背を向け、身を返して居並ぶ者達を見回す。

皆上座の二人へ視線を当て、それぞれの胸中に去来するものを嚙み締めているようであった。

部屋の隅のいつものところに、船渡から招いた正兵衛の姿があった。一人黙然としてうずくまっている。夏の陽差しに灼《や》けた肌は浅黒く引き締まったものに見えるが、その黒が際立たせる皺の刻みに隠せぬ老いが顕著であった。

義右衛門は、由衣が凶弾に倒れる前年の暮れにこの世を去っていた。孫の死を知らず逝った義右衛門は幸せであったろう。

正兵衛は今でも一人、船渡に住んで船渡を守る。正兵衛の悲しみ、正兵衛の一人は、孫四郎には想像だにすることは出来なかった。

まだ口にして告げることは出来ないが、孫四郎は新六が多くの子宝に恵まれたら、あるいは娘初音に婿が取れたなら、正兵衛に預け、船渡の次代に据えても良いと考えていた。それが、一人娘を孫四郎に快く送り出してくれた船渡に対する、せめてもの償いのつもりであった。

「さて、ご一同」

威儀を正し、孫四郎は声を発した。

孫四郎は、とにも己の祝言そのものを新六の式に表した。

古式に則《のっと》っているか手順を踏んでいるかは知らず、孫四郎にはそれしかできなかった。

やがて席が宴《うたげ》の場へと移行する。

三日三晩というわけにはいかなかったが、一日一晩くらいの蓄えはあった。堤を得て、栗林の大地は男二人女三人生きる以上に豊かであった。

本人の婚礼ながら、八重に任せるわけにいかぬ以上、煮炊きは初音と綾乃の仕事であった。

座は新六に任せ、孫四郎も火の番ほどは手伝いにまわった。

花婿としてだけでなく名主として、表に立つべきは新六一人で十分であった。

やがて日も暮れ、数は少ないが宴席に酔いの花が開き始める。

そのにぎやかを、へっついの前で炎を見つめながら孫四郎は耳に楽しく聞いた。

綾乃が忙しく土間と居間を行き来し、手ずから作った心づくしを運ぶ。

裕福な土橋の家に育ったにもかかわらず、綾乃は存外に美味《うま》いものを作る娘であった。

「疲れたであろう」

孫四郎のねぎらいに、綾乃は満ち足りた微笑みを返し、湯気立つ川魚の煮付けを手に居間に向かった。

魚は、無言のうちに突き出された正兵衛の手によってもたらされたものである。

(有り難いことだ)

孫四郎は口辺に小さな笑みを浮かべながらへっついの火に粗朶木を足した。

そのとき、

「あっ」

驚愕をにじませる綾乃の声に続き、木椀が床に跳ねる音がした。

「どうした」

立ち上がり孫四郎は眉間に深い皺を寄せた。

気がつけばいつの間にか宴の花がしぼみ、にぎやかさは不穏を告げるざわめきに変わっていた。

急ぎ綾乃の後を追う。

綾乃は居間の際に座り込み、床にまかれた煮汁から立ち上る湯気に包まれながら、青い顔をして震えていた。

「どうした」

答えぬ綾乃の前に出て居間をにらむ。

一同の視線を集め、外縁の敷居のそばに黒ずくめの男十人ばかりが立っていた。先頭に立つのは、変わらず鉄砲を背に負ったなじみ深い雑賀鉢である。

「孫一」

「久しいな、孫四郎」

孫一は不敵に笑いながら居間へ入り込み、中央に陣取ってあぐらをかいた。

その後ろに酒樽を抱えた鶴首が控えて座る。

忘れ得ぬ男。

由衣の胸に鉛玉をねじ込んだ男である。

残る八人は、孫一を取り囲むようにして居座った。

「何しに来た」

喉元までせり上がる怒気を抑えて孫四郎は低く言った。

「ふっ。何しにもない。祝言であろう。皆、儂に縁のある者。雑賀で聞きつけ、祝いに参った。ほれ」

懐から取り出した金糸の小袋を孫一は無造作に床に放った。

重々しい音一つが居間を巡る。

「これで文句はあるまい」

答える者は誰一人としていなかった。

孫一は義父、土橋平次をその手にかけ、雑賀に骸を積み上げた男。

鶴首は栗林の嫁、船渡の娘由衣を撃ち殺した男である。

土橋と栗林と、船渡の者しかおらぬ宴席に現れ、孫一と鶴首で何を祝う。

孫四郎の左足が床を摺って前に出た。

それを身体で制するように、新六が二人の間に入った。

「鈴木殿、痛み入ります」

新六は丁寧に言って頭を下げた。

孫四郎は、怒りを飲んだ。名主が耐えるなら、孫四郎が出るわけにはいかなかった。

つまらぬ気に鼻で笑い、孫一は辺りを見回した。

恩讐《おんしゅう》に満ち満ちて集まる視線を動じることなく受け、孫一は右手の一振りで掻き散らした。

「暗い宴じゃ。お主の払えの日だというのになぁ、孫四郎の小倅《こせがれ》よ」

「さて。それも一興、これも一興と」

新六は朗らかに言って孫一の言葉を流した。

孫一の目が下から新六を覗き込む。

新六は笑みを崩さなかった。

「ふん。お主、親父以上に食えぬな」

「お褒めにあずかり。なにせ土橋の血が入っておりますゆえ」

「はっはっ。食えぬはずじゃ。磯臭く、一向臭けりゃな」

耐え切れぬのであろう土橋の一人が、床を踏みならして立ち上がろうとする。

「おのれっ！」

「立てばなぁっ」

孫一は見もせずただ声を張った。

「織田に楯突《たてつ》く者と見なすぞ」

土橋の男は顔面を紅潮させ震えながら、立つことなく膝を元に戻した。

織田の強力は、骨の髄にまで染みこんでいるようである。

（そうであった）

孫四郎は一度大きく息を吸い込んだ。

胸にわだかまるものを奥の奥まで引きずり落とす。

孫一は、今や十ヶ郷に住まうただの国人ではないのである。

土橋だけでなく、それは有本も同じこと。どちらも、大極に楯突けば消し飛ぶしかない木っ端に等しい。

苦笑が浮かび、心が満たされる。

不肖の父をよく止めた。

己を殺し、よくぞ進んで孫一の前に立った。

新六の大器が、嬉《うれ》しかった。

「孫四郎。祝いに来た者に何も出さんのが栗林の流儀か」

孫一の嘲弄に、もはや孫四郎は惑うものではなかった。

惑わなければ己でよい。

孫一などは、孫一だけは己でよい。

新六の肩を叩き振り向かせる。

「ここは儂がやる。お前は綾乃を土間に。諸々《もろもろ》はお前に任す」

孫四郎の言葉に、新六は静かに父を見た。

深山の湖水のごとく澄んだ眼が、孫四郎の奥を見る。

「大事ない」

孫四郎は言い切ってみせた。

(どうなろうと、栗林の大事にはせぬ)

心を汲んだか、新六はうなずき、綾乃を抱きかかえて土間に去る。

孫四郎はそれを見送り、孫一の前に腰を下ろした。

その眼前に朱塗りの盃が突き出される。孫一が携えてきた酒であろう。

孫四郎は黙って手を伸ばし、酒を受けた。

濃くまろやかな酒が喉をすり抜ける。

そういえば、新六が生まれてこのかた酒など口にしたことがあっただろうか。

「ふっふっ。こんな日、同じような場面、昔にもあったな」

孫一に触発され昔を思う。

己の元服の日、孫四郎は確か、父誠三郎が酒を汲む姿を初めて見た。

「ああ、あったかもしれん」

盃を干して孫一に返す。

背を見ず肩越しに後ろへ回される盃は、鶴首によって酒が満たされた。新六の手で新たな煮物焼き物が運び込まれる。

花嫁花婿の着座せぬ座は、いつしか孫一と孫四郎二人のものであった。向き合ったまま、互いに眼光を射込み合って酒を汲む。

箸を付け呑みかつ食らうのは、孫一の手下ばかりである。

次第に夜が更けてゆく。

なんの手出しも出来ぬ以上、いても心が血を噴くだけなのだろう。一人去り二人去り、土橋の者達が想いだけ座に残し栗林をあとにする。

新六が眠りについたらしい八重の寝間側の襖を閉め、それで始めからいて宴席に侍《はべ》るものは、部屋の片隅に居座ったままの船渡の正兵衛一人となった。

孫四郎に並んで座ろうとする新六を手で押して下がらせる。

いて新六の益になる座では、すでになかった。

三日月もおぼろな夜である。まばらな明かりを灯したところで、闇と蒸し暑さの不快はさして変わるものではなかった。

呑むほどに孫一の目に光が増した。闇に飲まれぬ猛禽《もうきん》の目である。ただ新六の祝言を冷やかしに来たわけでないことは明らかであった。

覚悟を丹田の底に落とし、孫四郎は孫一の酒に数を合わせた。

「孫四郎、儂と来ぬか」

日暮れと日の出、どちらが近いかわからぬほどには時も酒も過ごした頃、さらに飽くことなく酒を喉に流しながら孫一が言った。

来ぬかと言いながら誘ってはいない。

声は、鉄の鎖に等しかった。

「傭兵稼業もそろそろ先が見えた。銭は唸るほど儲けたがな。そろそろ浮いた草は刈られる世に移る。次に目指すは、大名じゃ」

孫一は手酌で酒を足し、一気に傾けて顎先を無造作に拭いた。

「儂は信長んとこで大名になる。手伝え、孫四郎」

孫一のふくらむ声が部屋内の闇を深める。

孫四郎は巻き込まれぬよう、努めて静かに口を開いた。

「儂は栗林の孫四郎だ。これまでも、これからも」

孫一に告げつつ、己自身にも言い据える一言である。

しばしの間があった。

誰も動かず、声もなかった。

「残念だ、孫四郎」

闇が突如冷えた。

孫一から噴き出す気は、孫四郎をして底冷えを感じるものであった。

「樽の酒が尽きるまでにはまだ間がある。味わえ。その後、堤の貸し、返して貰おう」

やはり覚悟すべき一言であった。

覚悟はすでに孫四郎の中にある。味わうべきは、酒ではなかった。

覚悟を含み、気迫を練る。有本の全てを後背《こうはい》に負い、一歩も引かぬ気迫を練る。それに命一つを練り込めば、たとえ鉄砲含みの十人とはいえおさおさひけをとるものではない。

孫一が呑み、孫四郎が呑む。

半刻か一刻か。時の流れは定かでなかった。

酔いは気迫の裏に隠れた。

残り一つの酒樽も汲み出すたびに傾けられ、木地を擦る音が上がり始める。

練り上げた気魂が腹内に熱を生んだ。

呑むほどに、呑むほどに、孫四郎の身体は隅々まで剣士の気が満ちていった。

庭から吹き込む微風に火縄の臭いがかすかにした。縁に出て一人座る気の早い影が懐で始末の準備を始めたのだろう。背格好は鶴首のものに相違なかった。

間もなく、なぶり殺しか皆殺しが始まる。

居並ぶ者達の隠すことない殺気がねじれ上がり、孫四郎に降りかかる。

孫四郎には怖れも怖《お》じ気もまるでなかった。

剣以て立つ者の心の下拵えはできあがっていた。

そのとき、一つの影が庭先から居間の中に躍り上がってきた。

「お頭っ」

切迫した声から聞くに、男はこの場にいなかった孫一子飼いの一人、発中であるようだった。一同の殺気がわずかに揺らぐ。

孫一の答えも待たず発中は駆け寄り、その耳に顔を寄せ何かを囁いた。

密やかな声であったが、五感をとぎすました孫四郎の耳は、とぎれとぎれにそれを捉えた。

——惟任日向守《これとうひゅうがのかみ》——本能寺。

孫四郎にはなにやらわからなかったが、発中は早口にそう言った。

「馬鹿なっ！」

闇としじまを突き破って吐き捨てる大声とともに孫一が立ち上がる。

「孫四郎っ」

孫四郎を見下ろす目が炎と燃えた。

「栗林にかかずらうと何かが動く。因縁じゃ、儂と、お主の」

孫一はそこまで言うと背を返した。

「なかなかの余興であった。貸し、そのまま預ける」

それを捨てに孫一が外に飛び出し、発中が続き、居間の者達が足音高く後を追う。

縁の鶴首が鉄砲を抱え最後まで孫四郎をにらみつけて残ったが、やがて目を切り、漆黒に溶けた。

「父上、何があったのです」

異変を聞きつけ、新六が居間に現れる。

背に隠れるようにして、綾乃と初音の不安げな顔もあった。

「さて」

問いに対する答えは、孫四郎の内にもなかった。

ただ何事か、孫一の身辺に対する重大事が起こったのだろうことだけは理解できた。そうでなくて、銭や酒まで持ち込み、手ぶらで栗林を出て行くような男ではない。

孫一にとって驚天動地な何か。

それが孫一の執念を有本から引きはがしたといえる。

(ひとまずの危難は去った)

己の生はさておき、有本の命脈つなぎ得たことに、孫四郎の肩から力が抜けた。

溜め込んだ気魂を深い呼吸に添えて吐く。

首を鳴らし首を回し、孫四郎は何気なく部屋内を見回した。
部屋の隅から、いつの間にか正兵衛の姿がかき消えていた。
いまだ残る剣士の勘が、心に旋風を巻き上げ、さざ波を起こす。
「まさか」
——なんじゃ、おのれっ。
腰を上げて踏み出す一歩目と、かすかに流れる怒号はほぼ同時であった。
轟っ！
夜の静謐《せいひつ》を突き破り、月さえ揺らす銃声が響く。
林がねぐらの鳥たちが一斉に舞い立ち、辺りは一時騒然となった。
床板を蹴り、孫四郎が夜に駆け出す。
「ここにおれ。大事ないっ」
綾乃に言い含め、新六もその後に続いた。
林中の暗闇を走り、林を抜ける。
抜けて孫四郎は立ち止まった。
眼前に、倒れ伏して動かぬ正兵衛の姿があった。
草いきれに混じって濃い血臭が孫四郎の鼻腔《びこう》に忍ぶ。
「何があった。何をした。正兵衛殿」

一足飛びに正兵衛に寄り、抱き起こす。

左胸に血の華が咲き誇り、正兵衛はすでに事切れていた。

地から跳ね上がるあえかな月の光があった。見れば力なく垂れた右手に正兵衛は長さ三寸にもみたぬ小さな刃物を握り込んでいた。

投網《とあみ》から魚を外すときの物だった。

「そんなもので、そんなもので。……そんなものでなぁ」

孫四郎の涙が正兵衛に落ちた。

口を開くことなく居間の隅に一人あり、暗く見つめて覚悟を練り上げたのだろう。予期せぬ孫一らの訪れであっても、目の前に敵を見ては立たずにいられなかったに違いない。

小刀がそれを物語る。

そんな物であっても、そんな物しかなくとも立つ、正兵衛の悲しみと孤独が、哀れであった。

最後まで何も言わぬ男であった。

正兵衛の寡黙が心を裂く。

「船渡の先のこと、まだまだ虚《うつ》ろな話であっても、聞かせておけば正兵衛殿、癒やされましたか。少しは夢が見られましたか」

孫四郎は問いかけずにはいられなかった。

その間にも、動かぬ正兵衛の身体が冷えてゆく。

言わぬ男だから、甘えたのかもしれぬ。名主でありながら一人生き老いてゆく男の絶望を、孫四郎は見なかった。

栗林のことに、名主であることに汲々として何が国人。小名あまねく照らしてこその国人である。

「父上」

新六が孫四郎の肩に手をかけた。

孫四郎を超えて無骨な、しかし、温かい手であった。

「船渡に埋めて差し上げましょう」

新六の存在そのものが孫四郎を支える。

正兵衛の遺体を抱き上げ、孫四郎は月夜に立った。

有本に吹く風が優しかった。

口中に風を含み、腹に落として遥かな辻を見る。

淡い月明かりの中に浮かぶものは変わらぬ風景だけであった。

孫一らの姿は、すでにどこにも見られない。

それでも孫四郎は、腹腔から絞り上げる声を発した。

「孫一っ。堤、いつまでも貸しというなら、儂も命三つ貸した。次会うときは、互いに是非はあるまいぞ」

闇を貫き声が走る。

孫四郎は大地を踏みしめ船渡に向けて足を振り出した。

正兵衛を船渡の大地に帰してやらねば、この日の一連は終わらなかった。

新六と二人、正兵衛を船渡に埋め栗林に戻る頃には、竜門の稜線《りようせん》に光が溢れた。

六月四日の朝が始まるようであった。

不睡で越す夜の疲れが重くわだかまる身体を、引きずるようにして孫四郎は栗林の

母屋に戻った。

外縁から内に開け放たれた居間を見れば、昨日の痕跡は跡形もなかった。綾乃と初

音が気丈にも立ち働き、全て片づけたものに違いなかった。

敷居をまたぎ土間に入る。

「お帰りなさいませ」

へっついの向こうから顔を出し、綾乃が朗らかな声でそう言った。

さすがに掻取は腰になかったが、着たままの白が花嫁衣装の残骸として、かえって

痛ましかった。

「朝餉《あさげ》の支度、もうすぐですから」

自身の胃の腑は眠りに就いているのか、空腹はまるで感じなかったが、孫四郎は大きくうなずいた。

己が食わなくとも八重がいる。

目覚めては眠り、目覚めては眠るを繰り返す八重は、昨日から続く様々な出来事にもかかわらず、あるいは知らず、きっと刻ごとの飯をねだるに違いなかった。

初音に白湯を求め、居間に入って一人座す。

湯を喫しながら、湯気の向こう、林に揺れる朝の光を、眩《まぶ》しいものにしばし眺める。

散り散りの光が孫四郎に、一方で目覚めを促し、一方で眠りに誘《いざな》った。

一夜の激動に、夢と現の境がなかった。

「孫四郎」

奥から八重の声がかかる。

軋む首を奥にねじる。寝床から八重が孫四郎を見ていた。

「良いお式でしたね」

声は限りなく柔らかな響きを帯びていた。

そこまでが八重の現実のようである。

口を開くことなく微笑んで受ける。

後を告げることは、必要のないことであった。

「夢を見ました。良い夢です」

小鳥の囀りが木立に数を集め始める。

吹く風が一頭の蝶《ちょう》を連れて居間に舞い込んだ。

純白の羽が、鮮やかであった。

「有本一面に田畑がありました。私と父上が畑にあって、孫四郎と源五が田に苗を植えています。新六と初音が畦を駆け回り、由衣が冷やした瓜《うり》を持って木陰に茣蓙《ござ》を広げる。にぎやかにしていると兄上様が綾乃を伴って手を振り、汗を拭きながら駆け寄ってきます。楽しい夢でした」

湯を含みながら蝶を目で追い、孫四郎は母の話を聞いた。

楽しげであってもわずかに惨い。

有本、と広く取りながら、母の話には船渡の義右衛門と正兵衛がいなかった。

「孫四郎、いつか本当にそうなると良いですね」

惨くも悲しく、孫四郎以上に入り交じった夢と現。

けれどそれが、八重の日常。

「良いですね」

受けて繰り返す以外、孫四郎にも答えがなかった。

八重が笑って床でうなずく。

蝶は飽きたか、風に逆らい外へと去った。綾乃に介添《かいぞ》われての朝餉の後、八重は再び眠りに落ちた。

良いことしか見ぬのなら、夢に遊ぶ時は長い方が幸せであろう。覚めぬ夢ならなお幸せか。

新六、綾乃、初音と並んでとる朝餉の席で、孫四郎はふとそんなことを思った。

少しばかり汁椀に口を付け、孫四郎は席を立った。

奥に入り刀掛けから刀を取り、すぐさま腰に落として閂に差す。

一夜の激動は朝になっても静まることを知らぬようであった。

孫四郎のただならぬ様子に、綾乃が怯えて新六の胸に身を投げた。

「動くなよ」

剣士の気迫を横溢させ、孫四郎は若い夫婦をその場に縫い止め、一人外縁に出て膝をついた。

押し殺しつつも漏れ出る殺気が、四方の林から母屋を包んでいた。

「孫一っ！」

裂帛《れっぱく》の気を込めてその名を呼び、殺気の壁に亀裂を入れる。

「まだ栗林に用があるかっ！」

四方の殺気に、明らかな動揺が見て取れる。

孫四郎は、縁を蹴って軽やかに庭に跳んだ。

「待て、栗林の。――孫一、おらんのだな」

正面の林に人影が揺れた。形から、具足を身につけていることは間違いなかった。

逆光の中を歩み来る。

わずかに遅れて、残る三方も同じように隠すことなく草を踏んだ。

孫四郎は光の中に目を凝らした。

「おう、お主は」

孫四郎の身体から力が抜ける。

栗林の庭に姿を現した最初の男は、行方の知れなかった綾乃の父、土橋平丞であった。

下ろした髪が幾束かにねじれ、頬にもやつれが露《あら》わである。具足も泥と埃《ほこり》にまみれて見えた。

「ちっ、父上様ぁ」

居間から綾乃が裸足《はだし》のままで飛び出してくる。

孫四郎の脇をすり抜け、綾乃はそのまま父に抱きついた。父の安否を口にすることはなくとも、それは綾乃にとって一番の心配事であったろう。

父に埋もれたまま、綾乃はいつまでも泣き声を上げた。

新六が後から出て孫四郎の隣に並び立つ。

平丞父娘と孫四郎父子を取り囲むようにして、平丞と同じような傷や汚れの目立つ戦さ装束に身を包んだ三十人ばかりの男達が立つ。

皆、土橋に属する者達に相違なかった。

「栗林の。我らは孫一と入れ違いか」

泣きじゃくる娘を抱きながら、平丞が孫四郎に問いかけた。

理由は知らず、孫四郎は一夜の顚末《てんまつ》を平丞に告げた。

「ちっ、遅れた」

一人の男が、吐き捨てながら土を蹴った。

「平丞、ここで聞いたのなら、奴ら一度雑賀へ戻るかもしれん」

「そうじゃ、あり得る」

「急ぎ雑賀へ戻ろう」

矢継ぎ早に言いつのる声に平丞は大きくうなずいた。

「うむ。戻ろう」

具足を揺らし林を騒がせ、男らが土煙を蹴立てて走り去る。

娘の感情の収まらぬ平丞だけが、動かずその場に残った。

「平丞、何があった」

娘の背を手でなでさすりながら、平丞が顔を上げた。

「明智光秀《あけちみつひで》が謀反《むほん》を起こし、信長を討った。孫一の後ろ盾が消えたんじゃ」

短い言葉ではあったが、それで全ては明らかであった。

――儂は信長んとこで大名になる。

孫一の思いは風塵《ふうじん》に帰した。

それればかりでなく、わずかな手勢だけで一向門徒、あるいは織田を嫌う者、土橋の残党うろつく地にあることは眠れる虎口に首を突っ込み、目覚めを待つに等しい愚である。

知って即、栗林を後にしたのは孫一にとってはまったく正しい行為といえた。

平丞らの落胆と慌てぶりが、その結果を物語る。

「綾乃、儂はな、行かねばならん」

平丞は己が胸から綾乃を引きはがした。

童女に戻ったように泣きじゃくりながら綾乃が首を激しく振る。艶やかな髪が左右に大きく乱れて揺れた。

新六が進み出、後ろから綾乃の肩をその手に包んだ。

綾乃の涙が次第に収まってゆく。

平丞の目が、理由を辿って束の間《つかま》新六に動く。

「新六、だな。聞いている。綾乃を頼む」

平丞は、侮りや蔑みを一片たりと見せることなく、真摯な面持ちで頭《こうべ》を垂れた。

新六は口にすることもなく黙礼を返す。

今一度、平丞は娘に寄り、指先を綾乃の頬に当てた。

涙で溶けた具足の汚れが、綾乃の頬を汚していた。

「間もなく終わる。それから、ゆっくりと話をしよう」

娘の涙と汚れを指先でぬぐい、平丞は孫四郎に向き直った。

「栗林の。叔母上といい、綾乃といい、土橋と栗林は、よく絡む縁じゃ」

平丞は言って、一渡り辺りを眺め回した。

木漏れ日が、その顔に陰影を濃くする。

「ここは、良い所じゃな。いや、良い所にお主がしたか」

平丞は答えも待たず背を返して歩き出した。

三歩ばかり進んだ所で思い出したように一度振り返る。視線は惑うことなく、綾乃一点に据えられて動かなかった。

「綺麗だな、綾乃。花嫁衣裳、見られて良かった」

父としての感慨が林中を爽やかな風となって流れた。

涙を収めた綾乃と新六が、走り去る平丞の背を見送って立つ。
孫四郎は一人縁から内に入り、刀を戻して居間に入った。
全ての膳で朝餉はすでに冷えていた。
今になって腹の虫が騒ぎ始める。
汁を飯にかけ、孫四郎は貪るようにしてかき込んだ。
身に溜まる疲労はそのままであったが、心はなぜか軽かった。
人心地をつけて庭を見る。
寄り添うおしどりが、林の外を眺めて動こうとはしなかった。
八重の穏やかな寝息が聞こえる。
孫四郎は、母の寝顔を静かに見た。
「母者の夢は叶《かな》いそうにありませんが、どうやら始まるものもあるようです」
穏やかな眠りに見る夢に不幸は映らねど、それだけでは新たな夢はつかめない。
正兵衛の死を知らぬことは幸せであろうが、平丞の訪れは起きたならば伝えよう。
それで夢に、膨らみが出る。
居間に吹く風が熱を次第にはらみ始めた。
今日も一日、有本の夏は暑さ厳しい一日になるようであった。

後に平丞に聞く所によれば、孫一はそのまま出奔して北に走り、織田信張の守る和泉岸和田城《きしわだ》に逃げ込んだということである。

組頭らは互いに耳から耳へ囁き合うだけで、残る多くの雑賀の同士らは捨て置きにしたとも聞く。

その結果、孫一を平次近くまで引き入れたといわれる雑賀騒動の張本人、土橋兵大夫《へいだゆう》は信長と光秀の報を聞くこととなく討ち取られ、和歌浦の潮風にその首を晒された。

人にしがらみ、人多ければ、その分動きは確実に鈍くなる。

夜逃げと言われようとなんと言われようと、動きに見る俊敏、その鮮やかさ、切り捨てに見る判断、その絶妙は、運命がいう所の流れではなく、孫一の示す才覚であろう。そこが生き場の孫一である。

泳ぐ濁りの水がある限り、孫一はきっと水面から顔を出す。生きてある以上突き当たる。

流れと堤のそれが宿命。

有本は流れに飲まれて幻になった。

堤が勝るなら、流れは堤の向かうままである。

その一瞬を決めるのは、天道の垂らす一滴。

しぶとく世を渡り、世に生きる孫一。

しがみつき有本を変え、有本に生きる孫四郎。

信長消えて濁り水いずこ。

新六伸びて己の置き所いずこ。

孫四郎は、大地に立って風を眺める。

綾乃を迎えてさらに広がりゆく新六という豊穣を見るたび、孫四郎は孫一へと傾倒してゆく己を感じずにはいられなかった。


天正十二年（一五八四年）九月。

刈り取りの時期である。

稲架《はさ》を立て、稲を逆さに天日に干す。逆さにするのは根切られて死に向かう稲が、残されたわずかな時の中で自らの命と滋養を余すことなく籾《もみ》に注ぎ込むその手助けをするためである。

天気に大きな崩れもなく、天候に恵まれたこの年の収穫は、孫四郎にとっても新六にとっても満足のゆくものであった。

初音も綾乃も稲を刈り、栗林の働き手総出の作業である。

綾乃は嫁ぎ来て二年の間によく栗林になじみ、初音とともに新六を助けて名主をもり立てた。

綾乃の父土橋平丞は、今や雑賀総代として雑賀、根来を目の敵にする信長の後釜、羽柴秀吉《はしばひでよし》との戦さに明け暮れる日々である。

後でゆっくり話をしようとの約束は果たされぬまま捨て置きであったが、雑賀や土橋のことに一喜一憂することなく、綾乃は明るく朗らかに、栗林の毎日を生きた。

垂らす稲の重み、豊穣と幸福の重みに稲架の竿《さお》が悲鳴を上げる。

孫四郎は作業の合間に腰を伸ばしては、うららかな晩秋を噛み締めた。

そんなある日、突然に八重が寝たきりの生を閉じた。

全ての刈り取りを終え、田の刈跡にとんぼが群れて飛び遊ぶ、十月の始めのことであった。

「孫四郎、田圃《たんぼ》が見たい」

いつになく血色の良い八重が、朝餉の後でそう言った。いつもならそのまま眠りに落ちるのが日常であった。

非日常をいぶかしみはしても、孫四郎は異常と取ることは出来なかった。その顔に浮かぶ微笑みの柔らかさが、一時、孫四郎を八重の子に戻したといえる。

驚くほどの軽さを実感しながら母を背負い、孫四郎は栗の林を外に出た。

そよ吹く風が着物の裾をいたずらに散らし、稲架掛けの稲にさざ波をたてる。

昇り始めた日輪が降り落とす初冬の陽が、肌に優しく暖かであった。

「ああ、気持ちの良い日和です。……今年もよく実りましたね」

言って八重は顔を孫四郎の背に伏せた。

それが、八重の最後の言葉であった。

有本の激動と再生、それを見続けてきた魂がまた一つ天に還《かえ》った。残されるは孫四郎ただ一人である。

さらに軽さを増す母の身体と、はかなくなってゆく生気を感じても、不思議と涙は出なかった。

孫四郎もいつしか、死に恐怖する歳ではなくなっていた。

そうして順に送るのである。順に送り、順に還る。

天は魂の故郷なのだ。いずれの日にか、孫四郎も還る。

父はもう逝ったのだろうか。少なくとも由衣と源五は待っている。

母の死は孫四郎にとって悲しいものではなく、己の順が繰り上がったことを示す、一つの天の則であった。

川と大地の境、刻積もりの場近くに母を弔う。

土饅頭《どまんじゆう》が二つ、並んで盛り上がった。

一つは、由衣のものであった。

二日後、八重の遺物を整理し、田で焚き上げて野辺に送る。

慎ましく生きる栗林の民にふさわしく、焼く物はさほど多くなかった。

初音と綾乃のすすり泣きが田にしめやかな風情を醸す。

初冬の空は澄んで高い。

新六と並び、たなびく煙を見送りながら孫四郎は深い息をついた。

脱力、というわけではないが、肩が自然に下がるようである。

有本は豊かに変わった。

己を取り巻く人々も、思い出を辿るまでもなく、若い者達に変わった。名主の座も新六に明け渡している。

有本は、若い名主の元でこれからもさらに変わってゆくことだろう。

孫四郎の出る幕は、どこにもないのだ。

母を見送ることだけが、有本において孫四郎が、己の責としてせねばならぬ最後のことであった。

有本のみずみずしい大気を胸一杯に吸い込む。

そのとき、孫四郎はふと寄り来る者の気配を感じた。

身体ごと回し気配を辿る。

遥か彼方に、こちらに歩み来る数人の男達の姿があった。

前に出ようとする新六を無言で押さえる。

名主の盾、そして、たとえ新六であっても一人では回し切れぬ広き田畑の助け手。それなくば、孫四郎が有本に生きる理由がなかった。

新六から五間ほど前に出て男達を待つ。

孫四郎が出たことに気づいてか、男達の足取りは躊躇しがちなものになったが、それでも寄り来ることは止めなかった。

やがて、ようやっと男達が孫四郎の前に並び立つ。野良着の男ばかりが五人であった。よく見れば見たことのある顔ばかりである。

孫四郎が幼い頃から辻向こうの中之島にあって、孫四郎が道に出るたびに睨んでいた者がいた。

時を過ごし、平次に言われて出た和佐の館で、門の前に立ちはだかった男もいた。考えるまでもなく、男達は皆、在りし日の有本に生きた血脈の裔ばかり、それでも有本に生きて胸を張る栗林の者を、蔑みすら含んで眺めてきた者達ばかりであった。

「何用だ」

威を含む声を孫四郎は発した。

左足を差し、腰をわずかに落とす。

皆、地に汗水垂らして日々を生きる農夫である。剣をとっては境地に達している孫四郎に何が出来るとは思えない。

しかし、名主の盾である以上、万に一つがあってはならない。万に一つは、平次のことで懲りている。だから野辺の焚き上げにもかかわらず、腰にはなじんだ一振りを帯びていた。

互いの目を見合い、肘で各々をつつき合いする中から、一番の古老と思われる男が一歩前に進み出た。

それが中之島の小作であることを、孫四郎は覚えていた。

皺の深さ色の黒さが、どこか船渡の正兵衛を彷彿《ほうふつ》とさせる男であった。

「そのなぁ、なんだ、栗林の。お主は、お主んとこは、偉いわ」

話しにくそうにしわぶきを繰り返す。

孫四郎は、黙って老爺のすることを眺めた。

やがて男は首筋を叩き、意を決したように孫四郎を正面に据えた。

「儂ら、戻っても良かろうかの。いや、戻らせて欲しいんじゃ」

地を這うような声であったが、真情からであることは響きを聞けばわかった。皺に埋もれたような眼にある光も、濁りのないものに見える。

孫四郎は束の間、己の膝からわずかに力が抜け落ちるのを感じた。

「栗林の名子でよい。頼む」

先頭切って老爺が腰を折った。

──頼む。

──頼む。

次から次へと頭が下げられてゆく。綾乃と初音のすすり泣きが、いつの間にか聞こえなくなっていた。

深々と腰を折ったまま固着する男達。

孫四郎が口を開かねば、決して動かぬことを示す真っ正直な気が一人一人からにじみ出ていた。

（おおっ）

孫四郎はなお落ちんとする膝を叱咤《しった》し、逆に背を伸ばして蒼天を振り仰いだ。

白い雲が、目に染みた。

（人が、帰ってくる。有本に。有本が、蘇る）

それこそ守り続けた己の、誠三郎の、そして代々の名主にとっての悲願であった。

夢にまで見た一瞬。

とはいえ、一炊の夢なら見ぬ方がよい夢。

孫四郎は気を寄り集めて震えを抑え、視線を居並ぶ五人に戻した。

「いまさら、ではないのか」

先の古老が存外の速さで身を起こす。

それだけの必死が、よくよく見えた。

「いや、儂らあそこの堤成ったあとな、すぐにみんなで一度来たんじゃ。寄せてくれと」

孫四郎は古老の言葉に眉を顰めた。

悪い夢が始まる前兆か。

そんな話を、孫四郎は聞いた覚えがなかった。

「こう言っちゃなんだが、お婆様いんようになったで、もう一度来た。お主で駄目なら、次はないんじゃゃ」

言いにくそうに口ごもりながらの話である。

が、孫四郎にとって衝撃は大きかった。

(なんということだ)

母であった。八重であった。

孫四郎に問うこともせず、八重がどうやら一存で撥ねつけたようである。

生まれ変わろうとする有本を、古き女が握りつぶす。

有本の権化とさえ思っていた母は、どうやら権化ですらないようであった。

母は、父と生きた有本に固執したのかもしれない。

それは我執《がしゅう》というものだろう。

我の想いに凝り固まった、ただの女。

それはかえって、哀れでもある。

(母上、有本を守るとは、そういうことなのですか)

野辺の煙を振り返って見る。

詫びるように煙がちぎれて、途絶えて消えた。

「栗林のぉ」

呼びかける古老の声は、哀願さえ含むものであった。

孫四郎は目で新六を呼んだ。

今の名主は新六なのだ。己が答えては、孫四郎がかつての八重になる。

「儂は名主ではない。願いは、名主にするものだ」

孫四郎は老爺にそう告げ、話の全てを新六に振った。

受けようと撥ねつけようと、有本の意志は、新六にある。

「栗林新六です」

抜けの良い堂々とした声で新六は名乗った。

「おお、お主が今の名主様か」

己に対するよりわずかに扱いが軽い、と孫四郎は見て取った。

が、何も言わず、うなずきを以て答え、新六は居並ぶ五人を眺め渡した。

「そうしていては人が見えない。顔を上げてください」

言って反応を待たず、新六は古老に視線を投げた。

「先ほど次はないと聞こえましたが、どういうことでしょう」

思い思いに上げる面《おもて》四つが、とまどいながら新六を見る。

「検地じゃっ」

古老は叫ぶようにそう言った。

「このところの戦さの激しさを見ればわかる。雑賀も、いや紀州も、このまま勝手気ままにおられるわけがない。きっとどこぞの誰かが入ってくる。どの国見ても、そうなりゃまず検地じゃ。帳にさえ載りゃ、土地が認めてもらえるんぞ。そうなる前に、始まる前に、儂ら田畑が欲しいんじゃ」

新六は黙って最後まで聞いた。

孫四郎は一歩下がってただ見守る。

出るべき場では、すでになかった。

しばしの静寂。

皆が、新六を待って首を前に出す。

「わかっているのですか」

おもむろに新六が口を開いた。驚くほどに突き放した声である。

老爺を含む五人の首が縮む。

それはついぞ、孫四郎すらが聞いたことのない響きを帯びていた。

「田に畑に生きるとは、生やさしいものではない。ましてや新たに開くならば、注ぎ込む力、情念は、きっと命を削ぐほどのものになりますよ」

朗々と響き、居並ぶ者を圧倒する新六の声。

いや、名主の声。

「今から逃げたいだけではないのですか。いずれ楽が出来ると思ってはいませんか」

新六は言いながら左手で有本全体を指し示した。

「有本の大地には意志がある。全身全霊をかけて挑めば決して裏切らない優しさを持ちつつ、怠けたり、心足りぬものには何一つ与えぬ意地も持ちます。半端な覚悟なら死にますよ。それを助けることはしませんし、それを助ける者を、儂は許さない。有本を汚すものを、儂は許さない」

風が新六を芯に巻き上がった。

唸りは、新六を支持する有本の声のようであった。

「わ、儂はそんなつもりではないっ」

老爺が身を震わせて告げる。眼に怒りが燃えていた。

「出来るのですか。必死の生き方」

新六は揺るがず、さらに詰める。

「できるっ」

「本当に」

「できるっ」

「なぜっ！」

一喝に等しい新六の声が大気を斬る。

孫四郎は、我知らず身構えた。

剣なくとも新六の声は、心を斬るに足る雷光の閃きにも似た鋭いものであった。

「……儂はっ、かっ、帰りたいんじゃ。有本に」

老爺の心が切り開かれる。

「帰してくれっ。儂を、有本にっ」

涙さえにじむ、それが本心であったろう。

——儂もなぁ。

——儂も。

——帰りたい。有本に。

微動だにせず、新六は五人の心を受けた。

受けて吸い込み、そして穏やかに笑った。

「なら、お帰りなさい。誰に遠慮もいりません。ここは、皆様の故地なのですから」

――おおっ。

――おぉぉっ。

立つ者は、誰一人としていなかった。

五人全員膝から崩れ、新六の前に泣き伏した。

新六と男達の格の差は、歴然であった。

（これが、これがきっと国人）

孫四郎は瞑目して一人噛み締めた。噛み締めたまま、動けなかった。

新六の器は、孫四郎が思うより遥かに大きく、計り知れぬものであることが思われた。

父誠三郎の背を見て生き、同じ名主にしかなれなかった孫四郎。

その孫四郎の背を見て、超えて、国人のなんたるかを父に示すまでに育った新六。

その差も歴然。

新六と男達同様、孫四郎と新六の差も、歴然であった。

涙を拭き、洟をすすり、必ずの帰郷を固く約しながら、男達がそれぞれの今に戻ってゆく。

その背を見送りながら、孫四郎は有本に生きる理由が全てなくなったことを、沸き上がる熱とともに感じていた。

新六の剣技に国人の風格が合わされば、己が盾として出るもおこがましい。

男らが名子として帰ってくれれば、田畑の助け手など有り余る。それどころか、今の何倍に広がることか。

名主の父、前名主としていてもいいというだけで、孫四郎がいなければ成り立たぬ物事は、一つも残っていないのだ。

(出るか、外へ)

かえってそれを強烈に思う。

理由がないということは、縛りがないということに等しい。

解き放たれる心の軽さは、今まで感じたことのないものであった。

――儂こそ、出たかったのだ。

月夜の麦畑で源五の軀に吐露した心に嘘はない。

栗林に生まれ有本に生き、雑賀五搦みから出たことすらない命一つは、解き放たれたとたん、外の世界を渇望した。

生まれ変わった有本には新六がいる。任せるに足る跡継ぎがいる。

後顧に憂いは、皆無であった。

今なら、出られる。

飛び立つ想いに、知らず笑みがこぼれて広がる。

深く深く、大きく大きく、笑みは孫四郎の顔に咲いた。

今なら有本に吹く追い風に誘われて、野に舞う花のひとひらとなれる。

「新六」

「父上」

父子の声が重なった。

言いながら新六が孫四郎を振り返る。

国人を表す息子の身体が、一回り大きく孫四郎の目に映った。

「ああ、父上も、そのようにお笑いになれるのですね。――もう、よろしいのですよ。想いのままに。お好きなことを」

「……知って、いたのか」

見せつけられる器量にあからさまな差がある。

孫四郎は抑え切れぬ笑みの中に、ため息一つばかりを混ぜ込んだ。

新六はさもおかしそうに声に出して笑い、笑いの終いに言葉を繋いだ。

「知っているも何も、私はそれを見て育ってきたのですよ。父上は、昔からふとしたとき、遠くを見、遥かに話しかけるお人でありました」

孫四郎は思わず絶句した。

新六の言う己の姿は、孫四郎が見続けた誠三郎そのものの姿であった。

孫四郎の脳裏に、最後の日の父が浮かび、あの後にも先にも見たことがない笑顔を見せた。

「おおっ！」

彼《か》の日の父と笑顔と、今の己の笑顔が、孫四郎の中で一つになった。

(父が儂、儂が父)

孫四郎は突如唸り、蒼天に両手を振り上げた。

「なっ。いかが致しましたっ」

孫四郎の耳に新六の声は入らなかった。

差し上げた両手が小刻みに震える。

それは、抑え切れぬ歓喜であった。

(父上、そうでありましたかっ！)

いつの間にかなぞって生きてきた己の内の父を、孫四郎を見続けてきた新六という子に投影して初めて知る。

父は有本を捨てたわけではない。失望して消えたわけではない。

託したのだ。孫四郎を託すに足る男と信じたのだ。

だから出たに相違ない。

思い出の中にある父の言葉のいろいろな切れ端。それも託したのが真実であろうことの後を押す。

今の孫四郎の歳なら実感できる。父ほどの技量あれば、身に衰えを見ぬうちに、世に広く己を試してみたいと思うのは剣士としての性《さが》であろう。

孫四郎は、あれほど思い悩んだ父の心を今こそ悟った。

滂沱《ぼうだ》と流れる涙が、首筋を伝い流れ落ちる。

息子の前、娘の前であったが、構うものではなかった。

孫四郎は泣いた。

両手を冬空に突き上げ、あらん限りの声にして泣いた。

初音と綾乃はわからず孫四郎の有様を見つめて立ちつくす。

新六は微笑みさえ浮かべ、父の心を眺めて立つ。

稲架掛けの稲が風を受けて軽やかに歌った。

心を決めた孫四郎に送る、有本のささやかな餞別《せんべつ》であったろうか。

やがて、孫四郎は静かに歓喜を収めた。

幼子のように洟《はな》と涙を袖口で荒くぬぐう。

心は晴れて明るく、染みの一点すらなかった。

「出てみたい」

新六を見て心を告げる。

突き出る声は自身驚くほどの張りを響かせた。

新六は静かに受け止め、ただうなずいた。

「世に、己一人を試してみたいんじゃ」

繰り返す心を繰り返し許す、栗林の名主、有本の国人、そして優しき息子がいた。

「ゆくと、決めた」

新六は三度うなずき、脇に退いて孫四郎のために道を示した。

「いつなりとお戻りを。栗林も有本も、いつまでも変わらずここにありますよ」

孫四郎は新六を見、初音を見、綾乃を見、万感を込めて有本の大地と紀ノ川の流れを見回した。

焼き付ける。そして焼き付ける。

ここが、孫四郎の故郷である。

「達者で暮らせ。さらばっ」

決別を声高く有本に響かせ、孫四郎は力の限りで駆け出した。

振り返ることはしなかった。

着の身着のままにして太刀一振り携えただけであるが、孫四郎にはそれで良かった。

心はすでに有本の外に飛んでいた。

九天九地に孤剣を以て一人立つ。

孫四郎の身体は、先走る心を追って地を蹴り続けた。

どこに行こうという当てがあるわけではなかったが、なすべきことは決まっていた。

有本の流れから分かれ出ようとするならば、まず堤を切らなければならないのだ。

遥かな上流から縁と運命に従って長々と続き、見えぬ下流まできっと途切れることない頑丈な堤を。

「孫一ぃっ」

孫四郎は遥かな空に堤の名を叫んだ。

野に生くべき孫四郎にとっては、それが手始めであり、それが決着であり、それが有本との本当の意味での決別であった。

冬の空が高くどこまでも続く。

孫四郎は、流れる雲を追って大道を全力でひた走った。

流れは牙を剝《む》き、今、己の意志で堤に挑まんことを決めた。

堤はいずこ。堤の実体はいずこ。

孫四郎は大和街道をどこまでも走った。

その昔、城山帰りの父を迎えに出た日のように。

歳経ても、やけに弾む心は、幼き日々と変わらなかった。

天正十三年（一五八五年）五月初旬。

鈴木孫一の姿が和泉と紀伊の国境、孝子峠《きょうし》の上に見られた。控えて立つのは、鶴首と小雀の二人だけであった。

下りの道の遥かな先に、淡輪《たんのわ》に向けて去りゆく七人ほどの影が見える。

下針を始めとする配下六人と、孫一の子の影であった。

孫一は、その一行に眼をひた当て動かなかった。

七つ行く影、その中で飛び抜けて小さい一つが孫一の子の影である。

大坂は羽柴秀吉の元へ人質として取られゆく子であった。

孫一の奥歯が嚙み砕かれんばかりの音を発し、雑賀鉢が夏の陽差しを冷たく撥ねた。

「このままでは終わらんぞ」

子に当てながらしかし子を見ず、眼に燃え上がるのは憎悪の炎であった。

この年の三月から四月にかけて十万余の動員がかけられた秀吉による根来・雑賀攻め。孫一は、その先手であった。本能寺の謀反の後、雑賀を出奔した孫一は羽柴秀吉に仕えたのである。

天正十二年八月の小牧《こまき》の役の折り、初めて秀吉から与えられた役目は、たかだか二百人ばかりを率いる鉄砲頭であった。

髭鼠《ひげねずみ》の目に、孫一は小才のきく田舎の地侍としてしか映っていないことを、それは示していた。


信長の下であれば、大名は夢でなかった。

が、秀吉の下ではそれはどうやら遥かな夢のようである。

銭はうずたかく積めるほどに持っている。飽きたと言っても過言ではなかった。

その銭をいくらはたいても買えぬものが、大名の地位であった。

買えぬからこそ、是が非にもと欲す。一度は確かに手の届く所にあったのだ。

この上は、戦功を積みに積んで成り上がる。

顔を背けたくとも背けられぬほど、秀吉の前に死に死を積んでその上に立つ。

孫一は一念に燃えて雑賀に入った。実に、三年ぶりの雑賀入りであった。

諸将が攻めあぐねる宮郷太田《おおた》の籠城には、宮井川の水を堰き止め功をなした。

雑賀城の講和にしても、日和る古きなじみを巧みに操り、内紛を起こし、その扱いの時期を十日は早めたという自負があった。

戦功第一は、何を足し引きして考えても、孫一のものであることは明らかであった。

四月二十五日、紀州を離れる秀吉の前にうずくまる。

故郷を死と血に染めてでも欲しいものは立身出世の足掛かり。

恩賞の重さを期待して四肢に力を込める孫一に降《くだ》る者は、子を大坂に上げよ、の一言だけであった。

見上げれば、うずくまって低い孫一を、さらに低く見下ろす秀吉の薄笑いがあった。昨日の怨敵を今日の配下として抱き止める懐の広さが、秀吉という男にはないことが知れた。

その屈辱は孫一の中で渦を巻いた。

その渦が、暗き風を胸内に起こし、やり場のない怒りとなって今、孝子峠で奥歯を鳴らす。

孫一にとって秀吉は、たとえ天下布武を継ぐ昇る朝陽の男であろうと、仕えて益ある主ではとうていなかった。

「いざとなれば、今一度固まりゆく世を乱す。無造作に立つ戦場に気をつけるが良いわ」

孫一は視線を大坂の空に差し上げた。

怒りを飲んで付いて付き従い、ともに戦場にあればその機会はいくらでもある。謀反を起こすのではない。惟任光秀のような馬鹿はやらない。

孫一には、鉄砲がある。

八十間の彼方から、場所と風を選び、戦場の騒擾に紛れて指一本絞ればよい。

八十間には絶対の自信がある。

絞り上げた憎悪の一垂らしを加えれば、たとえ九十間でも百間であっても、鉛玉は唸りを上げて飛び、髭鼠の眉間に穴をうがつに違いない。

秀吉が倒れれば、畿内が再び麻のごとく乱れることは必定である。

一から始める。

一人からでも始められる。

孫一の背には、鉄砲があるのだ。

「簡単なことだ」

孫一は吐き捨て、子の一行に背を向けた。

紀伊へ向かい緩やかに上り緩やかに下り、三十間ほど先で林に切れ込み、そこからつづらに折れて下る峠道。

孫一はもう一度紀ノ川を渡るつもりであった。

三年ぶりにせっかく帰った雑賀である。せめて三年前のけりだけでもつけてから大坂に戻っても遅くはない。

三年前のけり。良くも悪くも孫一の運命を動かす縁。

かえって今を動かすにはもってこいかもしれぬ。

良く転がれば、言うこともなし。

悪くと言って、今より下に何がある。

「いらんものは捨てるに限る」

孫一は雑賀へ、有本へ向けて右足を振り出した。

と、その足が地に着いた所で動きを止める。

林の陰から現れ峠を登り来る、編み笠《がさ》をかぶった一人の男の姿があった。

その力強く隙のない足取りが、孫一をして息を飲ませるほどに見事であった。

兵法者のようであったが、巷《ちまた》をうろつき海内無双をうそぶく食い詰め牢人《ろうにん》のものではあり得ない。

そんな男が弟子も連れず一人田舎の峠を登り来ることが、孫一には怪訝であった。

主の気配を悟ってか、鶴首と小雀が左右に散る。

峠の上で待ち構えるように立つ三人の男が見えぬわけもあるまいに、登り来る男の歩様に乱れや躊躇は寸毫もなかった。

孫一から、およそ二十間。そこから男の道は下りに入る。

兵法者は登り来てそこで足を止め、やおら編み笠の顎紐《あごひも》をほどいた。

「老けたか、孫一。雑賀鉢が重そうじゃ」

編み笠が峠の風に乗って舞い上がる。

現れたのは三年前のけり、孫一の運命を動かす縁そのものであった。

縁が陽光に顔を晒し、孫一を見つめて笑っていた。

の身に浴びた。

孫四郎は有本を離れた後、源五の足跡を辿り、伊勢城山にいまだ残る影の源流をその身に浴びた。

技前がどうのというのではない。一孤の剣士として、心身に溜まる老いと、農に凝り固まった日常を払拭《ふっしょく》し、五感を磨くためである。

一汗ごとに清練されてゆく己を実感する。

半年ほどかかったが、孫四郎は剣士として円熟した。

伸ばす手足は縦横に広く大気を抱き留め、感覚はすべからく世の様々を色濃く、匂い強く、音高く伝えた。

別れを惜しむ同門の者達を振り切り、城山を流れ出て、早二月《ふたつき》目であった。

「己の土地から出ぬ男と思うていたが、ようも迷わず儂の所へ来たものだ」

孫一は言いながら、背の鉄砲と腰袋から取り出した早合の包みを小雀に放った。

鶴首も抱えた筵をおもむろにほどく。

小雀自体はこの場に鉄砲を携えていないようであった。

かるかを抜き、早合を切って筒に落とす小雀の手際を静かに眺めながら、孫四郎は草鞋《わらじ》を脱いで地に足をつけた。

互いに言わずとも始まる。

それが、堤と流れの果てにあるもの。

「迷うわけなどあるまい。それが、儂とお主の運命じゃ」

とはいえ、孫四郎も当てがあって道を辿り来たわけではない。

伊勢から伊賀街道を大和へ抜け、そこから風吹《かざふき》峠を越えて。

それは、流浪に等しいものであった。

それでも、焦りも急ぐ気もまるでなかった。

瞬き一つの後かもしれず、一年余の後かもしれない。けれど必ず、定めの一本道の先に孫一は姿を現す。孫四郎はそれを信じて揺るがなかった。

今、孝子峠で相見えた一事は孫一にとっては偶然に等しいものであったろうが、孫四郎にとっては必然であった。

生きて大道を歩む以上、それは決まり切ったことである。

峠から吹き下ろす風が、谷に下って哀音豊かに哭《な》く。

小雀の手から孫一に鉄砲が渡された。

「終わらすか、孫四郎」

孫四郎は声なくうなずき、足場を極め、腰をひねって刀の鯉口を切った。

孫四郎は剣気を身に蓄えながら、孫一との長き関わりを思った。

傲岸不遜にして立ち、頭に大きさの合わぬ雑賀鉢を揺らしながら銃を撃ち放した孫一。

耳をつんざく音に耐え、睨み付けて動かなかった孫四郎。

そこから始まった三十数年に及ぶ縁。

（しょせんは、終わらぬあの日の続きかもしれぬ）

互いの身に降り積む年月が、顕著であった。

いつしか白髪も生え、皺も刻まれる歳であった。

――儂は平井、鈴木の嫡男、孫一じゃ。

孫一の脳裏で、幼い孫一が胸を張る。

（しょせんは終わらぬ、あの日の続きかもしれぬ。これは、餓鬼の喧嘩《けんか》のなれの果てか）

姿形は変われども、孫一が鉄砲を構え、孫四郎が睨み付けて立つ。

その対比は過日と何も変わらない。

それがなぜか、孫四郎には無性におかしかった。

「何笑《わろ》うとる」

それだけはいささかも変わることのない眼の白光を強めながら、孫一の鉄砲が筒口を下げる。

「孫一、長かったな」

孫四郎が思いをそのまま口にする。

「おう、長すぎるくらいにな。だから、終わらせる」

孫一の猛気が、目当てを通って揺れることなく孫四郎に注がれる。

「そう気負うな、孫一。夢の続きは、下天で見よ」

孫四郎は身を弱法師《よろぼし》のごとく揺らしながらわずかに腰を落とした。

鶴首の鉄砲もすでに筒口が降り、怨気を蓄えた視線が孫四郎の顔に粘り着いて離れなかった。

潮合は、満ちているようである。

呼吸を短く切りながら、孫四郎は想念の全てを振り捨てた。

五感が次第に研ぎ澄まされてゆく。

風の流れに筋を見極め、草木の匂いを選《よ》り分けた。

足の裏に大地をつかむ。

大地に根ざし大地に生きた孫四郎ならではの感覚か、生きとし生けるものの生気がそこから昇ってくる。

全てを感じ、全てになる。

全を一に昇華させ、鉄砲が火を噴く微細な一瞬をつかみ取るのだ。

孝子峠、和泉の側に孫一、鶴首、小雀。

その頂に、孫四郎。

互いに固着して動かぬときがしばし流れた。

遥かな木々のざわめきに風を見る。

わずかに遅れて谷から噴き上がった風が、峠の道に砂塵《さじん》を巻き上げた。

大地が教える。

風が教える。

全てが今と、孫四郎に教える。

噴き上がる剣気を抑えることなく、孫四郎は峠の下りに身を躍らせた。

――轟っ！

――轟っ！

二射が音を重ねて一つに響く。

孫四郎が先か孫一らが先か。それは誰にも判然とはしまい。本人達にも、どちらかの意識はないはずである。

それほどの間、それほどの差。

擦過してゆく耐え難い唸りと猛烈な熱さを右の耳朶《じだ》と左の肩口に感じながら、孫四郎は峠おろしの風に紛れて二十間を一気に詰めた。

「くっ」

鉄砲を放り出し、佩刀の柄に手をかけながら鶴首が前に出る。

鶴首は、いつ孫四郎が駆け抜けたか理解したであろうか。

鶴首が抜きはなつ刃は、一度たりと振られることはなかった。

孫四郎の腰間からほとばしり出た光は、鶴首の鞘と、そこから離れたばかりの切っ先、まさに雫落ちれば鞘に納まらんほどの間隙を正確にすり抜け、脾腹《ひばら》を存分に斬り裂いた。

足を緩めることなく、孫四郎は走り抜ける。

孫四郎が目指すべきは、鶴首などではないのだ。

「孫一っ」

「おうっ!」

孫四郎は地に臥す鶴首を確かめることもなく地を蹴り、蒼天に翻った刃をそのまま孫一の雑賀鉢めがけて雷《いかずち》に変えた。

孫一が手の鉄砲を両手に持ったまま高くかざす。

どれほどの名工の手によるものか知らぬが、鉄と木で組まれたただの筒など、農を振り切り、一孤の剣士、それも尋常ならざる剣士として再生した孫四郎の斬撃を阻めるものではなかった。

断末魔にも似た高い音が単調に響き、孫一の鉄砲は両断され果てた。

そのまま止まらず振り落ちる刃が、孫一の雑賀鉢に嚙みつく。

孫一のあかし、孫一の象徴。

孫四郎の太刀は、それに傷を入れてようやっと止まった。

残心と取って良い揺るがぬ姿勢で、鉢を打ったまま動かぬ孫四郎。

鉢に刃を受けたまま、広げた両手に鉄砲の残骸を持ち、眼に白々とした光のみ失わぬ孫一。

時はこのままに止まりはしない。

行き着く所は、まもなくであった。

風が、巻き上げた土埃を連れ、淡輪へと向けて去る。

「孫一」

万感を込めて孫四郎が呼びかける。

「おのれっ」

鉄砲の残骸を投げ捨て、孫一の手が腰の佩刀に向かった。

「さらばっ」

かすかに大気を切り裂きながら優美な円弧が一つ、陽光にきらめく。

地に低く孫四郎。

立って孫一。

先に動き出したのは、孫一の方であった。

憂げに視線を孫四郎に落とす。

その左肩口から血がしぶき、峠の上に血虹を描いた。

「南無阿弥陀仏。……ふん。……下らぬ。……孫四郎、地獄で待つ」

膝から落ち、そのまま孫一が大地にくずおれる。

「それも一興、先に逝け」

残心を以て数歩退き、孫四郎は血振りをくれて太刀を納めた。

それで、長い縁の終わりであった。

谷から唸りの二陣が上がる。

眼を細め、孫四郎は五間先に立つ小雀を見た。

「お主は、どうする」

孫四郎の問いに、小雀は肩をすくめた。

「儂は、戻る。頭逝《かしらい》んで、何が出来る」

言って小雀は歩き出した。

和泉の側から孫四郎の脇を抜け、孝子峠を雑賀へ向けて。

孫四郎は、その背を見ようとはしなかった。

長き縁は切れたのだ。

その縁の先に連なる者など、もはや孫四郎には関係がなかった。

峠から和泉の景色を眺める。

どこまでも道が続き、どこを見ても緑が濃かった。

有本の流れは、今こそ堤を切って外界に出た。どこへ行こうと勝手である。

日輪に向けて手を突き上げ、身体に大きな伸びをくれ、孫四郎は和泉の方へ道を下り始めた。

孫四郎の影が道に長く、そして、濃かった。


この年の六月十六日、四国の長宗我部元親《ちようそかべもとちか》を討つべく、羽柴秀長《ひでなが》を総大将とする六万の秀吉軍が阿波・土佐《とさ》泊に上陸した。

下針ら元々孫一の手勢として大坂に上がった者達も、羽柴秀次《ひでつぐ》の軍に組み込まれ鉄砲足軽として従軍していた。

長宗我部は元々本願寺を通じ、毛利共々雑賀に縁の深い所であった。

足かけ十年、ともに信長軍と戦ったいわば同志である。その分、下針達にとっては見知りの者も多い。

銭になるわけでもなく気の乗らぬ戦場であったが、孫一の死は雑賀に戻った小雀からの知らせでわかっていた。そうなれば皆、雑賀の名もなき一介の地侍である。出兵の陣ぶれに否応いえるものではなかった。

七月十五日。秀長軍は長宗我部の拠点、一宮城を攻め立てた。

「お頭がおればな」

爆音と怒号渦巻く中で、下針は一人つぶやいた。

居並ぶ鉄砲足軽の順を守り、無造作に狙って引き金を引く。

鉄砲が火を噴くたびに、長宗我部の兵が一人また一人と野辺に散った。

が、細かな戦功の一つ一は下針にとって喜びではなかった。

散るのは、長宗我部の者の命だけではない。

その一撃ち一撃ちごとに、鈴木孫一という男に付き従って信長と五分に渡り合った雑賀衆としての矜持《きょうじ》が散るのである。

それは発中や但中、その他の雑賀衆も同じことであったろう。

「儂ら、このままどうなるんであろう」

戦場という泥に首まで浸かって生きた半生であった。

これまでは己らの眼前、泥の上に花が咲いていた。鈴木孫一という花である。

花があれば光が差す。

天上から降る光を撥ねて、孫一という花は下針の目に眩しいほどであった。

その花も枯れ果て、今はもうない。

辺りは見渡す限り、暗くただ広い泥の海である。

天からの光も絶えていた。

（いずれこのまま、野辺に散るか）

長いため息一つ吐き、下針は目当ての先に獲物を狙った。

右につけ、筒先を浮沈させることなく左へ。

その動きが一点で止まる。

「なんだ、あれは」

筒口を開け、下針は思わず声を漏らした。

一町あまり先で一人、戦場に舞い踊る足軽がいた。そこは争乱のもっとも激しい一角の一つであった。

旗指物を見れば同じ秀次軍の者であるが、あまりに場にそぐわぬ奇妙な光景に見えた。

念仏踊りのようにも見える。

下針は、遥かに両の目を凝らした。

足軽の舞いは、ただの念仏踊りではなかった。

足軽は、孤剣を手に踊っていた。

その剣が初秋の陽を弾いて翻ると、兵であろうと馬であろうと、必ず何かが地に臥した。

剣舞である。

すさまじいまでの剣舞であった。

「おっおっ」

奇声を上げながら下針は鉄砲足軽の群れの中から立ち上がった。

組頭が何か叫んでいるようであったが耳には入らなかった。もとより、下針にとって組頭とは後にも先にも鈴木孫一ただ一人である。

飛び交う矢にも鉄砲にも構わず戦場を突っ切り、下針は鬼神のごとき働きを見せる足軽に向けて走った。

近付くにつれ、その辺りだけ血煙が霧のごとく濃くなってゆく。

粘るような大気を吸い込み、下針は有りっ丈の声を振り絞った。

「孫四郎っ！　お主、栗林の孫四郎ではないか」

新たな鬼神の着来と思ったものか、取り巻く長宗我部の兵から目に見えて戦意が失《う》せ、蜘蛛《くも》の子を散らすようにして四方へ散る。

構えを解いて仁王立ちになった足軽は、孤剣を肩に、左手を下針に向けて振って見せた。

身になじまぬのであろう古ぼけた具足が、動きに合わせて大きく揺れた。

「おう、下針ではないか。異な所で会うものじゃ」

孫四郎は、返り血だらけの顔満面に男臭い笑みを乗せた。

つられて下針も小さく笑う。

下針はこの男が、それほどあけすけに笑えることを始めて知った。

また、敵にすれば恐ろしいが、味方としてあるとき、どれほど並んで心強い男なのかも、戦場に立つ今初めて知った。

「なぜ、ここに、と聞くもおかしいか」

下針の問いに孫四郎は鼻を掻いた。

「儂の意志じゃ。いや、剣が導く」

孫四郎の答えに、下針はなぜか大きくうなずいた。

剣以て立つ男の答えは、皆そういうものになるのかもしれない。ましてや孫四郎ほどの技量を持つならば。

そのとき、銃声が数をそろえて天を揺るがした。

風に押された硝煙のたなびきが孫四郎と下針を包む。

孫四郎の眼が何かを求めて忙《せわ》しく動いた。

下針はそこに、孫一と同じ強い底光りを確かに見た。

孫一が散って以来、初めて泥の中から見る光であった。

「さて、そろそろ行く」

行き場を定めたのであろう孫四郎の身体から颶風のごとき剣気が噴き出す。

「ま、待てっ」

下針は思わず両手を広げて行く手を阻んだ。

「お主ほどの剛の者なら、二百の組頭でもおかしくはあるまい。雑賀衆の束ねとして、儂らの上に立ってはくれんか。儂がこの身に代えて、ねじ込む」

下針の利を説く言葉に、孫四郎は鼻を鳴らして緩く首を振った。

「要らぬ世話じゃ。このままでよい。いや、気楽な雑兵のままが良い。もう何かに囚われるのはご免こうむる。糞《くそ》食らえじゃ」

孫四郎の思いもよらぬ否に、下針は継ぐ言葉を失った。

孫四郎は、やはり孫一ではなかった。

利を説いて乗らぬ男は孫一ではあり得ない。

「世に一人、ただ一人。これこそ儂の、この世の至福じゃ」

語気強く言って、孫四郎は下針に背を向けた。

その背と雑な言葉遣いに、下針は遥かな昔を思った。

下針に背を向けて立つ男は、見知った孫四郎というより、その弟、源五の匂いが強かった。

「下針、縁があったらまた会おう」

孫四郎は背の下針に一言そう告げ、戦場を奥へ駆けていった。

下針が見る限り、その向かう先は再び争乱激しき一角のようであった。

下針はその背が、戦場の様々に紛れて消えるまでその場に立ちつくし見送った。

「一人、ただ一人――、か」

下針はつぶやき、孫四郎の去った方角と真反対に向き直った。

裸地に膝をつきおもむろに鉄砲を構える。

「そういう生き方も、あるのだな」

――月夜に霜の降りるがごとく。

下針は静かに引き金を引いた。

轟く轟音は今までよりも力強く、高く戦場に響いて聞こえた。


時移ろい、それから十数年を経た慶長《けいちょう》年間。

栗林の家の悲願は達成される。

有本に再び、村が起こったのである。

小学館文庫
好評既刊

引越し侍 門出の凶刃

鈴峯紅也

ISBN978-4-09-407347-8

血筋はよくて二枚目で、剣も冴えわたるが、美しい娘にはつい浮かれてしまう内藤三左、二十三歳。一見極楽とんぼだが、無役《むやく》の旗本当主だけに、懐はいつもからっけつ、腹が減っては目を回す日々を送っている。ある晩、小銭を稼ぐため、博徒の親分を警固していると、妙な辻斬りに出くわした。橋の上で四人に囲まれたのだ。得意の剣で切り抜けたが、それがどうやら運の尽きだったらしい。下は定《じょう》町《まち》廻り同心、上は老中を巻き込んでの公儀を揺るがす謀略に挑むハメになり……。果たして三左は役に就《つ》き、飯にありつけるのか？　温《あたた》かくて胸のすく、火花散る時代小説！

小学館文庫
好評既刊

恩送り
泥濘の十手

麻宮 好

ISBN978-4-09-407328-7

おまきは岡っ引きの父利助《りすけ》を探していた。火付けの下手人を追ったまま、行方《ゆくえ》知れずになっていたのだ。手がかりは父が遺した、漆《うるし》が塗《ぬ》られた謎の容《い》れ物《もの》の蓋《ふた》だけだ。おまきは材木問屋の息子亀吉、目の見えない少年要《かなめ》の力を借りるが、もつれた糸は解《ほど》けない。そんなある日、大川に揚《あ》がった亡骸《なきがら》の袂《たもと》から漆塗りの容れ物が見つかったと同心の飯倉から報《しら》せが入る。が、なぜか蓋と身が取り違えられているという。父の遺した蓋と亡骸が遺した容れ物は一対だったと判るが……。父は生きているのか、亡骸との繋がりは？　虚を突く真相に落涙する、第一回警察小説新人賞受賞作！

小学館文庫
好評既刊

土下座奉行

伊藤尋也

ISBN978-4-09-407251-8

廻り方同心の小野寺重吾はただならぬものを見てしまった。北町奉行所で土下座をする牧野駿河守《するがのかみ》成綱《なりつな》の姿だ。相手は歳といい、格といい、奉行よりうんと下に見える、どこぞの用人。なのになぜ土下座なのか？　情けないことこの上ない。しかし重吾は奉行の姿に見惚《みと》れていた。まるで茶道の名人か、あるいは剣の達人のする謝罪ではないか、と……。小悪を剣で斬る同心、大悪を土下座で斬る奉行の二人組が、江戸城内の派閥争いがからむ難事件「かんのん盗事件」「竹五郎河童《かっぱ》事件」に挑む！　そしていま土下座の奥義が明かされる——能鷹隠《のうよういん》爪《そう》の剣戟《けんげき》捕物、ここに見参！

小学館文庫
好評既刊

勘定侍 柳生真剣勝負〈一〉 召喚

上田秀人

ISBN978-4-09-406743-9

大坂一と言われる唐物問屋淡海屋《おうみ》の孫・一夜は、突然現れた柳生家の者に御家を救えと、無理やり召し出された。ことは、惣目付《そうめつけ》の柳生宗矩《むねのり》が老中・堀田加賀守《かがのかみ》より伝えられた、四千石の加増にはじまる。本禄と合わせて一万石、晴れて大名となった柳生家。が、大名を監察する惣目付が大名になっては都合が悪い。案の定、宗矩は役目を解かれ、監察される側に立たされてしまう。惣目付時代に買った恨みから、難癖をつけられぬよう宗矩が考えた秘策が一夜だったのだ。しかしなぜ召し出すのが商人なのか？ 廻国中の柳生十兵衛も呼び戻されて。風雲急を告げる第1弾！

美濃の影軍師

高坂章也

ISBN978-4-09-407320-1

不破与三郎は毎日愚かなふりをしていた。美濃《みの》国主斎藤龍興《たつおき》に仕える西美濃四人衆のひとりである兄の光治《みつはる》にとって、腹違いの自分は家督相続に邪魔な存在だからだ。下手に目を付けられれば、闇討ちされかねない。だが努力の甲斐なく、与三郎は濡《ぬ》れ衣《ぎぬ》を着せられ、斬首を言い渡されてしまう。辛くも立会人の菩提山《ぼだいさん》城主竹中半兵衛に救われるが、不破家家老岸権七《ごんしち》が仕掛けた罠で絶体絶命に……。逃走を図る与三郎の前に、織田家への鞍替《くらが》えと引き換えに助けてやると言う木下藤吉郎《とうきちろう》が現れたが？　青雲の志を抱く侍が竹中半兵衛や木下藤吉郎らの懐刀になるまでを描く！

死ぬがよく候〈一〉 月

坂岡 真

ISBN978-4-09-406644-9

さる由縁《ゆえん》で旅に出た伊坂八郎兵衛は、京の都で命尽きかけていた。「南町の虎」と恐れられた元隠密廻り同心も、さすがに空腹と風雪には耐え切れず、ついに破《や》れ寺《でら》を頼り、草鞋《わらじ》を脱いだ。冷えた粗菜にありついたまではよかったが、胡散臭《うさんくさ》い住職に恩を着せられ、盗まれた本尊を奪い返さねばならぬ羽目に。自棄《やけ》になって島原の廓《くるわ》に繰り出すと、なんと江戸で別れた許嫁《いいなずけ》と瓜二つの、葛葉《くずのは》なる端女郎《はしじょろう》が。一夜の情を交わした翌朝、盗人どもを両断すべく、一条戻橋《いちじょうもどりばし》へ向かった八郎兵衛を待ち受けていたのは……。立身《たつみ》流の秘剣・豪撃《こわうち》が悪党を乱れ斬る、剣豪放浪記第１弾！

小学館文庫
好評既刊

人情江戸飛脚
月踊り

坂岡　真

ISBN978-4-09-407118-4

どぶ鼠の伝次は余所様《よそさま》の隠し事を探る商売、影聞きで食べている。その伝次、飛脚を商う兎屋の主で、奇妙な髷《まげ》に傾《かぶ》いた着物をまとう粋人の浮世之介にお呼ばれされた。瀟洒《しょうしゃ》な棲家《すみか》狢亭《むじなてい》に上がると、筆と硯《すずり》を扱う老舗大店の隠居・善左衛門がいた。倅の嫁おすまに悪い虫がついたらしく、内々に調べてほしいという。「首尾よく間男と縁を切らせたら、手切れ金の一割、千両なら百両を払う」と約束する隠居に、生唾を飲み込む伝次。ところが、思わぬ流れとなり、邪な渦に呑み込まれ……。風変わりで謎の多い浮世之介とともに弱きを救い、悪に鉄槌《てつつい》を下す、痛快無比の第１弾！

小学館文庫
好評既刊

春風同心十手日記〈一〉

佐々木裕一

ISBN978-4-09-406843-6

定町廻り同心の夏木慎吾が殺しのあったという深川の長屋に出張ってみると、包丁で心臓を刺されたままの竹三が土間で冷たくなっていた。近くに女物の匂い袋が落ちていたところを見ると、一月前に家を出ていった女房おくにの仕業らしい。竹三は酒癖が悪く、毎晩飲んでは、暴力をふるっていたらしいのだ。岡っ引きの五六蔵《ごろぞう》や女医の華山らに助けを借りて探索をはじめた慎吾だったが、すぐに手詰まってしまい……。頭を抱えて帰宅した慎吾の前に、なんと北町奉行の榊原忠之が現れた!?　しかも、娘の静香まで連れているのは、一体なぜ？　王道の捕物帳、シリーズ第１弾！

――本書のプロフィール――

本書は、小学館文庫のために書き下ろされた作品です。

小学館文庫

戦国剣銃伝《せんごくけんじゅうでん》

著者　鈴峯紅也《すずみねこうや》

二〇二四年十一月十一日　初版第一刷発行

発行人　庄野　樹

発行所　株式会社　小学館

〒一〇一-八〇〇一
東京都千代田区一ツ橋二-三-一
電話　編集〇三-三二三〇-五九五九
　　　販売〇三-五二八一-三五五五

印刷所 ―― 中央精版印刷株式会社

ISBN978-4-09-407402-4